너럭
바위

너럭바위

발행일	2018년 9월 21일

지은이	최 동 진		
펴낸이	손 형 국		
펴낸곳	(주)북랩		
편집인	선일영	편집	오경진, 권혁신, 최예은, 최승헌, 김경무
디자인	이현수, 김민하, 한수희, 김윤주, 허지혜	제작	박기성, 황동현, 구성우, 정성배
마케팅	김회란, 박진관, 조하라		
출판등록	2004. 12. 1(제2012-000051호)		
주소	서울시 금천구 가산디지털 1로 168, 우림라이온스밸리 B동 B113, 114호		
홈페이지	www.book.co.kr		
전화번호	(02)2026-5777	팩스	(02)2026-5747

ISBN	979-11-6299-333-0 03810 (종이책) 979-11-6299-334-7 05810 (전자책)

이 도서의 국립중앙도서관 출판예정도서목록(CIP)은 서지정보유통지원시스템 홈페이지(http://seoji.nl.go.kr)와
국가자료공동목록시스템(http://www.nl.go.kr/kolisnet)에서 이용하실 수 있습니다.
(CIP제어번호 : CIP2018029594)

(주)북랩 성공출판의 파트너

북랩 홈페이지와 패밀리 사이트에서 다양한 출판 솔루션을 만나 보세요!

홈페이지 book.co.kr • **블로그** blog.naver.com/essaybook • **원고모집** book@book.co.kr

최동진 에세이

너럭
바위

불행을 딛고 일어난
한 남자의 위대한 생애

북랩 book Lab

머리말

이 글은 혼란스러운 세상에 태어나 풍요롭고 다변화된 현대사회에 이르기까지 한 소시민의 일대기를 차근차근 정리해 본 자서전이다.

현업에서 은퇴한 후 한가하기도 하고 허전하기도 해서 지금까지 내가 살아온 삶에 대하여 그나마 맑은 정신일 때 간단하게나마 정리해 볼 생각으로 시작한 것이 소설처럼 되었고, 이 글을 본 아들의 권유로 부끄럽지만 세상에 내놓기로 하였다.

원래 배움도 많지 않고 글 솜씨가 없기도 하려니와, 크게 출세를 했다거나 내놓을 만한 인물도 아니어서 많이 망설였던 것도 사실이다. 그럼에도 불구하고 세상의 두려움을 무릅쓴 이유는 이 사회가 너무 풍요로워지면서 우리 모두가 소중한 것들을 잊고 사는 것은 아닌가 싶기도 하고, 비록 지나간 세월에 겪었던 일이고 이런 세상이 다시 오지 않는다 해도 한번쯤 곱씹어 보면 지금 우리 스스로가 얼마나 행복한 세상에서 살고 있는지 느끼게 되지 않을까 싶은 생각이 문득 들어서였다.

지금 무엇인가 풀리지 않는 어려움으로 고민하고 있다면 이 글을 통해서 조금이나마 위로를 받았으면 좋겠다는 바람으로 고민 끝에 한 권의 책으로 내놓을 결심을 했다.

 나이가 아직 많지는 않지만 온갖 지병과 친구 되어 살다보니 이제는 내 인생의 마무리를 어찌해야 하나 싶기도 하고, 앞으로 남은 얼마간의 시간들은 또 어떻게 소중하게 써야할까 싶어 생각이 많아진다.

 무심코 뒤돌아보니 지나온 많은 세월동안 참 소중한 것들을 많이 잊고 살았구나 싶기도 하다. 한평생 나와 함께 온갖 고난 속에서도 오로지 미래를 위해 희생만 강요받고 살았던 가족들에게 과연 나는 무엇이었던가. 다들 어려운 시절이었으니 그랬겠지만, 나의 삶을 몇 줄의 글로나마 정리한다고 생각하니 많은 생각이 머리를 스친다.

 훌륭한 사람도 많고, 크게 출세한 사람도 많은데 나 같은 소시민의 이런 삶도 글이 될 수 있었던 것은 어디까지나 소박한 욕심 때문이다. 이 글이 어쩌다 세상과 마주하게 되고, 막상 출판이 된다고 생각하니 많이 부끄럽기도 하다. 너그럽게 이해하며 읽어 주시기를 기대하며 용기를 내어 나의 치부를 드러낸다.

아들의 추천사

"아버지. 심심한데 일기처럼 옛날 얘기 좀 적어 보세요."

대수롭지 않게 한말이었다. 워낙 아버지 근성이 강한터라 정말 쓰실 것 같다는 느낌은 들었지만, 말나온지 보름 만에 300페이지짜리 초고가 나올 거라고는 예상하지 못했다. 그리고 그날 밤 원고를 처음부터 끝까지 읽고 나는 더 큰 충격을 받았다.

아버지는 말을 정말 잘하는 분이셨지만, 평소 자식들에게 옛날 얘기하는 것을 즐겨하는 분은 아니었다.

고생을 많이 하셨다는 얘기는 어렴풋이 들었다. 어떤 고생을 했는지. 그걸 어떻게 극복해서 이만큼 살게 되었는지. 흔히 그 나이 또래가 라디오처럼 반복하는 흔한 레퍼토리가 아버지에겐 없었다. 가끔씩 나오는 옛날 얘기도 어디를 지나가면서 그냥 그때 여기 잠깐 살았었다는 아주 단편적인 얘기가 고작이었다.

아버지의 원고에서 놀라웠던 점도 바로 이 부분이었다. 그의 기억과 사실은 놀라울 정도로 구체적이었고, 과거 순간순간을 바라보는 시점엔 균형이 잡혀 있었다. 글이라는 것은 결국 남에게 보여줘야 하는 것이라 자연스럽게 본인에게 이롭도록 각색이 되기 마련인데, 그런 부분이 별로 없어 보였다. 칠순이 다 되어가는 아버지가 쓰셨다고는 믿을 수 없을 만큼 서사는 부드러웠고 중간중간에 대사가 많아 읽는 맛도 좋았다.

아마 나는 이 이야기 변두리에 있는 엑스트라정도 될 것이다. 하지만 베타 리딩을 할 때 나는 이 글을 되도록 제3자 입장에서 읽었다. 얘기는 분명 우리 가족의 이야기지만, 그게 내 가족의 얘기라서, 내 아버지의 얘기라서 특별히 더 깊은 감정을 섞지 않으려고 노력했다. 철저히 '남도 읽을만 한 텍스트인가?'라는 관점에서 읽었다. 그리고 이 글은 누가 읽더라도 계속 읽게 만드는 힘이 있는 텍스트라고 판단했다. 그렇기에 자연스럽게 출판을 생각하게 되었다.

나도 책을 써보고 팔아도 봤지만, 출판 행위가 금전적으로는 큰 의미가 없음을 알고 있다. 나는 기본적으로 모든 책에는 스스로 읽게 만드는 재미가 있어야 한다고 믿는다. 그리고 이 글엔 분명히 읽는 재미가 있고, 읽는 내내 이야기를 끌고 나가는 흡인력이 있다. 내가 좋아하는 천명관의 『고래』 정도는 아니더라도 이 글은 묘한 매력을 갖고 있다.

아버지는 나에게 원고 내용에서 뺄 것은 빼고 순서도 적당히 재구성해서 내는 것이 어떠냐고 하셨다. 하지만 나는 문단 덩어리를 만드는 것 외에는 어떠한 수정도 하지 않았다. 그만큼 이 글엔 군더더기가 없다. 적어도 내 관점에서는 정말 최고라는 말밖에 달리 할 말이 없다.

차례

횡설수설

나는 오늘도 무심코 아차산에 올라 너럭바위에 앉았다. 내 마음속의 갈등과 욕구를 다 버린 지금, 이곳에서 내려다보는 세상은 평온하기만 하다.

오늘은 공기가 맑아 멀리 내려다보니 동쪽으로 남양주의 천마산이 보이고, 강 건너에는 수많은 아파트가 손에 잡힐 듯 서 있다. 조금 남쪽으로는 우리나라에서 제일 높다는 롯데타워가 하늘 위로 그 위용을 자랑하는 듯하고 한강변 양쪽도로에는 많은 차들이 바삐 제 갈 길을 재촉하면서 정신없이 흐른다.

얼마 전까지 나도 저 속에서 수많은 사람들과 함께 어울리며 정신없이 바쁘게 살아왔다. 무엇을 위해 지난 수많은 세월을 그리도 버둥거렸던가. 한참을 바라보다가 문득 지난 세월을 뒤돌아보니 헛웃음만 나온다.

문득 문득 지나온 과거들이 나를 울리기도 하고, 허탈하게도 한다. 인간의 삶이란 다 그럴 것이라고 생각하려 해도 내가 걸어온 처절한 삶의 굴곡은 무척이나 심했던 것 같다.

하루하루가 숨쉬기 힘든 고통이었고 살아가기 힘든 고난의 연속이었다. 그래도 살아야 했고, 헤쳐가야 했다. 나는 아무것도 없는 가난한 집의, 여섯 식구의 가장이었기에 내 몸은 나의 삶만의 문제가 아니었기 때문이다.

　가난으로 인해 내 날개는 꺾이고 손발은 묶였다. 나는 오직 돈을 벌어야 했고, 나만의 행복이나 장래는 생각할 겨를이 없었다. 젊은 날에도 당구장 한번 가본 적이 없고, 하고 싶은 공부도 할 수 없었으며, 기술을 배워야 한다고 해도 우선 오늘 먹을 양식이 급하니 무엇 하나 차분히 배울 여유도 없었다.

　주렁주렁 달린 가족이 우선이었고 나의 안위는 다음이었다. 직장도 돈만 많이 준다면 건강 따위는 생각할 여유가 없었다. 항상 조금이라도 월급을 더 많이 받기 위해 잔업(초과근무)을 더 하려고 눈에다 불을 켜야 해야 했다. 죽고 싶은 때가 있었고 실제 시도도 해 봤지만 둘러보면 죽을 수도 없는 무거운 길이었다.

　그래도 내가 겪어낸 경험이고, 아름다운 추억이다.

　이 글은 나의 주관적 판단에 의한 글이고 다른 사람의 생각은 고려하지 않았다. 아름답게 각색하거나 변질시키지 않으려고 하다 보니 본의 아니게 이 글로 인해서 마음의 상처를 받는 분들도 있겠구나 싶다. 그러나 지난 모든 일들을 있는 그대로 기록하지 않으면 이 글은 아무런 가치가 없을 것이다.

　나의 주관적 판단이기 때문에 이 글에 거론된 그 당사자들은 이 글을 읽으면서 자신의 처지나 입장에서 달리 생각할 수도 있을 것이며, 불쾌할 수도 있을 것이고, 혹은 나를 원망할 수도 있을 것이나 그 점 또한 고려하지 않았다. 오직 내가 겪어낸 기억으로만 가감 없이 쓰는 것이니 넓은 마음으로 이해해 주기를 바란다.

지나온 과거를 정리하다보니 몇 가지 사례들을 거론하게 되는데, 이것은 모든 사람들이 살아가며 생길 수 있는 일들이기에 많은 사연들 중에서 몇 가지 기억나는 경험을 얘기하는 것이며 되도록 꾸밈없이 사실적이게 기록하려고 했다.

물론 세상도 변했고 사회생활도 많이 바뀌었으니 대처방법도 다를 것이다. 그러나 사람 사는 원천은 그때나 지금이나 앞으로나 대동소이할 것이므로 무조건 구식이라고, 옛날일이라고만 생각하지 말고 곱씹어 이해해 주기 바란다.

사람 사는 세상에 별별 일들이 많을 것이고, 대처방법에 따라 결과도 달라질 것이고 때론 후회도 생길 것이다. 나도 많은 사람들에게 속기도 했고 어리석게 당하기도 했다. 물론 내 능력이 부족해서 힘들었고 어려움이 있었지만은 다 지나고 보니 어떻게든 해결을 할 수 있었고, 마무리가 되었다.

오늘 이 글을 쓰면서보니 많은 사안들 앞에서 '그때는 조금씩 미숙했구나.' 싶은 생각도 있고 '나는 그 사연들 속에서 과연 어떤 존재였을까.'라고 조용히 생각해 보게 된다. 생각 없이 무심코 했던 여러 행동들이 지나고 나서 돌아보니 후회되는 일들도 있었고, 나로 인해서 어느 누군가 상처받는 일들이 생겼을 수도 있었을 것이다.

나의 어리석고 부족했던 지난 삶의 경험이지만 이 글을 읽고 난 모든 사람들의 마음에 조금이라도 느낌이 있었으면 싶다.

한평생 아픔과 동행

내가 젊었지만 젊음을 느끼지도 못했던 어려운 시절의 어느 날 아침. 어머니와 나는 심하게 다퉜다. 지금 생각하면 내가 불효자이고 모두가 다 나의 부족함이었다. 그러나 그때에는 내가 마음의 여유도 없었고 조급했기에 어머니가 많이 원망스러웠다.

가난한 집안에 동생들은 많으니 먹고 살 일이 첩첩산중인데 어머니는 모든 것을 나에게만 맡겨놓고 혼자만의 삶에 충실하는 것만 같았다. 모두가 한마음으로 돈을 벌어서 먹고살아도 힘든 판에 야속하기도 하고 원망스럽기도 했으나, 그때는 어머니의 그 마음을 탓하기만 했지 이해하려고 하지 못했다.

그날 아침 다투면서도 자식이기에 하고 싶은 말을 다 할 수가 없었다. 많은 화를 참으며 내곡동 훈련장으로 예비군훈련을 갔으나 온통 머리는 복잡하고, 터질 것만 같았다. 점심시간에 도시락을 먹는데 자꾸 혀가 안으로 댕겨 들어간 것 같았고 입 한쪽으로 밥풀이 흘렀다. 점점 혀가 안으로 말려 들어가는 것 같으면서 통증이 심해졌다. 그런데도 나는 훈련이 끝날 때만 기다렸지 중간에 얘기를 하고 병원으로 갈 생각은 조금도 못했다.

예비군을 마치고 내려오는데 동료 예비군들이 양팔을 잡고 부축하면서 갑자기 왜 이러느냐고 했다. 자꾸 몸 한쪽에 마비가 오면서 절룩거렸기 때문이다. 동료들의 부축을 받아서 버스에 올랐으나 금방 죽을 것만 같은 통증이 나를 괴롭혔다. 밖에서는 바람결에 조금 견딜 만 했는데 답답한 버스에 오르니 혀가 안으로 말려 들어가는 듯하면서 입이 비뚤어지고 팔 다리가 뒤틀렸다.

그렇게 시작된 나의 병마는 오랜 기간 나를 괴롭혔다. 한쪽이 뒤틀려서 고생도 했지만, 정상으로 돌아온 후로도 저리고 힘이 없는 상태로 몇 년을 살아야 했고 길을 가다가 누굴 만나서 간단한 인사말을 해도 얼마나 초조하고 조급한지 도무지 안정이 되지 않아서 7년 동안 안정제에 의지하며 살아야 했다.

갑자기 불안하고 초조해서 1분이 10년 같고, 혀가 안으로 말려들어가면서 한쪽 팔다리가 돌아가고, 입은 삐뚤어져서 음식물이 한쪽으로 흘러나오던 시기에는 정말 세상이 원망스러웠다. 안정제에 의지한 채 살아가면서 이렇게 살 바에야 죽어야된다고 수없이 생각했다.

신경과에서는 절대 안정해야 된다고 했지만 내 마음은 내 생각대로 가주지 못했다. 다리는 저리고 얼굴 한쪽과 팔다리에는 어떤 얇은 테이프 같은 것을 붙여놓은 것처럼 감각이 오랫동안 어눌했다. 모든 것이 정상인 것처럼 감추고 살지만, 지금도 신경이 예민해지면 혀가 안으로 감기는 듯해서 말이 어눌해진다. 처음 마비될 때에도 증세가 혀에서부터 왔기에 항상 걱정스럽다.

그러나 요행인가 다행인가. 그 후 오랜 시간이 흘러간 지금은 남 보기에는 아무 불편이 없이 보이고, 차츰 저리고 어눌했던 것도 줄어들어 정상생활을 할 수 있게 되었다. 하지만 수십 년이 지난 지금도 한여름 철에 땀을 줄줄 흘리면서도 왼쪽 발은 시려서 이불을 덮어야 잠을 잘 수 있다.

그런 일이 있고 난 후, 이번엔 b형 간염이 찾아왔다. 한양대 병원에서 간 조직검사까지 했다. 옆구리에다 기구를 찔러서 생간을 떼어내서 조직을 검사했는데… 많이 아팠다. 생간을 떼어낸 후 옆으로 누워서 12시간 이상을 꼼짝 못하고 있어야 했다. 상처 난 간에서 출혈이 있으면 안 된다는 의사선생님의 말씀이 있었기 때문이다. 말이 몇 시간이지 움직일 수 없다는 것은 큰 고통이었다.

결과는 b형, 지속성 간염이란다. 그 후 간염치료제가 나와서 다행히 치료 중이나 뜻하지 않는 일로 나는 간경화 진단을 받았고, 복수가 차면 복수를 빼야했으며, 내 생명이 얼마정도 남았다는 의사소견을 받았다. 자세한 사정얘기는 뒤에서 하기로 하고 여기에서는 이만 줄인다.

다만 나는 아직도 살아있고, 앞으로도 얼마일지는 모르나 살아갈 것이다.

이번에는 알레르기 천식이 찾아왔다. 어느 겨울엔가 숨을 쉬기가 힘들고 심한 기침으로 잠을 잘 수가 없었다. 배운 것도 없고 생활이 어려워서 건강상 기피하는 직장만 찾아다니며 일을 해야 했던 지난날의 훈장인지도 모르지만 고통은 정말 심했다.

그 후로 정말 많은 노력과 충실한 치료 덕분에 지금은 많이 호전되었으나 아직도 겨울이 되면 감기에 걸리지나 않을까 노심초사하면서 조심조심 살아가고 있다. 꼭 감기 끝에 기침이 시작되면, 그해 겨울은 내내 심한 기침과 싸워야 하기 때문이다.

천식을 겪은지 얼마 되지 않아서 이번에는 한쪽 눈이 갑자기 희미하게 보이기 시작했다. 처음에는 자꾸 눈에 뭐가 낀 것 같아서 손으로 문질렀으나 허사였다. 건대 병원에 갔더니 여러 가지 검사를 한 후 혈관에 출혈이 있다고 했다. 정상으로 돌아올지 모르지만 눈알에다가 주사를 3번 놓아보자고 했다.

그 주사는 1번에 100만 원이었으나, 돈이 문제가 아니었다. 한 달에 1번 맞는 것인데 차도가 없었다. 혹시 더 큰 병원에 가면 나을 수 있을까 싶어서 모든 검사자료를 갖고 서울대 병원으로 갔다. 그곳에서는 다시 똑같이 여러 가지 검사를 다 하고 난 후 하는 말이, 그렇게 치료하는 방법밖에는 없단다. 할 수없이 그곳에서 나머지 두 번의 주사를 더 맞고 오랜 시간동안 치료 했으나 조금도 차도가 없었다.

한쪽 눈은 정상적으로 보이고 다른 한쪽 눈은 거의 뿌옇게만 보여서 두 눈으로 세상을 보면 온통 머리가 어지럽고 정신은 혼란스럽다. 그러나 어쩌겠는가. 이것도 나의 운명인 것을.

81년도 어느 봄날에는 갑자기 배가 많이 아팠다. 퇴근 후에 배를 움켜쥐고 누웠는데 반가운 손님이 왔다.

"형님 저 왔어요."

전주에서 사촌동생이 찾아왔다. 반가운 나머지 아픔도 잊고 밤새 고기 안주해서 술도 한잔하면서 즐거운 시간을 보냈다.

아침에 일어나 출근을 했는데 너무나 배가 아팠다. 살며시 작업장에서 나와서 뒷마당 구석진 곳으로 가서 누웠는데… 죽을 것만 같았다 배가 너무 많이 아팠기 때문이다. 할 수 없이 병원으로 가서 검사를 해보니 맹장이 터져서 엉망이 됐다며 빨리 수술을 해야 된다고 했다.

빠르게 아내에게 연락을 해서 아내가 달려오고, 급하게 수술을 했다. 오른쪽 배에 부분마취를 하고 약 15㎝정도 절개한 다음 창자를 끄집어내어 닦아서 다시 넣기를 반복하는데… 등줄기는 마취가 안 돼서 피가 흐르면 서늘했고, 창자가 당겨질 때면 혀까지 댕겨 들어가면서 아팠다.

2013년 12월에는 건강검진에서 위암판정을 받았다. 건강검진한 동네 병원에서 큰 병원으로 빨리 가보라고 소견서를 써 주셨다. 눈앞이 깜깜했다. 아산병원으로 가서 여러 가지 검사를 마치고 며칠 후 검사결과를 보니, 다행히도 초기 암이란다. 우선 내시경으로 포를 뜨듯이 떼어내면 된다고 해서 떼어냈다. 다행이다 싶었다.

그러나 그것으로 끝이 아니었다. 조직검사를 한 후 절제 수술을 받는 것이 좋겠다고 하신다. 의사선생님은 나에게 택일하라고 하셨다.

"불편을 감수하고 절제수술을 할 것인지, 아니면 항상 불안을 안고 살아 갈 것인지."를.

나는 많이 고민했다. 다른 병원에도 가보고 처음 동네병원 의사와도 상의했다. 모두가 절제수술을 권했다. 할 수 없이 수술을 하기로 했다. 그런 과정을 거쳐서 위의 85%를 잘라냈고, 다시 조직검사를 했으나 절제된 위에서는 암이 발견되지 않았다. 수술을 하고 난 후 불편을 감수해야 된다는 의사선생님의 말씀을 곱씹으며 나는 오늘도 감사한 마음으로 살아간다.

그 외에도 한평생 수많은 병마를 다양하게 경험하며 살고 있으면서도 많은 세월이 흘러간 오늘까지 잘 이겨내고 나서 이렇게 글을 쓴다고 앉아 있으니 나도 많은 역경을 잘도 버티고 있구나 싶다.

아프고 시린 과거

돌이켜 보면 어려운 세상에 태어나 가난한 가정의 장남이라는 중압감을 안고 있었다. 어린 나이부터 대식구의 가장으로 살다보니 다른 생각 할 틈도 없이 일찍 철이 들었다. 게다가 한 푼이 아쉬운 가난에 찌들어서 세월을 보내다 보니 어린 시절부터 한평생 여유가 없어서 젊은 시절이 좋은 때인지도 몰랐고, 결국 즐길 여유도 없이 다 지나가버렸다.

워낙 어렵게 살다보니 당구장, 탁구장 한번 안 가봤고 축구, 배구는 물론 어떤 취미생활도 해본 경험이 없으니 내가 할 수 있고 유일하게 할 줄 아는 것은 두발로 걷는 것뿐이다. 그러니 취미는 산에 가는 것이고 특기는 잘 걸을 수 있다는 것이다.

한동안 왕성하게 사회활동을 할 때는 주위 동료들이 이것도 배워봐라 저것도 같이하자 하고 많이들 꼬드겼지만 워낙 놀이와 먼 삶을 살다보니 용기가 없어서 아무것도 배워보지 못했다.

이제 와서 뒤돌아 생각해 보니, 내 인생은 한마디로 열심히 돈 버는 기계였다. 한편으로는 최선을 대해 열심히 살았으니 무슨 여한이 있겠는가 하고 생각되지마는 항상 가슴속에는 시린 한기를 느낀다.

다시 생각해 봐도 지난 세월은 늘 바빴고 많은 세월을 조급해 하면서 살았다. 20대의 풋풋했던 젊은 시절에도 삶을 즐길 여유도 없이 그날그날 먹고 살기 바빴고, 3·40대에는 세 명의 자식을 낳아 키우면서도 제대로 된 옷 한 벌 못 사주고 이웃에서 얻어다 입히면서 키워야 했으며 먹는 것도 빠듯해 밥만 먹여 키웠다.

그것뿐이랴. 집을 사 놓고도 단칸방에 살면서 내 가족의 안락함은 생각할 겨를도 없이 오직 가난에서 탈출해야 된다는 일념으로 온 가족들의 희생을 강요했던 것만 같아서 마음이 아프다.

이제 고생한 결실을 즐기며 살아갈 나이에 이르러 먹고 싶은 것을 실컷 사먹을 수 있는 여유가 생겼으나 정작 몸이 병들어서 가려먹어야 하고 체력이 쇠잔해져서 좋은 구경도 영 흥미가 없다. 한편으로 내 인생을 뒤돌아 생각하면 허무하고 가슴속에는 허탈함으로 가득하다.

한때는 세상을 원망했다. 부모를 원망하며 죽어야 끝날 고생 차라리 인생을 버릴까도 생각했던 적이 몇 번 있었고, 일이 잘 안 풀리고 어려울 때는 '탄광으로 숨을까? 아니면 배를 타고 망망대해로 숨어버릴까?' 하고 낙심하며 살던 날이 많았지만, 그래도 이렇게 살아있지 않은가?
지금 생각해 보니 그때마다 잘 참고 살아온 내 자신이 그래도 자랑스럽고 다행이다 싶다.

나의 어린 시절

　어린 시절, 잠시나마 아버지·어머니와 행복했던 적이 있긴 있었다. 그 건 내 기억으로는 초등학교 입학 전으로 기억한다.

　나는 1952년생이다. 6·25 전쟁 탓에 우리고향은 밤이면 지리산에서 빨치산들이 내려와 노략질을 하고, 낮이면 국군이 질서를 회복하기 위 해 마을을 지키던 어수선한 시절이었다. 나는 기억이 없지만 부모님의 말씀에 의하면 수년간 낮에는 대한민국 땅인데 밤이면 조선인민공화국 이 되는 황당한 시절이었다고 후일 말씀하시곤 했다.

　아련히 기억하는 내 어린 시절의 우리 고향마을 산 위에는 전투경찰 대가 큰 군용천막을 치고 주둔해 있었고, 산꼭대기 고지(군대가 주둔했 던)까지 빙빙 돌아서 올라가는 길이 마치 미로처럼 상당한 깊이로 빙빙 돌아서 파여 있었다.

　사람들은 그 주위에서 많은 이들이 전사했노라고 하고, 밤이면 귀신 울음소리가 들린다고도 했다. 그 시절에는 전기나 라디오도 없던 시절 이라 밤만 되면 옛날전설에서 나오는 무서운 귀신얘기를 실감나게 들으 면서 자랐다.

　믿어지지 않겠지만 5·16 이후 박정희 의장이라고 쓰인 금성라디오가 이장님 댁에 나왔는데, 다들 라디오 속에 조그마한 사람들이 살고 있다고 믿었고 그 신기한 라디오소리를 듣기 위해 저녁마다 이장님 댁으로 모이고는 했다.

그래도 봄이면 아름다운 꽃이 피고 여름 산에는 지천에 먹을 것이 많았던, 공기 좋고 인심 좋은 조그만 산골 마을이었다. 아른거리는 그 옛날부터 기억을 더듬어 보자,

첫 번째 생각나는 것. 아버지의 품에 안겨서 외갓집 가던 때가 기억이 난다. 둘째 동생을 임신한 어머니는 인절미를 해서 대나무로 만든 석작(네모난 바구니)에 담아 머리에 이고 나는 아버지 품에 안겨서 30리 길을 걸어가는데, 고개 넘고 신작로를 지나갈 때 계속 내가 인절미를 달라고 해서는 콩가루만 핥아먹고 버리고 했던 기억이 선명하다.

아버지께서는 늦게 결혼하여 6년 만에 얻은 귀한 자식이라 꾸중을 모르셨고, 다 받아주셨던 어린 시절이었다. 듬직한 아버지와 젊은 어머니. 어느 누구와 같은 평범한 가정에서 나는 내 바로 밑에 동생이 사산된 후라서 5살까지 엄마젖을 먹고 자랐다.

할아버지는 동네 훈장님이셨다. 내가 8월 중순에 태어났는데 9월 하순에 돌아가셨다. 우리 집안은 몇 대 동안 손이 귀한 집안이었단다. 원래 순천, 광양 쪽에서 대대로 살았으나, 할아버지께서 지리산 밑의 산골마을에 문맹자들이 많다는 소문을 접하시고는 후학양성을 위한다는 숭고한 뜻을 가지고 산골동네를 찾아오셨다. 그리고 동네 위쪽 산골짜기에 조그만 서당을 손수 지으시고 그곳에서 한문공부를 가르치기

시작했단다.

어릴 적 동네아이들과 처음 할아버지께서 서당을 하셨던 집터에 가면 아궁이자리도 있고 방과 부엌 등 다양한 흔적이 남아있었다. 그 후 학생 수가 많아져서 결국 동네로 내려오셨고, 이후 본가도 이사를 하신 뒤에 본격적인 한문선생이 되셨으나 50대 중반에 일찍 돌아가셨다. 그러나 자식들이 그 자리를 잇지 못해서 우리 집안은 훈장으로서의 대가 끊어졌다.

할아버지가 훈장으로서 충실할수록 큰아버지는 집안일을 도맡아 해야 했을 것이다. 착실한 성품에 장남이라는 책임감이 강할수록 더욱 공부할 수 있는 시간적 여건은 안 되었을 것 같은데다가, 큰아버지의 성품이 성실하기는 하나 욕구나 취미도 공부 쪽은 아니었던 것 같다.

둘째 아들인 우리부친은 공부는 모른 채 젊은 시절부터 방랑하며 부모 속을 썩이던 말썽꾸러기 아들이어서 가르치질 못했고, 셋째 아들은 공부를 잘 해서 사서삼경까지 읽었으나 그 후 어느 날 신식 문물에 고취돼서 아버지 몰래 상투머리를 확 자르고 나타났으니 서당 훈장님 체면이 말이 아니었을 것이다.

할아버지가 크게 노하신 후 가죽혁대로 때려죽인다며 쫓아갔지만 어찌 젊은 아들을 붙잡을 수 있었겠는가. 그런 일이 있은 후로 후계자에서 멀어지셨다는 말을 어렸을 때 들었던 기억이 난다.

할아버지께서 돌아가신 후에는 제자들이 서당을 운영하게 되었고,

산골의 서당은 소문이 나서 멀리서도 많은 학생들이 배우러 오게 되었으며, 그런 환경 때문에 우리가 어릴 적에는 상당 수 애들을 학교에 보내지 않고 서당에만 보내서 한문 공부를 가르치던 시절이 있었다. 그때는 가벼운 글은 한글, 보다 깊이 있는 글은 한문이라고 하면서 한문을 중히 여기던 때였다.

큰집에는 할아버지께서 남기신 많은 서적들과 유품들이 있었으나, 그 많은 옛날 서적의 가치를 모르는 후세들에 의해 해체된 채 안방, 사랑방 가리지 않고 벽지로 사용되어 없어졌다. 또 소위 배웠다는 사람들이 빌려달라고 해서 가지고 간 후 돌려받지 못하는 등 결국은 다 없어지고 말았다.

만일 지금 그 많은 서적이 보관되어 있다면 아마도 돈으로는 환산할 수 없는 엄청난 가치를 자자손손 누렸을 것인데, 글을 모르는 자식들에 의해 당대에 모두가 그렇게 사라지고 말았다.

아버지는 25세 때에 15세인 어머니를 중매로 만나 결혼했고 부모로부터 산골자기 논3마지기, 밭1마지기(1마지기는 200평임)와 집한 채를 받아서 살림을 시작하셨다. 외갓집에서는 어수선한 시절이라 어린 딸을 배움 있는 집안이라는 것 하나만 믿고 아버지께 시집을 보냈단다.

그때는 신랑감을 신부 아버지께서 보시고 마음에 들면 신랑을 신부집으로 초청해서 장모나 가족들이 선을 보이고 결혼시키는 그런 풍습이 있었나 보다. 생전의 외할머니 말씀은 어디서 새카만 놈이 신랑감이라고 대문에 들어서는데 한 군데도 마음에 든 곳이 없었으나 말씀을 잘 했는지 말을 하는 걸 보고서야 마음에 들었다고 말씀하시곤 했다.

한번은 아버지께서 술이 취해서 아침에 깨끗이 입고나간 한복두루마기에 똥칠이 묻어서 왔길래 외할머니께서

"야 이 사람아. 마누라가 얼마나 힘들게 손질해서 깨끗이 입혀 내보낸 명주한복을 똥밭에서 굴러서 들어오면 어찌하는가. 이 옷이 얼마나 빨아서 손질하기가 힘든 옷인데 조심 좀 하지." 했더니 술 취한 아버지가 대답하시기를

"장모님, 저는 아무 잘못이 없습니다. 어느 나쁜 놈이 하필 내가 자빠질 곳에다가 똥을 싸놔서 그렇지요." 하더라고 어린 나에게 말씀하시곤 했다.

어머니는 너무 어려서 남자가 무섭기도 하고 부끄러워서 쳐다보지도 못한 채 결혼했다며 외할아버지를 원망하시곤 했다. 결혼 후에도 외가에서는 시집간 어린 딸이 염려가 돼서 동생들을 교대로 보내 우리와 같이 살게 했는데, 어머니는 철이 없어서 신랑 밥 챙겨 주는 것도 잊고 이모들과 우렁이나 잡으러 다니곤 했으니 아버지가 얼마나 답답했겠느냐면서 훗날 웃으시곤 했다.

아버지는 30세, 어머니는 20세에 나를 낳으셨는데, 손이 귀한 집안이라 큰 경사였을 것이다. 어릴 적에는 애가 너무 순하게 잠만 자서 가끔씩 숨을 쉬는지 확인하곤 했다는 얘기를 훗날 어머니는 자주 하셨다.

할아버지께는 내가 정말 귀한 손자였단다. 아들 셋에 딸 하나를 두신 할아버지께서.

장남인 큰아버지는 아들을 여러 명 낳았으나 돌림병에 다 잃고 딸 하나만 키우고 있었다. 그런 와중에 말썽꾸러기 둘째 아들인 우리 아버지가 늦은 결혼(그 시절에는 조혼이 많았음)을 해서 첫 번째로 아들을 낳았으니 얼마나 귀한 아들이었겠는가.

할아버지께서는 병환 중에도 날 낳았다는 소리를 듣고 무척 기뻐 하시면서도 부정탈까봐 좋은 날짜를 잡아서 데려오라고 할 정도로 조심하셨단다. 그렇게 해서 좋은날 상면하시고 하시는 말씀이

"그놈, 말은 잘하게 생겼다."

그 한마디 뿐이셨단다.
그 후 할아버지는 한 달 정도 밖에 더 못 사시고 9월에 돌아가셨다.

어머니는 나를 낳고 3년 후 동생을 임신했으나 천둥소리에 놀라 사산되는 바람에 나는 5살 때까지 엄마젖을 먹고 자랐고, 내가 여섯 살이 되던 해 지금의 둘째 동생이 태어날 때까지 집안의 사랑을 듬뿍 받으면서 자랐다. 지나고 보니 그때까지가 가장 행복한 어린 시절이었다.

또한 동생이 태어난 후에는 가끔 나를 외갓집에 데려다 놓곤 했는데, 워낙 순해서 외갓집에서도 잘 적응하곤 했던 것 같다.

외가에서

외갓집은 깊고 조그만 개울을 건너야 집으로 들어갈 수 있었는데 항상 섶 다리를 놓아서 연결해 놓았다. 외할머니 환갑날 외갓집 마당에서 동네잔치를 했는데, 동네 사람들이 왁자지껄 하던 그때 할머니께서 술을 몇 잔 드시고서 당뇨로 기동을 못하신 채 고생하시던 외할아버지를 향해

"내가 어쩌다가 저 원수를 만나서 이 고생을 하고 산다."며 원망스런 푸념을 많이 하셔서 안방 방문을 열어놓고 물끄러미 쳐다보고 계시던 외할아버지의 큰 눈에서 굵은 눈물이 뚝뚝 떨어지는 것을 본 슬픈 기억이 있다.

문 밖 출입을 못하시던 외할아버지는 방안에서 대변을 보셨는데, 가끔 나를 살짝 부르셔서 살며시 종이에 싼 변을 주시면서

"변소에 갖다 버려라."고 심부름을 시키곤 했다.

나는 그런 심부름도 곧잘 했는데 언제부터인가 막내이모가 알고서
"할아버지가 뭐 주시든?" 하고 나를 놀리며 크게 웃곤 했다.
나는 그때 어린마음에도
"그게 뭐가 좋아서 저리 웃을까." 그런 생각을 했다.

작은 고모할머니 집에 가면 부자로 산다는 게 뭔지 알 수 있었다. 기와지붕을 한 큰 대문을 들어가면 사랑채를 지나고, 안마당으로 가려면 몇 계단 높이를 올라가야 했는데 저 높은 안마당에서 커다란 거위 두 마리가 막 달려 나오곤 해서 많이 놀라며 무서워했다.

그 집에서는 과방에 먹을 것이 많이 있었는데, 내가 가면 항상 귀여워 주시면서 맛있는 것을 찾아주시고는 했다. 한여름에도 시원한 식혜와 온갖 한과, 달콤한 곶감을 정갈한 나무소반에 담아서 그득하게 내어놓고 "많이 먹어라." 하면서 귀여워해주셨다.

그 분들은 어떻게 그런 부자가 되었냐고 물어보니 일제 때 학식이 풍부하시던 그 댁 할아버지께서 일본인 부잣집 집사를 하면서 살림을 맡아 주셨는데, 1945년 8월 15일 갑자기 해방이 되어 그 일본인 부자가 일본으로 돌아가면서 모든 재산을 그에게 넘겨주고 가는 바람에 갑자기 벼락부자가 되었단다.

동네 조그만 동산을 올라가면 '더위밭'이란 과수원이 있었는데 가끔 거기 놀러가서 단감을 실컷 얻어먹었던 기억도 난다.

살아생전에 준수한 얼굴에 큰 눈을 껌벅이면서 나를 예뻐해 주시던 외할아버지의 생전모습도 눈에 선 하고, 외할아버지가 돌아가셨을 때 상여를 메고 좁은 섶 다리를 아슬아슬 건너오던 광경도 생생히 기억이 난다.

그 후에도 우리 집에 세 명의 동생이 태어났지만, 그건 가정이 어렵던 후일의 일이다.

내가 태어난 집은 높은 봉당 위에 조그맣게 지어진 방 3칸짜리의 오래된 초가집이었다. 앞으로는 길게 삥 돌아서 마루가 있었고 한쪽 부엌 입구에는 큰 나무간이 있었다. 그 집에서 할아버지 할머니와 큰아버지 내외 등 대식구가 살다가 새로 넓은 집을 마련하여 나가시고 그 집을 물려받아 분가하신 것이다.

어릴 적 그 집은 마당 한편에 작은 텃밭이 있었고, 텃밭을 돌아가면 한쪽에 변소가 있었다.

텃밭에는 각종 야채와 옥수수로 풍성하게 채워져 있어서 그곳에서 반찬과 새참거리가 거의 해결될 정도였다. 초가지붕에는 커다란 박이 주렁주렁 열렸고 돌담 위에는 호박 넝쿨이 우거져 있었는데, 아침에 보면 어제는 안보이던 호박이 반찬거리로 자라 있었다.

봄에는 아욱, 상추도 심고 고구마 줄기파종을 하기 위하여 한쪽에는 노란 순이 난 고구마를 심기도 했다. 여름이면 시원한 옥수수 그늘에서 탐스런 옥수수를 삶아 먹기도 하고 달콤한 옥수수 대를 꺾어 씹기도 했다. 가을이면 수확한 무를 땅속에 묻어놓고 겨울철 동안 꺼내먹기도 했는데, 땅속에서 자란 노란 무순을 삶아서 간장과 참기름을 넣고 맛있게 무쳐 먹기도 했다.

변소천정에는 항상 관이 높이 매달려 있어서 밤에 변소에 갈 때는 몹시 무서워하곤 했고, 또 바로 옆집에는 돼지우리 위에 변소가 있어서 대변을 보려면 큰 똥 돼지가 받아먹으려고 홀쩍 뛰어오르는 바람에 많이 놀라기도 했다.

그 집의 뒤편에는 조그만 대나무 밭이 있었고, 대나무 밭에는 으름나무 넝쿨이 높은 곳에 있었는데 아버지께서 잘 익어서 달콤한 으름을 따서 주시기도 했다. 작은 바나나처럼 생긴 으름은 익으면 스스로 벌어지는데 하얀 속살에 까만 씨가 박혀 있었으며 무척 단맛이 강했다.

봄이면 죽순을 잘라다가 반찬을 해먹고, 정월 대보름엔 몇 그루 잘라다가 동네 달집 만드는데 쓰기도 했다. 달집에 불을 붙이고 밤새 이집저집 지신밟기를 하면서 온 동네사람들이 한해 농사에 대풍을 기원하면서 즐기던 때가 그립다.

큰아버지는 꽹과리를 정말 잘 치셨는데, 큰 키에 미남인데다가 신도 많아서 껑충껑충 뛰면서 꽹과리를 칠 때면 나도 모르게 가슴이 뿌듯하기도 했다. 아버지는 술을 좋아해서 남에게 술 권하는 일을 즐겨했다. 한잔 받은 상대방은 꼭 아버지에게 한잔을 권하곤 했는데 나는 그런 모습이 무척 싫었다. 오늘도 아버지는 만취해서 정신을 놓을까 걱정이 많았기 때문이다.

또한 내가 너무 몸이 약하다고 하시며 쥐를 잡아다 구워서 먹이면 튼튼해진다는 말을 들었다며 쥐덫으로 쥐를 잡아 구워서 주시기도 했는데 기름기가 몹시 많았다.

장독대에는 봄이면 어김없이 난초가 자라나서 꽃피우던 집.
동네 친구들과 나무헛간에서 숨바꼭질하던 정든 우리 집.
그렇게도 정들었던 우리 집은 훗날 하룻밤 아버지의 손장난에 날아가 버렸다.

내 어릴 적 무렵에는 인천상륙작전으로 북으로 돌아갈 길이 차단된 빨치산들이 지리산으로 모여들어 버티고 있던 시절이라서 밤이면 민가에 내려와서 곡식을 뺏어 가는 일이 잦았다. 아버지께서 우리 먹을 양식을 뺏기지 않으려고 대나무밭 밑에다가 굴을 파고 곡식자루를 묻었던 장소가 있었는데, 후에는 어린애들이 그곳에 들어가 숨바꼭질을 하기도 했다.

밤이면 빨치산들이 내려와 젊은 사람들은 다 잡아가던 시절. 큰아버지는 안 끌려가려고 급히 촛동(소먹이 풀을 묶어서 겨울에 먹이려고 처마 밑에 죽 세워놓고 했음)뒤에 숨었는데 빨치산들이 긴 죽창(대나무를 깎아 날카롭게 만든 창)으로 촛동의 여기저기를 찌르면서 갔다며, 그때는 숨이 멎는 것 같았노라고 훗날 말씀하시곤 했다.

또한 아버지는 총각시절에 쇠로 된 마차 바퀴에 깔려서 발등에 큰 흉이 있었는데, 해방 후 50년대 초에 빨치산들이 내려와서 가축이나 곡식 등을 빼앗은 후 양민들을 잡아다가 짐을 지워 산으로 올라가곤 하는 상황에서 아버지도 붙잡혀서 짐꾼으로 끌려가시다가 발이 아파 못 가겠다고 했더니 보내줘서 살았다는 얘기도 들었다. 다행히 좋은 빨치산이었던 같다.

그 시절에는 많은 동네사람들이 끌려가서 죽임을 당하거나 그 사람들과 같은 빨치산이 되었던 시절이었으니 말이다. 끌려가서 빨치산 안 하려고 하다고 죽고, 살려고 공산당이 된 사람들은 훗날 빨치산 소탕작전에 또 죽고…. 그렇게 많은 사람들이 힘없이 죽어가던 시절이었다.

아버지는 대나무를 잘라다가 잘게 쪼갠 후 소죽 끓일 때 삶아서 갈쿠리도 만들고, 간단한 바구니도 만들어 썼다. 그 집의 뒤편 마당에서 아버지는 장작을 패고 어머니는 아버지의 참을 준비하느라고 고구마와 옥수수 등을 삶아 같이 나누어 먹으면서 행복해 했던 시절.

서로 바라보며 환히 웃던 행복한 시절이 잠시나마 있었다.

학교에 가다

초등학교에 입학하여 꿈 많던 어린 시절에 나는 공부도 잘 하고, 노래도 잘해서 선생님들로부터 귀여움을 받던 모범학생이었다. 은근히 우등상장이라도 받을 때에는 으쓱해 하며 먼 하굣길을 으시대며 집으로 들어왔던 기억도 난다. 다른 친구들이 부러워했을 수도 있었을 텐데, 지나고 보니 내가 우쭐해서 잘난 척하며 겸손하지 못했던 것 같다.

이모들이 항상 노래를 가르친 덕분에 어렸을 때부터 남들 앞에서 노래하기를 좋아했던 나는 학교에 가서도 '노래 잘하는 애'로 알려져서 남들보다 먼저 학교에 가서 노래연습을 하고 대회에 가서 입상도 했던 그런 기억도 있다.

그때만 해도 우리학교에는 앰프가 없었다. 운동회 때면 멀리 있는 다른 학교에서 앰프를 빌려다가 쓰고는 했는데, 대회에 나가서 부상으로 앰프를 받아 오던 날 트럭을 타고 학교로 오는 길에 전교생이 길가에서서 박수로 환영해 줬던 일도 생각이 난다.

그런 이유로 나는 아침마다 남보다 일찍 학교에 와서 교무실에서 노래연습을 해야 했다. 학교가 무척 멀었는데 혼자 일찍 오려니까 짜증이 나기도 했지만 한 번도 거역하지 않고 매일 일찍 학교에 나와서 노래연습을 하고는 했다.

우리 사촌동생은 지금도 얘기한다. 그때 아침 등굣길에 멀리서 들려오는 오빠 노래 소리를 들으면서 학교에 가고는 했다고.

5월 8일 어머니날(그때는 어머니날이었다.)이면 교실을 두 칸 터서 무대를 만들고 학부모들을 모셔다가 연극도 하고 노래도 했는데, 나는 항상 주인공이었고 막이 닫히면 간간히 노래도 해야 했다.

아주 엉성한 주인공이었는데도 연극 때만 되면 언제나 주인공은 내가 했다. 4학년이 되어 과학부에 가고 싶었으나 나는 무조건 음악부에 가야 했다. 맨 여자들만 있는 음악부가 정말 싫었다. 가기 싫어서 애들에게 심통을 부린 적도 있고 짜증을 낸 적도 있었다.

공부도 그때까지는 무척 잘 했다.

어린 마음인지라 '왜 저애들은 이렇게 쉬운 것도 모를까? 정말 이상하다.'고 생각한 적도 있었고, 공부는 못하면서 애들 노는데 훼방만 부리는 애들에게는 정의의 사도마냥 행동하기도 했다.

3학년 담임 선생님은 체육시간이면 학생들을 데리고 간혹 학교 앞 들판으로 개구리를 잡으러 다니고는 했다. 여럿이 잡으니 개구리를 상당히 많이 잡을 수 있었고, 선생님은 잡아온 개구리로 요리를 해서 드시고는 했는데 우리는 무척 징그러워했다. 또한 그 선생님은 애들이 도시락 반찬으로 가재 같은 것을 싸오면 자기 반찬과 바꾸어 먹기도 했다.

그러나 그 행복은 오래 지속되지 못했다.

3학년 때까지는 우등상을 받았으나 4학년 때에 집안이 망하면서 학교에 수시로 결석을 하고 동생들을 건사해야 되는 일이 많아졌다. 어머니는 항상 눈이 아팠다.

외할머니께서 오셔서 어머니를 데리고, 구레 어딘가에 물 맞으러 간다고 같이 가시고는 했다. 어머니께서 돌아오실 때까지 나는 동생들과 집을 지켜야 했다. 그런 사정으로 나는 학교에 자주 결석을 했고, 선생님께서는 그 일로 자주 가정방문을 오셨으나 우리 집에 어른은 없고 나와 동생들만 있는 것을 보시고 돌아가시고는 했다.

내가 초등학교 4학년인 그때에, 아버지께서는 친구들과 자주 도박을 해서 어머니와 다툼이 많았고 어느 날은 모든 재산을 다 잃고 오셨다.
그날 실수(도박)로 우리 집은 아무것도 가진 것 없는 빈털터리가 됐고, 아버지께서는 그날 부모님으로부터 물려받은 논, 밭과 집을 비워주고 살던 집 아랫방으로 물러났다.

"어제까지 우리 집이었는데."
다른 사람들이 이사를 와서 안방을 차지하고 사는 것이 어린마음에 도저히 이해가 안 되고 짜증이 많이 났다.

그렇지 않아도 이런 환경이 화가 났는데 어느 날 아침 냇가에 가서 세수를 하려고 할 때 새로 우리 집 안방으로 이사 온 애가 내가 세수하는 위쪽 냇물에 들어가서 구정물을 만들며 물을 흐리고 있었다.

그 시절에는 아침이면 모두다 집 앞으로 흐르는 냇가에 가서 찬물로 세수를 하곤 했다. 하지 말라고 했지만 나보다 2살 위인 그 애는 점점 더 장난을 치기 시작했다. 그렇지 않아도 우리 집을 빼앗아간 그 집 사람들이 미운데 무시하나 싶어 화가 치밀어 올랐다. 나는 그 애를 물에 넘어트려놓고 사정없이 때렸다.

그 애는 울면서 먼저 집으로 돌아갔고 나도 조금 후에 집으로 돌아오니 아버님이 정말 무서운 얼굴을 하고 기다리고 계셨다.

자기자식이 맞고 들어오니 안집은 난리가 났다. 그것도 나이가 두 살이나 아래인 나에게 맞았다고 하니 그 애 부모도 많이 화가 나서 큰 소리로 "네가 깡패냐?"며 나를 나무랐다.

아버지는 나를 불러 세웠다.

"네 이놈, 이리 올라서라. 사이좋게 지내야지 왜 싸움을 해. 그것도 엄마가 없는 불쌍한 애를 때렸으니 너도 좀 맞아야겠다."

아마도 아버지는 자신의 실수로 이렇게 되었다는 생각 때문이기도 하고 안집 사람들이 나를 꾸중하는 것에 속이 상해서 그랬을 것이다.

나는 처음이자 마지막으로 아버지한테 장단지가 부르트도록 세게 맞았다. 사실 그 애는 계모 밑에서 살고 있었던 것이다. 그래도 잠시 나는 억울했다. 그 애가 나보다 두 살이나 위인데다 지가 잘못했는데 왜 내가 맞아야 하나 싶었다.

고생은 그때부터 시작됐다. 인정 많고 듬직했던 아버지.

한마디로 아버지의 인생은 이때부터 꼬일 대로 꼬이기 시작했다. 모든 의욕을 잃은 채 술만 드시고 긴 세월동안 방황하기 시작했다.

그러나 당장 우리가 살아갈 집도 없으니 우선 집을 마련해야 했다. 아버지는 온갖 고생을 다 하면서 큰집 옆 텃밭에다가 조그만 집을 지었다. 큰집에서도 각종 반찬거리 등을 가꾸던 텃밭이 필요하였을 것이나 남이 아닌 친동생이 당장 살 집이 없으니 할 수 없이 그 땅을 내주셨을 것이다.

학교를 다닐 수 없게 되어 밤이면 서당에서 한문을 배우게 되었다. 서당에서는 많은 사람들이 양쪽으로 머리를 두른 채 빼곡히 누워 잠을 잤고, 새벽 4시에 일어나서 냇가로 달려 나가 추운 겨울에도 차디찬 얼음을 깨고서 찬물에 세수를 하고 돌아와 큰 소리로 책을 읽고 신문지를 매어서 붓글씨를 배웠다.

어두운 밤 침침한 등잔불 아래에서 서당선생님께서 해주셨던 구수한 옛날얘기에 모두가 귀를 세우고 집중하던 때가 있었고, 상급제자들 중 기도(규율부장과 비슷함)를 뽑아서 서당 분위기를 일신한다면서 우리들을 무섭게 다그치던 그 분들의 얼굴도 어제 겪은 일처럼 생각이 난다.

책을 한 권 뗄 때마다 책거리를 내야 했고, 그 떡을 모두 함께 나누면서 재미있게 공부하던 시절이었다. 또한 동네 집집마다의 제사 날짜를 서당 달력에다 적어놓고 제삿날이 돌아오면 단자를 얻어다 나눠먹기도 했다. 어렵고 배고프던 한밤중에 제삿집에서 얻어온 음식은 정말 꿀맛이었다. 아마도 지금처럼 풍요로운 시절에 자란 사람들은 그 맛을 모를 것이다.

나는 남의집살이를 해서 항상 같이 공부할 수는 없었고 밤 시간만 같이 공부를 할 수 있었다. 그래도 또래끼리 장난도 많이 하고 한자씩 알아가는 재미에 시간가는 줄 모르던 행복한 시절이었다.

전기도 없고, TV나 라디오도 없던 시절. 오직 호롱불 아래서 귀신이야기를 실감나게 듣거나 이야기책 보는 재미가 제일이던 때. 깜깜한 밤에 탱자나무 골목을 지날 때면 울타리에 걸어놓은 울긋불긋한 천조각 밑으로 고사 밥을 부어놓고는 했는데, 그것을 볼 때마다 귀신이 금방이라도 나올 것 같아서 도망치듯 빠르게 그곳을 지나다녔던 그 시절을 지금 세상 사람들은 공감하지 못하리라.

TV는 배우의 동작과 대화로 다 같은 느낌을 주지만, 마당 멍석에 여러 사람이 둘러앉아 잎담배 엮는 일을 하면서 지글거리는 스피커(라디오가 없던 시절, 유선으로 연결한 스피커가 있었음) 소리에 푹 빠져서 연속극을 듣곤 했고, 각자 상상으로 마음속에서 그 장면을 그렸기 때문에 각기 다른 내용으로 각색되기도 해서 같은 연속극을 듣고도 다음날 서로 얘기가 달라서 다투던 일도 있었던 시절.
그때의 세상은 불편했지만, 그래도 그때의 추억은 아름답고 지나고 보니 새삼 그립다.

드디어 우리 집을 짓다

그 시절에는 목재가 귀했다. 일제 때 산의 아름드리나무를 일본사람들이 다 베어가고 난 후라서 모든 산은 민둥산이 되어 있었고, 여름에 장마철이 오면 산사태를 걱정해야 했던 시절이라 정부에서 대대적으로 산림녹화사업에 들어갈 때였다. 그 때문에 간혹 나무가 있는 깊은 산에서도 함부로 나무를 벨 수 없었다.

그래도 집을 지으려고 하면 목재가 꼭 필요했다. 결국 방법이 없었던 아버지는 깜깜한 밤중에 깊은 산중에 가서서 몰래 한 그루씩 베어서 지게로 날라다가 모으기도 하셨고, 일부는 땔감 등을 시장에 팔아서 그 돈으로 목재를 사서 지고 오시기도 했다.

상당한 세월이 흐른 후에야 얼마간의 목재가 모여서 공사가 시작되었다. 동네 목수가 아버지와 함께 집을 지었는데, 정말 허접한 집이었다. 기둥보다 대들보 구멍을 너무 크게 파서 쫄대를 양쪽에 붙여야 하는 등의 엉터리로 일하는 서투른 목수였다.

나무로 기둥을 세우고, 벽에는 대나무를 쪼개서 얼기설기 엮어서 대고, 그 위에 흙을 발라 벽을 만들고, 동네주변에서 넓적한 돌을 주워다가 구들을 놓아서 흙으로 바르고, 그 위에 멍석을 깔아놓은 3개의 방과 초가지붕을 한 조그맣고 엉성한 집이었지만 남의 집에 살다가 우리 집이 생겼으니 얼마나 기뻤는지 모른다. 이삿짐은 몇 개 되지도 않으니 지게로 날라다 이사를 했다.

그 후 집을 이사해 놓고도 아버지는 세상을 원망하며 술에 젖어 사셨고, 자신의 어리석음을 한탄하며 객지로 방랑하기 시작했다. 동네에 창피하기도 했을 테고, 농토가 없으니 마땅히 할 일도 없었고, 그렇다고 머슴살이를 하자니 얼마 전까지 온 동네에서 존경을 받던 서당선생님의 작은아들이 남의 집에 가서 종살이처럼 사는 것도 자존심이 허락지 않았을 것이다.

1년 중 집에는 몇 달 머물지 못하고 객지로 도는 아버지를 대신한 어머니의 고생은 말이 아니었다. 아버지는 남의 아픈 일에는 솔선해서 도와주고 자기 몫은 철저히 못 챙기는, 한마디로 남에게만 좋은 사람이었다. 노름판에서도 자기가 딸 때는 잃은 사람에게 나누어주고 본인이 잃었을 때는 그냥 잃고 오는 그런 분. 항상 손해는 본인이 감수하는 그런 분이었다.

아버지의 기회

한번은 외갓집 친척이 서울에서 내려와서 시골 선산을 찾아달라고 하니 몇 달을 돌아다니며 어렵게 선산을 찾아 주었단다. 그 서울 분께서 서울로 돌아가시면서

"고마운 은혜에 보답할 테니 꼭 서울에 한번 오십시오, 혹시라도 서울에 오셔서 사실 생각이 있으시면 제가 힘껏 도와 드리겠습니다."

꼭 한번 찾아오라고 하며 주소를 적어서 주고 갔는데 그 내용을 동네 사랑방에 가서 친구들에게 자랑삼아 이야기 했던 모양이다. 그 말을 듣고 동네친구들이 너도 나도

"서울 갈 때 나도 좀 데려가 주게."

아버지께서는 그걸 뿌리치지 못하고, 동네친구들을 일곱 명이나 데리고 서울에 올라와서 찾아 갔더니 엄청난 부자로 살고 있었단다.

그 많은 사람들을 한 달 동안 먹고 재우고 서울구경도 시켜주고 난 뒤,

"이제 저 친구 분들은 시골에 놔두고, 혼자만 올라오세요. 내가 여기서 준비를 해놓고 기다릴 테니 꼭 혼자만 오세요."

그 분께 여덟 명의 차비를 타서 시골로 내려온 후에는 차마 염치가 없다고 하시면서 끝내 서울에 계신 그 분을 찾아가지 못했단다.

동네사람들만 자기 돈 안들이고 서울구경 잘 시켜주고, 정작 자기는 고생해서 얻은 기회도 챙기지 못하는 아버지를 어느 누가 이해할 수 있겠는가.

당연히 가족들은 바보 같은 짓만 한다고 불만이 많았을 것이다. 그렇게 아버지에게는 좋은 기회를 놓치고 다시 망막한 세월이 지속되었다.

시작된 굶주림

그런 생활 속에서도 동생이 한 명 더 태어나 식구는 6명으로 늘어났다. 식구는 늘어나는데 농토가 없으니 굶기를 밥 먹듯이 해야 했다. 먹을 것이 없어서 처음에는 이웃에서 조금씩 도와주기도 했는데, 소문난 가난한 집이었으니 어린 것들이 불쌍해 이웃에서 많이 도움을 주셨으리라.

어떤 날은 아침에 일어나 방문을 열어보니 어느 분이 한밤중에 우리 집 방문 앞에 쌀자루를 갖다놓고 가신 적도 있었다. 나중에 지나고 생각해 보니 그분은 할아버지의 제자였던 것 같았으나 확인할 수는 없었다.

그러나 매번 남들이 우리를 먹여 살릴 수는 없었다. 어느 때는 보릿겨(보리 쌀을 찧을 때 나오는 보리껍질 안쪽의 고운 겨)나, 밀기울(밀가루를 빼내고 남은 껍질)을 얻어다가 먹기도 했는데, 죽을 끓이면 까칠까칠해서 목에서 넘어가지가 않았다. 그것도 소나 돼지사료로 썼기 때문에 구하기도 어려웠다.

사카린을 조금씩 넣어서 먹어보니 단 맛에 조금 먹기가 편했다. 그렇게 이웃의 도움으로 조금씩 얻어먹기도 했으나, 그것마저도 없었던 수많은 날들은 굶을 수밖에 없는 처지였다. 너무 배가 고플 때는 샘물을 한바가지 들이키고 나면 잠시나마 허기를 면할 수 있었다. 특히 여름철에는 동네 위쪽의 샘물을 길어다 먹었는데 무척 차가웠다. 그 샘물에다가 사카린을 타서 먹으면 정말 달콤하고 시원했다.

어린 동생들은 줄줄이 있는데 어머니는 눈이 아파서 물을 맞으러 가시거나 외지로 장사를 가시니 결국 집안 살림은 내 차지였다. 끼니거리가 없어서 힘들었고, 빨래와 애들 건사도 힘이 많이 부쳤다.

어머니가 안계시면 젖먹이 동생은 이웃 애기엄마젖을 얻어 먹이기도 했고, 며칠만에 어머님이 집에 돌아오시면 동생에게 불은 젖을 먹이니까 애기가 설사를 줄줄 했다. 그때는 헌옷을 잘라서 기저귀로 썼는데 차가운 냇물에 똥 기저귀를 빨면 손은 시리고 힘은 엄청 드는데 정작 노란 자국은 좀처럼 지워지지 않았다.

어김없이 아버지는 정월 설을 쇠고 나서 돈 벌러 간다며 집을 떠나셨다. 가면서 외가에 들러 인사나 하고 가실 것이라면서 새벽 일찍 집을 나섰다. 아버지가 떠나신 날 아침, 동이 아직 트지도 않았을 무렵인데 누가 아버지를 찾아왔다.

담 밖에서 아버지를 부르는 소리에 나가보니 아버지를 잘 아는 분이라면서 아버지가 남의 집 머슴 살 곳을 알아봐달라고 했는데 마침 좋은 자리가 나서 왔다면서 아버지는 어디 계시냐고 하셨다.

어머니께서 새벽에 떠났다고 말씀하시니 연락이 되면 꼭 찾아서 자기에게 보내달라고 하시고 돌아가셨다. 이왕이면 가족들과 가끔 만날 수도 있고 긴급한 일이 생기더라도 가까운 곳에 아버지가 계시는 것이 좋겠다는 생각에서 어머니는 외갓집까지 빨리 가보라고 하셨다.

나는 그 어린 나이에 아직 어스름한 새벽에 지니골 고개를 넘어서 외갓집으로 뛰었다. 골짜기로 접어드는데 무척이나 무서웠다. 무서움에 자꾸 뒤를 돌아보면서도 급한 마음에 최대한 빨리 가려고 뛰다보니 숨이 턱까지 차올랐다.

그렇게 30여리 길을 뛰어서 남창 동네를 지나 외갓집 동네로 접어드는데 멀리서 아버지의 모습이 보였다. 외갓집에 가서서 인사를 마치고 서울로 가기 위해 역전으로 가는 길이었다. 한복 두루마기에 중절모를 약간 삐딱하게 쓰신 아버지를 보자마자 눈물이 쏟아졌다.

아버지는 깜짝 놀라며 왜 왔느냐고 하시면서 내 눈물을 보고 집에 무슨 일이 있느냐고 물으셨다. 내가 아침에 있었던 일을 다 말씀 드렸더니 그제야 안심하시는 듯 집에 무슨 큰일이 있는 줄 알고 놀랐다고 말씀하시면서

"그래 집으로 가자."

하셨다. 나는 뛸 듯이 기쁜 마음으로 앞장을 서고, 아버지는 두루마기자락을 너풀거리면서 뒤를 따라 오셨다.

그렇게 해서 아버지는 우리 집에서 조금 떨어진 아랫동네로, 예전에 면장을 하셨던 집(그래도 사람들은 면장님 댁으로 불렀음)에 남의 집살이를

가셨다. 그때의 시골생활은 봄까지 농한기에는 땔나무를 해야 하고, 날씨가 풀려서 농번기가 되면 농사일을 한 뒤 다시 가을걷이를 끝내면 다시 산에 가서 땔나무를 해다 날라야 했다.

땔감은 없어서는 안 될 소중한 살림재료였다. 땔감이 있어야 밥도 하고, 국도 끓이고, 소죽도 끓였으며, 방에 난방도 해야 하니 꼭 필요한 소비재였다. 그 동네에는 산이 없어서 멀리 다른 곳으로 나무를 하러 다니는데, 아버지는 나무를 하러 일부러 우리 동네로 오셨다.

산에 가시면서, 그 집에서 점심으로 싸준 도시락을 굶고 있는 자식들 먹으라고 집에다 주고는 산에 올라 가셨다. 그리고 점심을 쫄딱 굶은 채 무거운 나뭇짐을 지고 가시면서 집에 들러서는 빈 도시락만 가지고 가시곤 했다. 덕분에 우리 식구들은 그 도시락으로 한 끼를 때우고는 했지만, 배고픔을 참고 큰 나뭇짐을 지고 가시는 아버지의 뒷모습을 보는 것이 항상 나에게는 슬픔이었다.

그것뿐이 아니었다. 어떤 때는 어머니께서 나를 아침 일찍 아버지 사는 집에 보내기도 했다.

"아버지에게 선 새경을 조금 받아달라고 해라."

아직 일한지 얼마 되지도 않았는데.

1년 동안 일해주고 받기로 한 임금을 새경이라고 하는데 집이 어려우니 새경을 조금만 달라고 하라는 말이다. 선 새경도 급해서 나온 말이었겠지만, 어머니 생각에는 그렇게라도 아침 한 끼를 먹이고 싶었는지도 모른다.

아버지를 찾아가면 아버지는 안채의 부엌에서 본인이 잡수실 밥상을 문간채 사랑방으로 들고 오셔서 혼자 식사를 하시곤 하셨는데, 내가 찾아갈 때면 아버지가 드실 밥을 듬뿍 나누어 주시면서

"많이 먹고 가거라."

하셨다.

지금도 그 생각만 하면 가슴이 먹먹하고 뜨거운 눈물이 흐른다. 그런 날이 한 두 번이 아니었다. 여러 번 그렇게 아버지를 찾아가는 일이 많아졌고, 그렇게 한해가 흘러갔다.

물론 가끔 아버지의 새경은 조금씩 미리 받아다 먹어버렸으니 섣달그믐 날은 빈손으로 오실 수밖에 없었다.

1년 동안 아버지를 졸라대니 한 해 동안 너무나 힘들었던지 다음 해에는 멀리 객지로 떠나셨다. 어떤 때는 이천 호법면에서 우편환이 오고, 또 어떤 해에는 김포에서 편지를 보내기도 하셨는데 아마도 남의집 살이를 했던 것 같다.

섣달그믐 즈음에는 집에 오셨는데, 항상 문간에 들어서면서는

"빈손으로 왔네."

그렇게 말씀하시면서 미안해하고는 했다.

아버지는 집을 나가서 안 오시고, 어머니까지 장사하러 가신다고 며

칠씩 집을 비우시니 동생들 돌보는 일은 내 몫이었다. 어린동생들은 밥 달라고 보채는데 양식이 없으니 어찌할 도리가 없었다. 마을 이웃에 가서 얻어먹거나 굶고 앉아 있을 수밖에….

젖먹이는 젖을, 밥 먹는 동생은 밥을 얻어서라도 먹여야 되는데 만만치 않았다. 그 어려운 시절에도 조금 컸다고 둘째 동생은 배가 고파도 배고프다고 하지 않고 참고 견디어 냈다. 그 밑에 애들은 너무 어려서 참을성 없이 보채대는데 그걸 보는 내 마음이 얼마나 아팠는지 모른다.

바로 옆집이 큰아버지 집인데도 큰집에는 가기가 싫었다. 가면 밥은 먹여줄 것인데도 말이다.

왜 그랬을까?

작은아들이 못사니까 할머니는 큰어머니 눈치가 보여서 그랬는지는 몰라도 내 둘째 동생이 동갑내기 사촌과 놀다가 새참 밥 줄 때가 되면 한술 떠먹여 주시면서

"저기 가서 놀아라."

고 보내고서 그 집 사촌동생만 새참 밥을 주곤 했던 것을 본 적이 있기도 했고, 동네 사람들이 못사는 동생들 땜에 큰집도 어려움이 많을 것이라고 잡담 중에 말하는 것을 들은 적도 있어서 왠지 큰집에는 부담스러워 가기가 싫었다.

아마 어린 마음이었으니 그랬을 것이다. 눈치 빠른 둘째는 사촌의 새참 밥그릇이 보이면 사촌동생과 놀다가도 갑자기 헤어져 집으로 오곤 했다.

누구의 잘못을 얘기하는 것이 아니다. 가난한 우리의 잘못이지 큰집의 잘못이겠는가.

가난한 동생을 위해 잘해주셨지만, 못사는 우리의 어릴 적 생각이 그랬다는 것이다.

또한 아버지가 예쁨을 받지 못하게 행동했을 것이다. 듣기로는 어느 날인가 큰집에 찾아가서 도와주지 않는다고 까대기에 불을 붙인 적도 있었다는 말을 들은 적이 있다.

형제간이니 어쩔 수 없이 보고 살았겠지만, 도박으로 전 재산을 다 없애고 도와주지 않는다고 형이나 원망하는 동생이 얼마나 예쁘겠는가.

제삿날이면 큰집 사랑방에서 자다가 제사시간이 되면 일어나 제사 지낸 후 젯밥을 나눠먹는데 유일하게 흰 쌀밥을 맛볼 수 있는 기회이기도 했다. 나와 큰집 동생은 장남이라 항상 참여를 했는데, 둘째동생은 제삿밥 먹으려고 졸음을 참고 기다렸음에도 제사에 데리고 가지 않아서 많이 섭섭했다는 얘기를 훗날 웃으면서 하곤 했다. 어리니까 아마도 더 자라고 깨우지 않았을 터이지만, 배가 많이 고픈 시절이라서 그랬을 것이다. 그냥 제사지내는 곳으로 건너오면 되었을 것을. 그만큼 우리 형제들은 숫기가 없다.

농사지으면 먹어보라고 하시며 쌀도 큰 바가지에 한 바가지씩 갖다 주셨고, 맛있는 음식을 하시면 오라고 해서 같이 먹여 주신 적도 많았을 정도로 그 분들께서는 많은 도움을 주셨지만 우리가 그만큼 눈치를 보며 살았다는 말이다.

생전 집 밖에 나가보지 않았던 어머니께서 자식들 먹일 식량 한 톨이라도 구하기 위해 생활전선에 뛰어들어야 했다. 넷째이자 여동생인 젖먹이 동생을 등에 업고 두 남동생들과 나만 집에 남겨놓고 떠나면 3~4일 만에 오시곤 했고, 그동안은 먹을 양식이 없을 때가 많았으니 철없는 어린 동생들은 밥 달라고 울며 보채니 할 수 없이 이웃에서 밥을 얻어다가 먹이곤 했다.

한 번은 셋째동생이 보채기에 등에 업고, 밥 얻어 준다고 집을 나와서 유일한 기와집(그 동네 부잣집)에 가서 크게 용기를 내서

"우리 동생이 배가 너무 고파서 왔으니 밥 좀 먹여주세요."
라고 했는데, 밥이 없단다.
미안하다 하시는 주인을 뒤로 하고 돌아 나오는데 등에 업혀 있던 동생은

"밥 준다면서 왜 그냥 가."
라고 큰 소리로 뻐팅기며 울고불고 난리였다. 그걸 달래서 그 집을 나오는데 소리 없는 눈물이 한없이 흘렀다.
다음날 그 집 아주머니께서는 따뜻한 밥을 큰 양푼에 가득 담아서 우리 집에 갖다 주고 가셨다. 그날은 동생들과 하루 종일 굶지 않아도 되었으니 그 고마움이란 어찌 잊을 수 있을까. 지금까지도 생생하다.

어머니의 고귀한 희생

어머니께서는 모진 고생을 해야 했다. 불쌍한 어머니…. 젊은 나이지만 체질적으로 약해빠진 저질 체력의 어머니는 등에 애를 업고 머리에는 물건을 이고 장사의 길로 들어서야 했다. 하지만 어머니는 장사에 대하여 아는 것이 전혀 없었다.

처음에는 간간히 외할머니가 오셔서 건어물 등 상하지 않는 얼마간의 물건들을 사주시면 머리에 이고 산 넘어 구례나 곡성에 사시는 친척들 집에 찾아다니며 도와달라고 부탁했고, 그때마다 친척들은 어려운 시절이지만 체면 때문에 조금씩 사주고 했다. 그렇게 한푼 두푼 벌어오시면 또 며칠은 굶지 않을 수 있었다.

혹시 밤에 어머님이 돌아오실지 모르니 가끔은 동생들만 저녁을 먹여 재우고 나는 어머님이 저녁밥을 안 드셨으면 드리고 드셨으면 내가 그때 먹으려고 밥이나 죽 한 그릇을 남겨놓고 기다리곤 했다. 허나 밤늦게 어머님이 오셔서 한술 뜨려고 하면 철부지 동생들이 잠에서 깨어나 다 먹어치우곤 했다. 나는 저녁도 안 먹었는데. 저 철부지들은 저녁을 먹었는데도 말이다. 그런 날은 아무 말도 못하고 굶은 채 잠자리에 들었고, 배가 고파서 도저히 잠에 들지 못하곤 했다.

그렇게 시작한 도부장사(머리에 물건을 이고 집집마다 찾아다니는 장사)가 그 후 장날이면 남원장터에서, 다른 날은 이웃동네로 다니시며 정말 수년간 많은 고생을 하셨다.

그때는 무거운 생선 등을 이고 다니시며 파셨는데, 시골이라 대금을 전부 곡식으로 받는 탓에 항상 머리에 무거운 짐을 이고 다니셨고 고개가 끊어질 것 같다고 말씀 하시곤 했다. 그래도 그렇게 열심히 하시니 집에 곡식이 조금씩 모였다.

나는 남의 집을 살 때에도 저녁이면 집에 들러서, 어머니께서 누구누구 외상을 줬고 누구는 외상을 받았다며 얘기하시면 장부를 펴서 장부 정리를 도와 드리곤 했다.

어머니는 항상
"내가 죽으면 머리부터 썩을 것이다."고 말씀하시곤 했다. 얼마나 힘들면 그런 말을 입에 달고 살았겠는가.
또한 어머니는 몸이 약해서 많이 잔병치레를 많이 했다. 내가 어릴 때에도,
"나는 30을 못 넘길 거야."

그다음 30대에는
"나는 40을 못 넘길 거야."
그런 말을 항상 달고 사셨다.
나는 두려웠다. 만일 '진짜로 어머니께서 돌아가신다면 어떻게 하나?' 하는 생각을 수없이 하면서 살았다.

어느 날은 학교 갔다가 집에 오니 헛간에서 어머님이 죽어 있었다.

꿈이었다. 다행이다 싶어서 정신을 차려보니 내 몸이 땀에 흠뻑 젖어 있었다.

그런 어머님이 83세까지 사셨으니 그래도 천수를 누리셨다고 해야 하나?

어머니가 장사를 한 후로, 한 되 두 되 쌀이나 보리 등이 모이면서 우리는 매끼 굶지 않고 먹을 수 있었고, 얼마 전까지 굶고 살던 기억을 잊을만 하던 시기에 객지로 돌던 아버지께서 집에 오시면 상황이 다시 어려워지고는 했다.

그렇게 약한 여자인 어머니께서 머리에다 무거운 곡식을 이어다 힘들게 모아놓은 쌀과 곡식은 아버지가 오시면 다 없어졌다. 내다 팔아서 장사밑천을 하신다며 다 장터로 실어다 팔았기 때문이다. 그로 인해 아버지께서 집에 오시는 날이면 어머니와 다투셨고, 몇 개 되지도 않은 살림도구가 공중으로 날라 다녔다.

아버지의 허욕

그럴수록 아버지는 어떻게 해서든 한순간에 많은 돈을 벌려고 했다. 조금씩이라도 열심히 일을 해서 모으는 것이 아니었다. 아버지는 현실과 괴리가 큰 한탕주의자였다. 당장 어찌해서 한 번에 인생을 역전시키려고 하시는 것 같았다.

어린 내 생각에도 아버지가 하시는 일마다 안 될 것 같은 예감이 들었지만 아버지의 생각은 달랐다. 그런데 정작 하시는 일들을 보면 전부 망할 일만 하셨다.

예를 들어보면 도부장사를 해서 모은 피 같은 곡식을 가지고 그것을 밑천삼아 돈을 번다고 하셨는데, 뻥튀기를 하면 하루에 쌀 한가마는 번다고 누구에게 말을 들었는지 뻥튀기에 대해서 아무것도 모르면서 기계부터 덜컥 비싸게 사다가 하루 종일 혼자서 배우신다고 연습하시더니 딱 하루 옆 동네 가서 해보시고는 못해먹겠다고 작은 아버지인 동생에게 공짜로 줘버리거나.

어느 날은 천태종 중증명이라면서 빨간 도장이 찍힌 그런 것을 쌀 20가마 주고 샀다고 하셨다. 그리고는 하루 나가서 시주를 얻으면 쌀 닷 말은 번다고 하시면서 머리를 싹 밀고 승복을 사 입고 오셨으나, 그것역시 해보니 마음대로 안 되는지 며칠도 못해보고 그만두셨다.

어린 내 생각에는 안 될 일만 골라서하는 아버지를 도저히 이해할 수 없었다. 아버지가 정말 많이 원망스러웠다. 아버지와 같은 장정이 1년을 남의집살이를 해서 벌 수 있는 새경이 쌀 6가마 정도였다. 그런데 그 큰 돈을 한탕에 날리는 아버지를 보면서 나는 절대 저렇게는 살지 않겠다고 다짐하고는 했다.

그때쯤부터 나는 학교생활을 성실히 할 수 없는 환경이 되어가고 있었다. 우선 집에 오면 동생들을 돌봐야 했고, 어머니가 집에 계실 때면 망태기를 지고 산에 가서 땔감을 구해야 했다. 그러던 중 초등학교 4학년을 마치고 5학년에 올라갔으나, 첫날 등교 후 나는 학교에 갈 수 없었다. 결국 나의 학력은 여기서 멈췄다.

학교 담임 선생님께서는 학생들에게 학용품을 걷어서 우리 동네 같은 반 친구 손에 쥐어서 내게 보내주시곤 했다.

"집에서라도 열심히 공부해서 훌륭한 사람이 되어야 한다."는 격려 편지와 함께.

처음으로 희망이 없는 절망 속에서 죽음을 생각했다. 그러나 생각이 그랬다 뿐이지, 실제로는 그 속에서도 살아야만 했다.

생업전선에 뛰어들다

학교를 그만두고 돈벌이에 나섰다. 그 어렵던 60년대 초, 우리 집은 동네에서도 제일 가난했다.

5·16 이후 영세민 제도가 생겼다. 우리가 제일 가난했기에 영세민이 되어 괭이를 메고 30리 길을 걸어가서 도로공사에 참여하면 하루 일당으로 밀가루를 3.6kg씩 받았다. 정말로 큰 벌이었다.

학교를 다니면 5학년 일 때인데, 학교를 못가고 다니던 학교 앞을 지나서 일을 다녔다.

가는 길에 학교 앞 동네에 사는 동창생들이 냇가에 세수하러 나오는 그 시간에 나는 그 학교 앞개울을 건너서 일을 가야 했는데 친구들은 반갑다는 표시로 괭이를 빼앗아 멀리 던지고 또 붙잡고 못 지나가게 하고 하며 장난을 심하게 했다.

"공사판에 가지 말고 학교 가자."고 하는 말과 함께….

어린 마음에 얼마나 서러웠는지 모른다. 그들은 장난이었겠지만 나는 항상 모욕적으로 느꼈고 화도 많이 났다.

그래서 많이 울었다. 무수동 고개 올라가며 한없이 혼자 울고 다녔다.

하지만 그렇게 일해서 밀가루를 받는 날이면 지난일은 다 잊어버리고 많이 행복해 했다. 어머니와 둘이 면사무소에서 집까지 이십 리 길을 지고, 이고 날라다 끼니를 이을 수 있었다.

하지만 그것도 다른 사람들이 시기를 하면서 오래하지 못했다. 논과 밭이 있는 사람들이 자기들도 어려운데 우리만 일 시킨다고 항의를 해 대서, 결국 서로 양보하여 2명이 나가 일을 하게 되었고 밀가루는 하루 1.8kg으로 줄었다.

그래도 행복했다. 굶기를 밥 먹듯 하다가 질 좋은 밀가루가 집에 들어오니 부자가 된 듯했다. 수제비나 칼국수를 해도 맛있고, 개떡을 쪄 먹어도 밀기울이나 보릿겨 등엔 비길 바가 아니었다.

그 일도 계속 일이 있는 것이 아니라서 일이 없으면 틈틈이 산에 가서 나무도 해서 팔고 그럭저럭 살았다. 산에 가서 나무를 한 짐 해 오면 다시 곱게 다시 묶어서 새벽 2시경에 나는 지게에 지고 어머니는 머리에 이고 집을 나서서 서너 시간 걸어 시장으로 향하면 동트는 아침에 도착을 할 수 있었다.

시내에 사는 사람들은 나무를 사서 때야 했는데, 시내 특정장소에 나뭇짐을 갖다놓고 기다리면 아주머니들이 나무전에 나와서 골라서 흥정한 후 사갔다. 시간이 늦으면 사러오는 사람이 없으니 나무를 사러 나오는 시간에 맞추기 위해 새벽 일찍 집에서 나뭇짐을 지고 나와야 했던 것이다.

시장까지는 약 8㎞. 깜깜한 밤에 그냥 길로 쭉 가는 것도 어려울 것인데, 길따라 가면 길목에 있는 상감초소에서 나무를 다 빼앗아 버리기 때문에 남의 동네뒷산을 넘어서 돌아 다녀야 했다. 넘어지기도 하고 나뭇짐이 망가지기도 해서 곤란할 때가 한두 번이 아니었다. 막상 시장에 갖다놔도 장정들이 예쁘게 잘 다듬어서 온 나뭇짐은 잘 팔렸지만 조그만 꼬마가 어설프게 묶어서 지고 온 나뭇짐은 돈도 조금 줄 뿐만 아니라 잘 사가지를 않았다.

다른 나뭇짐들이 다 팔려가고 난 후 늦은 아침이 되어야 어렵게 내 나뭇짐도 팔렸다. 대부분 가까운 곳에서 온 아주머니들은 먼저 와서 사가고, 나처럼 늦게 팔리면 저 멀리서 온 분들이 대부분이라 무거운 나뭇짐을 지고 계속 따라가면서

"아직도 멀었습니까?"를 연발하며 가곤했다. 따라오라며 앞서가는 아주머니들이 시장에 와서 이것저것 사서 들고 가는 것을 보면서

"저분들은 어디서 돈이 나와서 저렇게 쓰고 살까?"하며 많이 부러워했다. 나는 기껏 나무 한 짐을 팔아봐야 보리쌀 한 되 사기도 벅찰 때였고, 돈이 주머니에 있을 수가 없을 때였으니 말이다.

배고프고 힘들어도 그런 하루하루가 모아져서 또 세월은 갔다.

그렇게 한 해가 또 흘렀다.

친척 집으로 보내지다

이듬해 어머니께서는 나를 외가 쪽 이모네 집으로 보내셨다. 가서 나무를 해주고 밥이라도 얻어먹으라며 보내줬는데 가서보니 우리 동네처럼 산골이 아니라서 나무가 귀했다.

섬진강변을 따라 새벽 깜깜할 때 일어나 서너 시간 걸어 내려가서 땔나무를 한 짐 해서 지고 또 몇 시간을 올라오면 캄캄한 밤에야 집에 도착할 수 있었다. 어린 나이에 힘은 부치고 많이 힘들었다.

한번은 낭떠러지 쪽에서 나무를 한 깍지 해서 안고 올라오다 미끄러지며 콧구멍을 뾰족한 싸리나무 가지에 찔리면서 넘어졌고 깊숙이 찔린 상처에서 많은 피가 났는데 계속 피가 멈추지 않고 목으로 꿀꺽 꿀꺽 넘어가서 너무나 당황스러웠다.

이러다 죽는 것은 아닌가 걱정이 되기도 했고 어린 마음에 겁도 많이 났으나, 그때 내가 할 수 있는 일은 없었다. 그냥 기다리는 수밖에.

한참 후 피는 멈추었으나 이젠 얼굴이 퉁퉁 부어올라 눈까지 감겨서 앞이 잘 보이지 않았다.

그래도 그 나뭇짐을 지고 집으로 돌아와서 그 이튿날도 부운 얼굴로 아무 치료도 받지 못한 채 다시 먼 길 나무를 하러 갔다. 며칠 간 코도 풀 수가 없어 고생을 많이 했다.

그러나 그 동네 남의집사시는 형들은 어린 나를 많이 귀여워 해주셨고, 다쳤을 때는 진심이 보일 정도로 안쓰러워하기도 했다. 그렇게 힘들게 해온 땔나무가 한 짐 두 짐 처마 밑에 싸일 때는 내 자신이 대견하기도 했다. 이른 봄부터 완연한 늦은 봄이 올 때까지 서너 달 동안 그렇게 지내다 보니, 처마 밑의 나뭇짐도 가득 채워지게 될 무렵이었다.

어느 날 이모부께서 갑자기 큰 소리로 소리쳤다. 나는 처음에는 나보고 한 말이 아닌 줄 알았다. 다시 들어보니 나에게 하는 말이었다.

"너 이 도둑놈! 당장 우리 집에서 나가!"
"여태까지 집안에 도둑놈을 키웠네. 이런 어디서 도둑질을 해? 당장 나가! 당장!"

목청껏 하늘이 떠나갈 듯 큰 소리로 소리치며 당장 나가라며 날더러 도둑놈 이란다. 나는 기가 막혔다. 그 집에선 조그만 동네점포를 운영 중이었는데, 내가 가게에서 팔려고 담아둔 막걸리 항아리에서 막걸리를 훔쳐서 먹었단다.

나는 평생 술을 좋아하지도 않았을 뿐만 아니라 절대로 남의 것을 훔쳐 먹거나 할 위인도 못되었고, 그때도 술을 비롯해서 그 어떤 것도 훔쳐 먹은 적이 없다. 다만 언젠가 한번 비가 와서 나무를 하러가지 못하고 집에 있던 날 어른들은 잠시 집을 비웠는데, 그 집 딸들이 화투를 치자고 해서 민화투놀이를 한 적이 있으며 내가 이겼다. 그랬더니 막걸리를 조금 떠서 갖고 와서 이겼으니 마셔보라고 한 적이 있었고 한 모금 마시고 보냈다.

나는 평생 술도 좋아하지 않았는데 그 어린 13살의 나이에 무슨 술을 훔쳐 먹었겠는가.

누군가 그 일을 어떤 투로 내가 술을 먹었다고 했는지, 아니면 훔쳐 먹었노라고 했는지는 아직도 모르지만 나는 그렇게 이모부에게 도둑누명을 쓰고 쫓겨났다.

아니라고 부인도 못해보고 서럽게 울면서 그 집을 나와야 했다. 너무 억울했으나 해명할 수가 없었다. 그러기에는 나는 너무 어렸고, 고래고래 큰 소리에 무섭기도 했다.

그 집에서 쫓겨나는데. 집에서 신고온 다이야표 통고무신이 너덜너덜거려서 신고갈 수가 없었다. 이모님은 이모부가 저러시니 어쩌겠느냐며 내게 홈실(수지면 소재지 동네이름) 가다가 고무신이나 한 켤레 사서 갈아신고 가라며 50원을 주셨다.

홈실 동네 고무신가게에서 50원 주고 다이야표 통고무신을 한 켤레 사서 갈아 신고 집으로 30리 길을 걸어오며 온갖 생각을 했다.

한 많은 세상을 버리려고

　어린 마음에 하지도 않은 누명을 쓴 도둑이라는 말이 너무 억울해서 도저히 참을 수가 없었다. 후에라도 사실을 모르는 부모님은 이모네 말만 듣고 정말 내가 도둑질을 했다고 생각할지도 모른다는 생각에 너무나 내 처지가 비참하고 억울해서 살고 싶지가 않았다.

　우리 집이 내려다보이는 지니골 고갯길에서 생애 두 번째로 죽을 생각을 했다. 죽을 생각을 하니 정말 서러웠다. 목을 매려고 칡넝쿨을 나무에 매는데, 내 신세가 처량하기도 하고 서글프기도 해서 큰 소리를 내면서 울었다.

　머리가 어지러울 때까지 산속에서 동네를 내려다보며 울었다. 실컷 울고 나니 조금 진정이 되면서 집안 생각이 났다. 생각하니 어머니가 불쌍했다. 동생들도 보고 싶었다.

　나무에 걸었던 칡넝쿨을 버리고 살아서 내려왔다. 나는 한평생 남의 것을 부당하게 탐한 적이 한 번도 없고, 정직하게 벌고 성실하게 살았다. 그러나 어린나이에 그런 억울한 누명을 쓰고 도둑놈 소리를 듣고 쫓겨난 후 자칫 죽음의 문턱까지 갔었으니….
　세월이 많이 지난 지금도 내 가슴속에는 큰 상처로 남아 있다.

나는 자식들에게도 항상 남에게 보탬이 되는 삶을 살아야 된다고 말하곤 한다. 정직하게 살았기에 하늘에서 복을 주서서 나와 자식들도 이만큼 이루고 사는 것이라고 나는 언제나 생각하기 때문이다.

집에 돌아왔으나, 닥치는 대로 한 푼이라도 벌어야 했다. 땔감도 해다가 시내에 팔고, 개울에 뚝 쌓는 곳이나 저수지 공사장 등에서 흙을 지고 날라야 하는 일 등을 매일 해야 했다. 하루 종일 흙을 지고 날라서 채워야 되는 나무상자(2×4㎡, 높이는 1m쯤 되며 밑이 없는 것)를 몇 개씩 채우고, 또 비우기를 하루 종일 하다보면 나중에는 몸이 지칠대로 지쳐서 그때부터는 정말 채우기가 힘들었다.

저수지 공사장에서는 산을 파내서 둑을 쌓는 일을 했는데, 높은 곳에서 돌이 떨어져서 내 머리에 세게 맞았다. 상처에서 피가 많이 났지만 그냥 지혈을 한 뒤 싸매고 계속 일을 해야 했다. 그렇게 힘들게 하루 일해서 일한 량에 따라 밀가루를 벌었다.

겨울에는 추운 칼바람을 맞으며 나무를 해야 했다. 우리 동네는 응달백이라서 동네주변 산에는 겨울 내내 흰 눈이 많이 쌓여있었고, 높은 산을 넘어가면 전라남도 구례군의 양지바른 산비탈에서 나무를 할 수 있었다.

나무를 하러 갈 때면 모두 모여서 높은 산을 넘어가 나무를 해오고는 했는데, 옷이래야 얇은 무명바지에 홋잠바가 전부라 몹시 추워서 산에 모여서 모닥불을 피워서 몸을 녹이곤 했다. 뺑 둘러서서 모닥불을 쬐고 산에 올라가는데 오른쪽 장단지가 쓰라렸다. 추위를 쫓다보니 불

앞에서 옷이 타고 살이 탈 때까지 감각이 없었나 보다. 지금도 내 다리에는 훈장처럼 그때의 흉터가 남아있다.

그때 내 나이가 13살. 아프리카 어느 빈민국의 애들처럼 살았다.

그렇게 한해를 보내고 14살 되던 다음 해에는 큰아버지 집으로 보내졌다. 정월부터 추석 전까지 일하고 다시 집으로 왔다. 오전 일을 끝내고 점심식사 후 일을 가려는데 큰어머니께서 자기를 따라오래서 따라가니 목적지는 우리 집,

"그동안 어린애가 애 많이 썼는데, 조금 있으면 가을 추수철이라 우리도 조금 큰 머슴을 둬야 할 형편이니 이해하고. 이제는 우리 집에 애를 보내지 않아도 되네."

그 말을 남기고 큰어머니는 자기 집으로 돌아가시고 나는 다시 집에 남았다.

그 다음날 큰어머니는 본인의 친정 동생을 데리고 왔다. 역시 큰어머니 입장에서는 친 조카보다 친정동생이 가까웠다. 어려운 시절이니 친정도 어려웠을 것이나, 그 해를 그냥 지내고 다음 해에 친정동생을 데리고 왔으면 어땠을까 싶다. 그 애가 나이는 나보다 2살 위지만 나보다 월등히 덩치가 크지도 않았고 비슷한 정도로 보였기 때문이다.
그 후 그 사돈 애는 수년간 큰 집에서 살았다.

며칠 후 추석 날, 사돈총각은 추석빔을 얻어 입었다(그땐 추석과 설에

머슴에게 옷을 사서 입히는 풍습이 있었다).

어른들이 하시는 일이니 어쩌겠는가. 나는 친척들을 탓할 마음은 조금도 없다. 내가 그 입장이었다면 뭐 얼마나 달랐겠는가. 누구나 자기 주변의 가난한 친척에게 도움을 줘야 되는 입장이라면 다 부담스러워한다. 우리가 못 살았기에 친척들은 부담스러웠을 것이고, 내가 그 입장이 되었을 때 남들과 다를 것이라는 보장도 없다.

오랜 세월이 흐른 후에 나도 어렵던 시절, 어느 조카가 생활이 어려워져서 우리 집에 물건을 팔러 왔을 때 많이 도와주지도 않으면서 마음속으로는 약간 부담스럽게 생각한 적이 있기 때문이다.

이를 악물고 어렵게 그해를 또 그렇게 보냈다.

남의 집 머슴살이

15살이 된 다음 해. 서당 선생님 댁에 머슴으로 들어갔다. 1년 일하고 쌀 6말을 받았다. 그러나 친척집보다는 훨씬 부드러웠다. 도둑 누명을 씌우지도 않았고 중간에 쫓겨나지도 않았다. 밤에는 한문공부도 할 수 있었다. 서당 훈장님께서는 어린 나를 많이 측은하게 생각해주셨다. 새벽에 소죽을 끓일 때면 항상 나에게 희망을 가지라고 말씀해 주시고는 했다.

"열심히 일하면 좋은 날이 올 것이다. 너의 사주에 최선을 다해 살기만 하면 노후에 굶을 일은 없을 것이니 열심히만 살아라."라며 격려도 자주 해 주셨다.

지금 생각하면 그 선생님은 그냥 위로 차 해주신 말씀이었겠지만, 그 후로 열심히 살아서인지 어느 정도 가정이 안정된 생활을 하게 되었기에, 그때 그 분이 무엇인가 알고 그런 말씀을 했나? 하고 생각하기도 한다.

그 집의 며느리와 딸 등 안주인들도 항상 웃으며 잘 대해주셨다. 밥상도 항상 그 집 아들과 함께 먹게 해주셨고 남의 식구임에도 차별 없이 대해 주셨다. 그런데도 그 중에서 조금 까칠한 아들이 있었는데, 자주 생각 없이 조그마한 일에도 나를 꾸중했다.

그로 인해 토라져서 안 살겠다고 집으로 와 버린 때가 있었으니, 내가 얼마나 철부지였던가 싶다.

그것뿐이 아니다. 몸이 약해서 날마다 하는 일이 많이 힘들 때면 조금 아픈데도 많이 아파서 일을 못하겠다고 누워버리기도 했으니 어른들이 이 철부지 때문에 속도 많이 썩었으리라.

그러던 어느 날 그 집 둘째 아들이 장가를 가게 되었는데, 나는 이바지 짐을 지고 신랑 신부가 친정에 가는 신행길을 따라갔다. 무거운 음식 짐을 지고 남원역까지 30리 길을 걸어가서 열차를 타고 산서 역에서 내려서 다시 넓은 들판가운데로 쭉 뻗은 신작로를 걸어가는데… 신랑신부는 앞서 걸어가고 나는 짐을 지고 따라가니 가다가 보면 내가 못 따라가서 신랑신부가 기다리곤 했다.

상당히 멀리 걸었다. 신부 집에 무거운 음식보따리를 지고 무사히 도착하니 내 몸은 땀으로 목욕이 된 것처럼 흠뻑 젖어 있었다. 신부 집에 도착하니 잔치 집처럼 신부댁 친척들이 많이 와 계셨고 나는 완전한 하인 취급을 받았다. 밥도 나뭇간에서 먹고, 다시 싸주시는 음식보따리를 지게에 지고 혼자서 신랑 집으로 돌아오면서 많이 울었다.

그해 겨울 동한기에는 그동안 꾀병을 부렸던 것이 죄송해서 손가락에서 피가 나도록 열심히 일해서 멍석을 3개나 만들고 조금이나마 속죄를 한 다음 섣달그믐 날 가벼운 마음으로 집으로 돌아왔다.

아마도 모를 것이다. 섣달그믐 날 일을 끝내고 1년 새경을 받아 집으로 돌아가는 그 심정을, 그 홀가분한 마음을 말이다. 내 경우에는 항상 집이 어려워 그때까지 기다리지 못하고 집에서 먼저 받아가버리는 탓에 빈손으로 돌아왔지만.

저녁이면 다들 자기 집으로 돌아가는데 나는 우리 정든 가족을 이웃에 두고서도 날마다 남의 집으로 들어가야 하는 설움은 겪어보지 않고서는 모를 것이다. 그 설움이 공식적으로 해제된 날이 섣달그믐 날이다.

16세엔 1.5가마를 받고 우리 옆집 봉선이네 집에서 머슴살이를 했다. 그 집에 살 때도 좋았다. 우리 집 들어가는 골목을 지나면 그 집이 있어서, 오며 가며 동생들도 볼 수 있고 정다운 우리 집도 들러볼 수 있기 때문이었다.

주인은 성질은 급해도 좋은 사람들이었고, 따뜻하게 대해주셨다. 가끔 무섭게 화를 낼 때도 있었지만 비교적 나에겐 모든 식구들이 잘 대해주셨다. 그 집 주인어른은 가을걷이를 끝내면 담양으로 가서서 대나무로 죽제품 만드는 일을 하시며 봄에 오시곤 했기에, 나는 땔감도 해야 하고 거름도 전답에 내야 하니 항상 바빴다.

그 이듬해 정월이 되었고, 나는 17세가 되었다.
아버지는 집에 계셨지만 위중했다. 위암이랬다. 그러나 지금처럼 병원에 입원시키고 치료할 여건도 안 되어 그냥 집에서 돌아가실 날만 기다리면서 누워계셨다. 그런 속에서도 막내 여동생이 태어났다. 이제는 일곱 식구가 되었다.

어느 날, 아버지께서는 타지에서 우리 동네로 와 머슴살이를 하고 있는 사람의 형이 서울에서 있다가 왔다는 말을 듣고 우리 집으로 잠깐

오라고 불러서는,

"서울 갈 때 우리 애를 데리고 가서 어디 기술을 배울 수 있는데 취직을 좀 시켜주면 고맙겠네."

아버지의 간절함이 묻어나는 부탁 말씀이셨다. 그 분은 그렇게 하겠다고 했다.

며칠 후, 아버지는 나를 보내며
"잘 부탁하네. 그리고 정말 고맙네."
몇 번이나 인사하며 나를 그 사람에게 딸려 보냈다.

나는 그분을 따라서 부푼 꿈을 안고 집을 나섰다.
우선 지긋지긋한 머슴살이를 면할 수 있다는 생각이 들었다.
서울 가서 뽀얀 얼굴로 고향에 오는 사람들처럼 나도 서울사람이 된다는 생각에 한껏 부풀어 전날 한숨도 못자고 아침도 먹는 둥 마는 둥 하고 아버지께서 당부하는 여러 가지 염려 말씀도 듣는 둥 마는 둥 했다.
철부지는 그렇게 부모님과 이별하며 집을 떠났다.

부푼 꿈을 꾸는 것도 잠시, 서울 간다던 그 총각은 전남 구례군 광의면의 어느 집으로 나를 데리고 갔다.

"서울 가봤자 돈을 번다는 보장도 없으니 1년 꾹 참고 일해서 돈 벌어서 가자."고 하신다. 나는 많은 생각 끝에 어쩔 수없이 그 분을 따라갔다.

처음 찾아간 집은 남편은 귀가 안 들리고 부인은 한쪽 손이 소아마비인 장애가정이었는데, 나를 데리고 간 분과 친한 것 같았다. 우선 여기서 며칠 묶으면서 머슴살이 할 집을 찾아보자고 하신다.

잠시 신세를 지는데… 두 장애부부는 다툼이 잦았다. 상대방이 서로를 답답해 했다. 부인은 남편을 불러도 전혀 듣지 못하니 답답해 하고, 남편은 부인이 한쪽팔로만 무슨 일이든 해야 되니 늘 불편하게 사는 걸 옆에서 보면서 짜증을 많이 내곤 했다.

서로가 안쓰러워하면서 매일 그렇게 다툼이 많았다. 그걸 보며 그래도 나는 몸에 장애가 없으니 얼마나 다행인가 생각하기도 했다.

나는 집안 형편이 어려우니 그렇게 1년을 그 동네 어느 집에서 살기로 했다. 1년 새경으로 5가마를 준다니 우리 동네보다는 확실히 새경이 비쌌다.

그렇게 한 달여를 마음잡고 일하고 있던 어느 날, 수십 명의 나무꾼들과 천은사 쪽 먼 산에 가서 나무를 한 짐씩 해서 짊어지고 쭉 내려오는 중 광의 초등학교 옆을 지나게 되었는데 익숙한 목소리로 나를 부르는 소리가 들렸다.

깜짝 놀라 돌아보니 아버지께서 서 계셨다.

병이 많이 중해져서 얼굴은 팅팅 부었고 몸은 많이 야위어 계셨다. 일단 모시고 머슴살이 하는 집으로 갔다. 주인을 만난 자리에서 아버지는

"너의 결정에 따를 테니 네가 결정해라."고 하시며,

"여기 있고 싶으면, 있어도 되고, 아버지를 따라 집으로 가고 싶으면 그렇게 해라." 하셨다.

주인은 애가 일도 잘하고 자기마음에 쏙 든다면서 여기 두고 가시면 아들처럼 잘 데리고 있겠다고 하셨다. 주인도 너무 좋고 돈도 많이 벌수 있었지만 아버지가 서울에 간줄 알았던 아들이 시골에서 머슴살이를 한다는 것을 알고 병중에 먼 길 오셨을 생각을 하니 도저히 그곳에 있을 수가 없었다.

나는 미안하다고 인사를 하고 아버지를 따라 집으로 돌아왔다. 몇 시간 아버지와 걸어왔지만 아버지는 한마디 말도 하지 않으셨다. 나도 마음이 무거웠다. 앞서가는 아버지는 전의 듬직하셨던 아버지가 아니었다. 조금 걷다가도 쉬어야 하는 힘든 아버지 모습에 가슴이 미어졌다.

막상 돌아왔지만 집에서 살 수가 없었다. 고개 넘어 이웃동네에 어느집에 3.5가마를 받기로 하고, 한해를 살았다. 그 집에서는 정말 고생을 많이 했다.

그 집은 젊은 부부가 아들 하나, 딸 하나를 두고 살고 있었는데 그 아저씨의 부친은 돌아가시고 모친께서 동생 하나를 데리고 재가를 했다가 적응하지 못하고 큰 아들이 사는 집으로 돌아와서 살다보니 갈등이 심했다. 모자간의 싸움도 그냥 흔히 하는 말다툼이 아니라 서로 물고 뜯는 그런 잔혹한 싸움을 했다.
주인은 부지런했고 일 욕심이 많아서 나도 밤늦게까지 일을 해야 하곤 했다.

그런데도 밤마다 조금만 시간이 있으면 고개 넘어서 집에 아버지를 보러 다녀야 했다. 점점 몸은 말라가고 배만 불룩 나온 아버지. 항상 힘들어하시는 아버지를 보고나면 내 신세가 한없이 슬펐다.

남들은 나를 볼 때 마다 "아버지는 좀 어떠시냐?"고 묻곤 했다.
나는 그런 위로의 말도 듣기가 싫었다. 모든 사람들로부터 똑같은 말을 반복적으로 들어야 했기 때문이다.

나는 울적한 마음을 달랠 요량으로 밤 시간을 이용해서 기타를 배우려고 기타가 있는 친구 집으로 찾아가곤 했던 것 같다. 비록 남의 기타를 빌려서 배우는 것이었지만 그렇게라도 울적한 마음을 달래고 싶었는지도 모른다.

그러던 중 아버지는 병이 깊어지셔서 오늘만 내일만 하며 돌아가시게 생겼고, 그해 1월에 태어난 막내까지 있으니 살 길은 막막했다.
그런 생각을 할 때마다 나는 마음이 항상 울적했다.

아버지와의 영원한 이별

음력 6월 14일, 대낮같이 밝은 달빛이 내리던 날 아버지는 한 많은 세상에 여섯 식구만 남긴 채 돌아가셨다.

돌아가시던 날 밤, 울적한 기분에 나는 불빛이 없는 모정(마을앞 정자)에 앉아 기타를 치고 있던 중 술 취한 동네 청년이 휘두른 몽둥이에 이유 없이 뒤통수를 몇 대 얻어맞고 쓰러졌다.

나는 기절했고, 주정뱅이가 떠들어대는 소리를 듣고 달려온 마을사람들에 의해 나는 친구네 사랑방으로 업혀가서 찬물 세례를 받고서야 겨우 정신이 들었다.

정신을 차리고 보니 몹시 어지러웠다. 생각할수록 너무나 서럽고 분했으나 어쩔 도리가 없었다. 아무 잘못도 없이 얻어맞기까지 한 기구한 내 신세가 처량하기만 했다.

그날 밤은 달빛이 유난히도 밝았다. 서럽게 소리죽여 울다가 지쳐서 모든 걸 잊고 잠을 자려고 자리에 누웠는데 밖에서 누가 나를 부르는 소리가 들렸다. 처음엔 잠이 들락말락 한 때여서 꿈속인 줄 알았다. 그러나 꿈이 아니었다.

여닫이문을 열었다. 마당 끝에 큰 감나무 가지사이로 하얀 달빛이 쏟아지고 있었다. 그 아래 두루마기와 비슷하나 깃과 넓은 소매 등에 붉은색 단을 댄 도포를 입고 머리를 스님처럼 반짝거리게 민, 나이는 30대 초반 쯤으로 보이는 낯설고 건장한 사람이 찾아와서 내 이름을 부르고 있었다.

왜 그러느냐고 물으니 "아버지가 위독하니 빨리 집으로 가자."고 한다.

그동안 가끔 집에 가 보면 아버지는 물도 목으로 넘기지 못해 답답하다고 하시며 매일 어머니께 쥐약을 사다 달라고 조르시곤 했다. 우선 가슴이 터질 듯이 답답하다 하시니 가스명수를 박스로 사다놓고 조금씩 입속에 부어 드리곤 했다.

아버지 계신 방에는 고약한 송장 썩는 냄새가 진동하고 팔, 다리는 부어올라서 눌러보면 한참동안 눌러진 자욱이 푹 들어가서 원상으로 돌아오지 않았다.

배에는 복수가 차서 불룩 나와 있었는데, 본인은 얼마나 힘이 들었던지 매일 쥐약 안사다주냐며 온갖 욕설을 하시곤 했다. 그때마다 이왕 낫지 못할 바엔 그냥 어서 돌아가셨으면 하는 생각이 들곤 했다.

그러니 내가 얼마나 철없는 불효자인가. 훗날 그때 그 생각으로 많은 시간을 괴로워했으니 말이다.

그러나 막상 위독하시다니 하늘이 무너진 듯 설움이 밀려 왔다. 오늘 술 취한 사람에게 얻어맞은 통증에 더해 마음이 아려왔다.

어떻게 걸었는지, 뛰었는지 집을 향해 한참을 뛰다가 우리 동네로 가는 고개에 못 미쳐 개울가에서 큰어머니를 만났다. 같이 나섰으나 걸음이 빠른 도포 입은 남자분이 먼저 도착한 것이란다.

집에 도착하니 이미 아버지는 저세상으로 떠난 후였다. 어린 동생들은 너무 어려서 무섭다고 큰집으로 데려가고 옆에는 둘째 동생이 엄마와 울부짖고 있었다.

그렇게 아버님께서는 나에게 어머니와 어린 네 명의 동생, 쌀 4가마 반의 노름 빚만 남기신 채 영원히 우리 곁을 떠나셨다.

후일 그 노름 빚은 아버님이 돌아가신지 20년이 지난 후 3형제가 직접 찾아가서 갚았다. 이자 없는 원금으로만 갚았다.

그래도 그 빚을 받으신 고향어르신은
"정말 자네들은 크게 될 것이다."라며 고마워 하셨다.

남들은 다 그렇게 말씀하셨다.
왜 그런 빚을 갚느냐고. 노름빚은 안 갚아도 된다고.
그러나 우리는 그 빚을 아버님께 물려받은 것이라고 생각했다. 그렇게 해야 고향에도 떳떳하게 들락거릴 것 같았다.

노름빚이지만 갚고 나니 우선 우리의 마음이 편했다, 그 후 단언컨대 우리 형제들은 어느 누구보다도 깨끗한 정신으로 남의 것 탐하지 않고 자수성가해서 지금은 모두가 노후걱정 없이 여유롭게 살고 있다.

왜 그랬을까. 아버님이 돌아가셨는데 나는 서럽지도 않았다. 기가 막혀서 그랬는지 원망이 커서 그랬는지는 나도 모른다.
잠시 후 그 도사님은 묏자리를 잡아야 한다며 앞장을 섰고, 나는 그 뒤를 따랐다.

먼저 간 곳은 마을 위쪽 할아버지 산소 옆이었다. 쏟아지는 달빛 아래 한참을 둘러보고 나서 다시 앞서 걸었다. 이젠 동쪽으로 구릉지를 지나 산길을 30분 정도 더 걸어서 건너편 산의 한 곳에 멈춰 섰다. 그리고는

"이곳이나 저 건너편의 처음 갔던 곳 중에서 한 곳을 골라 뫼를 쓰십시오."

하셨다.

처음 갔던 할아버지 뫼 옆에는 후에 태어날 자손들이 잘되는 자리이고, 지금 이곳에 뫼를 쓰면 당대에 부흥할 것이라면서.

나는 다시 그곳으로 건너갈 생각하니 가기가 싫었다. 무슨 장래가 어떻고 하는 얘기는 귀에 들어오지도 않은 채 이곳이 좋다고 했고, 그곳으로 묏자리가 정해졌다.

그곳에 천광(관이 들어갈 자리)을 팔 자리를 나무를 꺾어 네 귀퉁이에 표시를 해놓고 집으로 돌아오는 길. 그 도사님은 산을 등지고 앞에서 내려가고 나는 뒤따라 내려오는데 밝은 달밤에 앞서가는 그 분의 그림자가 너풀거리자 문득 무서운 생각이 확 밀려왔다.

귀신생각도 나고 산짐승이 금방이라도 내 뒤에서 나를 덮치며 해코지 할 것만 같았다.

그날 밤 아버지의 시신을 관에 담아 두 명의 동네 장정이 교대로 지게에 지고 산으로 향했다. 바로 마을 위쪽으로 가면 가까운 길이나,

"마을 머리 위로 시신을 지고 올라가면 마을에 안 좋은 일이 생긴다

는 속설이 있으니 바로 올라가면 안 된다."는 마을 사람들의 얘기를 듣고 마을 밑으로 삥 돌아서 마을 위쪽에 도사님이 잡아준 그 자리까지 지게로 운반했다.

그 시절에는 여자들은 집에서 망인과 작별해야 했다. 장지까지는 남자들만 가는 풍습이 있었다. 어머니는 슬피 울었다. 할머니도 큰 소리로 자식을 보내면서 "내가 너보다 먼저 죽어야 하는데."를 연발하셨다.

나는 동생과 둘이서 아버님의 운구를 따라 걸었으며 간혹 곡을 하기도 했다. 그래도 큰 아버지께서 미리 할머니 돌아가시면 쓰려고 준비해놓은 관이 있었고, 그 관을 내어주셔서 그렇게나마 장사지낼 수 있었다.

그곳에는 다박솔이 드문드문 있었고 온통 시커먼 돌들이 가득한 곳이었으나, 막상 천광을 판 자리에는 약간 노란색의 진흙만 나올 뿐 땅속에는 돌이 없었다.

그 밤으로 장사를 치루고 나니 아침이 밝아왔다. 그렇게 아버지를 마지막으로 보내드리고 난 후에 나는 소리 없이 정말 먹먹한 굵은 눈물을 한없이 흘렸다.

그렇지만 언제까지 슬퍼할 수만은 없었다. 다시 머슴살이하는 집에가서 섣달그믐까지 일했다.

그 다음해 설을 집에서 보내고 난 후 어떻게든 살길을 찾아야 했다.

생각해 보니 여기서 이렇게 남의집살이만 해서는 육신의 골병만 들지

도저히 희망이 없을 것 같았다. 집에 먹을 것이 없어 계속 선 새경을 달라고 해서 미리 받아 가버리니 막상 섣달그믐 날은 받을 것도 없었다.

돈을 모아서 부자가 될 것 같지도 않았고, 동생들 공부도 시킬 수 없을 것만 같았다.

나는 정든 고향을 과감히 떠나기로 결심했다.

고향과도 작별

어머니께 말씀드렸다.

"이곳에서는 뼈가 부서지도록 일을 해서 머슴살이를 하면 논이나 몇 마지기 사서 근근이 살 수 있을지는 몰라도, 공부 잘하는 동생들을 가르치기도 어려울 것이고 하니 아무리 생각해도 조금 더 나은 앞날을 위해서는 서울로 가는 것이 옳을 것 같습니다."라면서

"장래를 위해 저는 서울로 떠나야겠다."라고 말씀 드렸더니 어머니께서도 그렇게 하라신다.

며칠 후 어머니는 가난한 살림에도 차비하라며 600원을 만들어주셨다. 그 돈을 받아들고, 1969년 음력 정월 초이렛날 나는 무작정 고향마을에서 나왔다.

어린마음에 서울 간다고 마음만 들떠서 앞일은 생각도 않은 채 아침 일찍 집을 나서는데, 어머님이 나를 보내면서 마을 어귀 산정 모퉁이에 서서 눈물 흘리시고 한참동안 서 계셨다.

어머니는 아버지가 돌아가신 후 나에게 남편 대신인 아들이라고 많이 의지하셨는데, 나는 그런 어머니의 마음을 모른 채 어머니와 간단한

작별을 하고 들뜬 마음으로 남원읍내로 나왔다.

남원역에 가서 서울 가는 열차시간을 보니, 낮엔 없고 밤10시 반에 있었다.

어린나이의 철부지라서 아무 걱정도 않은 채 우선 시간을 때울 생각으로 정화극장에 가서 〈백설공주〉라는 영화를 봤다. 재미있었다.

가설극장이 아랫동네에 들어왔을 때도 돈이 없어서 영화를 볼 수 없었다가 그 언젠가 한 번은 발전기가 고장이 나서 다음날 다시 하기로 하고 고무인으로 입장권이라고 찍어 나누어 줬는데, 친구들 몇이서 생고구마에다가 비슷하게 입장권이라고 판 후 같은 크기의 종이에다가 잉크로 도장 찍듯 찍어가지고 가서 처음으로 영화라는 것을 본 적은 있지만 극장영화는 처음이었다.

극장에서 나오니 배가 고프다. 생전 먹고 싶어도 못 먹었던 자장면도 한 그릇 먹었다. 그러고 나니 돈이 총 510원 남았다. 서울 가는 차비가 460원이니 50원이 남았다. 차 표를 사고, 나머지는 어머니가 꿰매준 팬티 속주머니에 잘 간직했다. 서울엔 쓰리꾼이 많다고 들었기 때문이다.

밤새 서울 행 완행열차를 타고 북으로, 북으로 달렸다.

무서운 서울

서울역에는 아침에야 도착했다. 열차에서 내려 밖으로 나와보니 서울역 앞 광장 한쪽에서 폐드럼통에 모닥불을 피워놓고 빙 둘러서서 불을 쬐고 있는 지게꾼들이 맨 먼저 내 눈에 들어왔다. 하나같이 입을 반쯤 벌린 상태에서 눈에는 초점이 없는 모습이었다.

나는 느꼈다.

"아 저렇게 초점 없는 눈빛에, 입을 바보처럼 벌리고 살면 저렇게 살게 되나보다."

나는 그렇게 살려고 서울에 온 것이 아니었다. 나는 선천적으로 뻐드렁니가 나서, 입이 저절로 벌어진다. 그러나 그걸 본 후 나는 입을 더욱 꾹 다물기 시작하여 일평생 입을 다물고 산다. 아마도 그 사람들처럼 될까봐 두려웠기 때문일 게다.

촌놈이 막상 서울에 와보니 서울이 이렇게 먼 곳에 있는, 큰 도시인 줄 촌에 살면서는 상상도 못했다. 먼저 서울 갔다 온 선배가 동네 뒤 높은 산에 올라가서 나무를 하면서

"저 건너편 저 산과, 이쪽 먼 곳에 있는 저 산까지 합친 면적보다 서울은 훨씬 더 크다."고 했을 때 나는

"에이, 이 사람아. 그렇게 큰 동네가 세상에 어디가 있당가 거짓말 마시게."

그렇게 말했는데 막상 촌놈이 서울에 도착해 보니 서울은 엄청나게 큰 도시였다.

그렇게 서울에 왔으나 아는 사람도, 오라는 곳도 없었다. 그때는 무작정 상경하는 사람들이 너무 많아 서울역에서 잡히면 강제로 귀향시킨다는 말이 있었을 때였다.

또한 밤 12시부터 새벽 4시까지 통금이 있었다. 하루 종일 굶고 서울역 주위를 돌아다니다 보니 통금이 다가오고 있었다. 갈 곳이 없었다. 무조건 남산 쪽으로 올라갔다. 동자동 쪽 길을 따라 남산에 올라가서 아무도 없는 한쪽 구석 산에서 밤을 보내는데 배도 고프고 목도 말라왔다. 근처 응달쪽 숲으로 가니 군데군데 눈이 쌓여 있었고 달빛에 자세히 보니 새까만 먼지가 군데군데 보였다.

나는 우선 목이 말라서 살짝 겉눈을 걷어내고, 안쪽의 하얀 눈을 한 움큼 뭉쳐가지고 먹었다. 서울에서의 첫날밤은 어찌어찌 보내다가 통금 해제 후 내려와서 서울역 주변을 돌아다니면서 길을 익혔다.

다음날도 다시 남산에 올라가서 4시에 내려올 생각이었는데, 정말 12시부터 4시까지의 시간은 전날보다 길고 추웠다.

배고픔과 추위에 무척이나 떨며 고통스런 통금시간을 보냈다.

지금은 서울역 대합실이나 지하보도 등에 노숙자가 넘쳐나지만, 그때만 해도 상상도 할 수 없는 일이었다. 무작정 서울로 올라오는 사람이 너무 많아서 정부에서 골치를 썩이던 시절이어서 역사 내에서 잠을 자게 놔두지 않았기 때문이다.

배도 고프고, 씻지도 못하고 얇은 옷 한 벌로 이틀 밤을 떨었으니 그 동안에 내 모습은 누가 봐도 거지꼴로 변해 있었다. 돈이 50원 있으니 우선 밥이라도 사 먹었으면 고생을 덜 했을 텐데 그 돈은 생명줄이라 생각한 탓에 다음날도 또 굶은 채 서울거리를 돌아다녔다. 전차는 멈췄지만 아직 철길이 아직 철거되기 전이라 시내 도로 한가운데는 철길이 있었다.

남대문시장 주변을 지나다니다가 말을 걸어오는 아저씨를 만났다.
어느 시골에서 왔느냐며 착실해 보이니 자기가 공장에 취직을 시켜주겠단다.

'아, 사람이 죽으란 법은 없구나.'

진심으로 고마웠다. 그분은 낚시 가방 같은 것을 메고 있었는데 무척 깔끔하게 보였다. 나는 무엇이든 열심히 할 것이니 취직만 시켜달라고 매달렸다. 그분은 나에게 따라오라며 앞서서 성큼성큼 걸어가더니 나를 데리고 남대문시장 건물의 허름한 2층으로 데리고 지나가면서 몇 군데 공장구경을 시켜주면서 하는 말이,

"친구가 하는 공장인데 친구가 어디가고 안 계시니 우선 근처에 가서 기다리다가 다시 오자."

"너 참, 밥 안 먹었지? 배고픈 것 같으니 밥이나 먹으면서 기다리자."

나는 너무나 고마웠다. 이틀을 굶었으니 하느님을 만난 것 같았다. 아저씨를 따라가니 좁은 골목길에 허름한 국밥집이 있었다. 우선 국밥을 한 그릇 시키더니

"친구가 올 때가 됐으니 가서 우선 만나서 사람이 필요한지도 물어보고 올 터이니 그동안 아무데도 가지 말고 천천히 밥 먹으면서 기다려라."

고 하면서 나가려다 말고,
"아참. 시간약속을 할 일이 생기면 시계가 필요한데, 내가 시계를 안 차고 와서 그러니까 네 시계를 잠깐 빌려줄래?"

한다. 나는 의심 없이 손목의 시계를 벗어 줬다.
그런데 잠시만 기다리라는 그 아저씨는 영영 돌아오지 않았다. 한참의 시간이 흐른 뒤 식당 주인이 이상한지 자꾸 쳐다 보더니 사연을 물어본다. 나는 그대로 얘기했더니

"사기꾼이네. 이곳은 나쁜 사람들이 많으니 항상 조심해야지."

하시면서, 내 시계를 뺏으려고 수작을 부린 것이란다. 식당주인은 한 번 더,

"서울엔 사기꾼이 많으니 조심해야 된다."며, "밥값은 안 받을 테니 그냥 가거라."라고 말했다.

벙벙한 마음으로,
"고맙습니다."라고 말 하고 나오면서 또 한 번 절망에 빠졌다.

사실 그 시계는 시골에서 머슴살이할 때 꼴 베다가 풀 속에서 주워서, 껍데기만 바꾼 싸구려 케이스같이 시계였는데, 아마도 그 사기꾼은 돈 되는 시계인 줄 알았을 게다.

다음날 저녁, 나는 다시 남산으로 향했다. 갈 곳이 없었기 때문이다. 남산에 올라가다 모르는 형들을 만났다. 따라오란다. 잔뜩 겁먹고 따라가는데 양동 어느 색시 집 다락방 이층으로 데리고 갔다. 그곳에 가니 어른 한 분이 어서 오라며 반겨 주었다.
"어느 시골에서 왔느냐?"며 밥도 사 주셨다. 친절하게.

"이곳에서 자고 나면, 내일은 취직을 시켜 줄 테니 오늘은 아무 걱정 말고, 푹 자거라."

서울에도 이렇게 좋은 사람도 있구나. 안도하며. 진심으로 감사한 마음에,
"고맙습니다."라고 인사하고 한참을 앉았다가 화장실을 가려고 1층으로 내려왔는데, 1층에 근무하는 어느 아가씨(술집 색시)가 조그만 목소리로 한쪽으로 불러서 하는 말이
"밤에 뒷문을 열어 놀 테니 여기서 도망가. 여기 2층에 있는 저 사람들은 직업적으로 소매치기를 하는 나쁜 사람들이니 여기에서 있으면 너도 같은 무리에 들어가게 돼서 신세 망친다. 밤에 자는 척 하다가 통금 전에 내려와서 좌측으로 도망가라."

낮에도 사기꾼에게 속아서 시계를 뺏겼는데….

서울이란 정말 무서운 곳이다 싶었다. 자는 척하고 조금 누웠다가 같이 있던 사람들이 자는 것 같아서 2층(다락으로 만든 2층이었고, 그곳으로 올라가는 계단은 나무계단이었음)에서 뒤로 한발 두발 내려오는데 조용한 밤에 찌그덕 소리가 났다. 심장이 멎는 것 같았다. 그래도 위에서는 아무 소리가 없었다.

무사히 살금살금 내려와서 열어놓은 문으로 나와서 2층 창문 반대편인 좌측으로 쏜살같이 내달렸다. 한참 정신없이 오르막길을 달리다 보니 이것 참, 막다른 골목이었다. 다시 가슴은 쿵쾅쿵쾅 뛰고 겁이 났다. 오던 길을 내려오며 정말 가슴 졸였다.
'혹시나 잡으러 오는 건 아닐까? 잡으러 오면 붙잡히는 것은 아닐까?'
하는 생각에 불안하고 무서웠다.

어디선가 통금을 알리는 오포소리가 났다.
'이젠 못 잡으러 오겠지.'
하면서도 불안했다. 적막한 통금시간에 혼자 중얼거리며 무사히 내려오다가 다른 골목을 찾아 걸어가면서

'어디로 가야하나….'

막막했다. 방향도 모르겠고, 갈 곳도 없었다. 남산으로 가면 혹시나 잡힐까봐 엄두도 못 내고 무턱대고 걸었다. 통금 시간이라 조용한데….

'정말 어디로 가야 하나.' 하며 회현동 쪽으로 가는 골목길을 저벅저벅 걸어가는데 왜 내 발자국 소리가 그렇게도 큰 지…. 살살 소리를 줄여서 걸어가는데 골목 길옆으로 합판으로 덧댄 호떡 리어카가 하나 보였다.

'우선 저곳으로 들어가서 통금을 피하자.'

생각하고 그 곳으로 들어가 보니 화덕이 아직 덜 식어서 따뜻한 낙원이었다.

'4시 통금해제까지만 있다가 가자.'

하고 있는데. 점점 화덕이 식어가니 내 몸이 떨리기 시작했다. 비좁은 틈새에 서 있는 내 몸이 떨리니까 좁은 공간이라 몸에 닿는 합판이 내 몸을 따라 떨리면서 달달달 소리가 났다. 아무리 가만히 서 있으려 해도 몸은 떨렸고 몸이 떨리니 합판 떠는 소리는 점점 크게 났다. 그 소리를 듣고 어디선가 개가 한 마리 바로 앞에 와서 멍멍 짖는다. 쫓아도 가지 않고 계속 짖는다.

미칠 지경이었다. 별 생각이 다 들었다. 만일 방범한테 잡혀가면 "도둑질 하려고 거기 숨어 있느냐?"는 질문을 들을 수도 있을 테고
'경찰들이 잡아다가 고향으로 돌려보내면 어떻게 하지?' 하는 생각도 들었다.
가슴이 벌렁벌렁 했다. 그러나 무사히 통금이 해제되고 나는 밖으로 왔다. 살 것만 같았다. 내려오는 길에 다닥다닥 붙은 조그만 블록 집

창문에서 비치는 백열등 불빛이 그렇게 따뜻하고 정답게 보일 수가 없었다. 그 안의 따뜻한 방안에 있을 사람들이 부러웠다.

'나도 서울에서 돈을 열심히 벌어서 저런 집을 하나 사고 고향의 가족들을 데려다가 오순도순 살리라.'

속으로 다짐하고 또 다짐했다.

얼마나 걸었을까. 남대문시장 쪽으로 내려오는데. 어느 조그만 구멍가게 아저씨가 일찍이도 일어나서 가게를 열고 있었는데, 나무로 된 사과상자를 엎어놓고 그 위에다가 홍옥사과를 수건으로 반짝반짝 닦아서 소복하게 쌓고 있었다.

뱃속이 거지가 들었는지 지난 저녁을 먹었는데도 배도 고프고 허기가 몰려왔다. 그 사과가 엄청 크게 보이며, 먹음직스럽게 보였다. 돈은 그때까지도 팬티 속주머니에 50원이 있었으니 그걸 깨서 하나 사먹으면 될 터인데, 어리석게도 그 생각은 까마득히 못하고

'우선 배가 고프니, 저 사과를 하나 훔쳐 먹고 갈까? 아니지. 그러면 내가 도둑이나 강도가 되잖아? 안 되지. 내가 도둑이 되려고 서울 온 것이 아니잖아?'
혼자 속으로 그런 생각을 하면서 내려왔다.
이젠 남산 근처엔 무서워서 갈 수가 없었다. 이 근처에서 무조건 멀리 가고 싶었다. 무작정 퇴계로 길을 걸었다. 시골 선배들이 서울에 가서 종암동에 있었다는 말이 문득 생각났다. 마침 앞에 종암동이라고 쓰인

버스가 보였다.

돈이 50원 있으니 버스를 타거나 아니면 방향을 물어보고 찾아가면
될 터인데, 전라도 사투리로 길을 물었다가 촌티가 나면 또 사기꾼을
만날 것만 같아서 버스 가는 방향으로만 걸었다. 가다가 사거리가 나오
면 다음 버스가 올 때까지 기다렸다가 다시 버스 가는 방향을 확인하
고 걸어가기를 반복했다. 그러다 보니 고려대학교를 지나 건설주유소까
지 왔다.

그런데 종암동 어느 곳에 우리 선배들이 사는지 알 수가 없으니 또
난감했다. 게다가 아침을 굶었으니 배도 고프고 목도 마르고 조금 쉬어
가고 싶었다. 우측 길로 접어드니 홍릉천 다리가 있고 천변에는 무수한
판잣집들이 가득 했다.

살아남으려면 용감해져야 했다. 말끔한 식당으로는 차마 못가고 홍
릉 천 다리 밑으로 갔다. 그곳에는 밀가루 포대를 기워서 포장을 치고
순댓국, 왕대포 등이 쓰인 포장마차와 비슷한 식당이 있었다. 무작정
들어갔다. 순댓국 집 주인은 나이가 지긋한 아저씨였는데 내 형색을 보
더니 어찌 왔냐고 물으셨다.

"저는 전북 남원에서 돈 벌러 3일 전에 서울에 왔는데 돈도 떨어지고
배가 고파 죽겠어서 염치를 무릅쓰고 밥 좀 얻어먹으러 왔습니다. 정말
죄송합니다."

아저씨는 이리저리 훑어보시더니
"나도 정읍에서 왔는데 우리 고향사람이구먼."

하시면서, 올라오라고 하셨다.

포장마차 한쪽에다 벽돌로 쌓아서 방처럼 만들어 놓고 담요 같은 이불을 덮고 앉아 계시면서. 그 밑에는 연탄네루를 넣어놓고 따뜻이 지내시는 곳이었다.

올라가니 아저씨께서

"세상 잘못 만나서 고생한다."

하시며 순대국밥 한 그릇을 가득 말아 주셨다. 국밥을 허겁지겁 먹으며 지난 며칠 동안 고생했던 생각이 머리에 스쳤다. 배는 고픈데 생각처럼 음식이 들어가지를 않았다. 한 그릇을 다 못 먹고 남겼다. 아저씨는 잠도 못 잤을 테니 한쪽에서 누워 한잠 자란다.

얼마나 잤을까.

일어나니까 온화한 미소를 띠우시더니 "처음에는 다 고생하는 것이다. 나도 고생 많이 했단다. 지금은 자리 잡아 살고 있지만" 하시면서,

"내가 아는 분이 돈암동에서 식당을 하는데 가서 열심히 일해 보겠느냐?"고 하셨다. 그때 그 말이 귀가 번뜩 띄면서 얼마나 고마웠는지 모른다.

처음으로 취직을 하고

나는 그 아저씨의 소개로 돈암동(동선동 4가)에 있는 동선집이라는 식당에서 일하게 됐다. 그 주인도 정읍군 고부면 신정리에서 오셨단다.

큰 식당이었고, 중식, 한식은 물론 모퉁이 쪽에는 찐빵, 만두까지 파는 집이었다. 또한 그 사장님은 삼일로 고가도로 돌아가는 곳의 조그만 골목에서도 찐빵 집을 하고 있어서 자주 심부름을 시키셨다.

만두 속이나 팥 앙금 같은 것을 그곳까지 갖다 주기도 하고, 또 그곳에서 남는 것은 이쪽으로 가지고 오는 등 잔심부름도 했으며, 하루 종일 발바닥이 아플 정도로 배달도 했다.

홀에 손님이 오시면

"어서 옵쇼" 하고 보리차 주전자와 컵을 가지고 가서 물을 따라드린 뒤 주문을 받는 것도 내 일이었다.

그때는 배달을 쟁반에다 담아서 들고 다녔다. 힘은 들었지만 행복했다. 밥도 배불리 먹을 수 있었고, 가끔 만두와 빵도 얻어먹을 수 있었다. 사람들도 잘 대해줬고 한 달이 되니 월급을 500원 받았다. 그 다음달엔 1000원, 그 다음달에는 1500원을 받았다.

매일 밤 가게 문을 닫기 전 주방화덕에 연탄불을 다 갈아놓아야 하는 것도 내 일이었다.

잠자고 일어나서 새벽이면 확 피어있는 연탄불로 하루를 시작하고는 했는데, 한번에 연탄을 전부 갈려면 약 40여 장이나 갈아야 돼서 다 갈고 나면 연탄가스냄새에 어지럽기도 했다.

어느 날 불을 거의 다 갈 때 즈음, 밖에 쌓여있는 연탄재에 불씨가 조금 남아있는 곳에서 초등학교 3·4학년쯤 보이는 애들이 3명이 불을 쬐고 있었다. 다가가서 물어보니, 서울에서 학교 다니는 형을 만나러 주소를 가지고 왔는데 아직 집을 못 찾아서 지나가다 추워서 불을 쬐는 것이란다.

나는 내가 서울에 와서 고생하던 생각이 났다. 우선 들어오라고 했다. 통금시간이 다가오고 있었다. 다 퇴근하고 난 후라서 식당에는 주방여자 찬모와 나밖에 없었다. 나는 우선 먹을 것을 찾아서 먹이고, 내가 자는 조그만 방에서 애들을 재웠다.

새벽 일찍 통금해제 후에 나는 그 애들을 데리고 집을 찾아 나섰다. 그 애들이 찾는 집은 좁은 골목길을 따라서 한참 올라가서 산동네의 허름한 블록 집이었다. 아이들의 형은 이름을 부르자 새벽에 잠자다가 나와서 무척이나 놀라면서 반갑게 동생들을 맞아 들어갔다. 나에게는 미처 고맙다는 말도 하지 않은 채,

뿌듯한 마음으로 가게로 돌아오니 주인아저씨가 출근해 있었고 화가나서 나를 꾸짖었다.

"말도 없이 네 멋대로 어디 갔다가 오니?"
나는

"어린애들이 서울에 처음 왔는데 자기형네 사는 집을 모른다기에 내가 찾아주고 왔습니다."

주인아저씨는 오지랖도 넓다고 하시며,
"아침에는 가게에 얼마나 일이 많은데, 네 멋대로 가게를 비우냐"
고, 다시는 그런 일이 없게 하라고 나는 상당히 많은 꾸지람을 들어야 했다.

다시는 안 그러겠다고 빌고, 그 일은 마무리가 되었다.
사실 나는 배달을 다니면서 동네 번지수를 조금 안다고 생각했기에 금방 찾아줄 것으로 생각하고 나섰으나 시간이 너무 많이 걸린 탓에 혼이 났던 것이다.

그 다음날 배달을 갔다 오니 주인이 어떤 총각과 얘기를 나누면서 싱글벙글 하고 있었다. 나는 상관하지 않고 주방으로 들어갔는데 주인아저씨가 부르는 소리가 들렸다. 달려가니 주인 옆에는 소고기 선물박스에 과일상자까지 놓여있고 나를 가리키면서

"이 아이인데, 워낙 심성이 착해서 남 돕기를 잘 합니다."

그제서야 자세히 보니 내가 애들을 데리고 찾아간 집에 그 형이라는 사람이었다. 그 분은 내 손을 잡고,

"정말 고마운데, 경황이 없어서 인사도 못했습니다. 동생을 방에 앉혀 놓고 나가보니 벌써 내려가 버리고 안 보였습니다."

나보다 훨씬 나이 많은 형이었는데 깍듯이 존대하며 연신 고맙다고 했다. 감사한 마음을 담아 선물을 사 왔다면서….

"정말 감사합니다. 만일 안 찾아주셨더라면 무슨 사고가 났을지도 모릅니다. 아찔합니다."

시골 부모님이 그 말을 들으시고, 직접 찾아가서 꼭 인사해야 된다기에 왔단다. 나는 마음이 뿌듯했지만 별일 아니란 듯이 자리를 떴다. 곰곰 생각해보니 나를 혼낼 때와 선물을 받을 때의 주인아저씨 얼굴이 대비되어 내 머리를 스치면서 쓴웃음이 나왔다.

몇 달 동안 집에서 입고 온 단벌옷은 저녁에 빨아서 아침에 다시 입고 살다보니 누더기가 되었다. 항상 배달을 시키시던 고려당이라는 시계포 단골아저씨가 측은해 보였는지 자기가 입던 바지 하나를 내 몸에 맞게 줄여서 주시고 시계도 하나 주셨다. 고맙고 감사한 분인데 그 후에 나는 은혜를 갚지 못한 채 그곳을 떠나고 말았다. 그 식당의 4층에는 김성진 작곡 사무실이 있었고, 가끔 코미디언 구봉서 씨가 세련된 티 샤스 차림으로 들락거리곤 했다. 식당 주방에서 근무하는 형들도 잘해주셨고 주위에 좋은 사람들은 많은데… 그런데 배울 수 있는 것이 없었다.

어린 마음에 기술을 배우고 싶었다. 매일 쟁반만 들고 다녀서는 내 장래가 불투명하다고 생각하니 조급해졌다. 과감히 그 집에서 나왔다. 밥도 못 먹던 석 달 전의 일은 까맣게 잊어버린 채 말이다.

다시 인생을 공부하다

나와 보니 오라는 곳이 없었다. 그동안 집에 편지를 보내서 고향선배들이 사는 주소를 알아냈으니 그곳을 찾아 갈 생각이었다.

그 선배들이 사는 곳은 홍릉천 건너 뚝방에 있었다. 처음 다리 밑에서 국밥 얻어먹고 취직까지 시켜주신 고마운 아저씨가 계신 곳에서 다리를 지나 조금 걸어가면 되는 가까운 곳이었다.

다닥다닥 얼기설기 지어놓은 판잣집 사이로 좁은 골목들이 있었고, 홍릉천 냇가에서 빨래도 하고 세수도 하는 그런 곳이었다. 그곳에서 고향선배들이 찹쌀떡 장사를 하고 있었으며 봉식이라는 친구는 그 찹쌀떡을 만드는 공장 일을 하고 있었다.

말이 찹쌀떡이지 공갈 모찌라고 하는 것인데, 견본품만 속에 종이를 넣고 손으로 늘려 양쪽을 가지런히 덮어서 멋있게 만든 뒤 찹쌀떡 박스 위에 잘 보이게 놓고, 막상 파는 것은 예쁘게 가공되지 않는 찹쌀떡을 상자 속에서 꺼내 팔았다.

같은 물건이나 볼품은 없어서 공갈 모찌라고 하는 허접한 물건이었다. 서울역이나 동대문 운동장 앞에 길거리에서 파는데 노점장사를 단속하는 경찰들이 갑자기 들이닥쳐서 자전거까지 다 압수해 가곤 했으니 항상 불안한 상태에서 단속을 피해가며 팔아야 하는 정말 어려운 장사였다.

아침에 일어나서 견본품을 그럴듯하게 만들어 자전거에 싣고 가서 팔아오는 장사였는데, 나는 그나마 자전거가 없어서 라면 상자에다 담아서 들고나가 만원버스에 싣고 가서 팔았다. 안내양도 싫어할 뿐 아니라 만원버스에 발로 차이기 일쑤여서 찌그러지고 상자가 터지기도 하는 등, 서울역에 도착하면 벌써 파김치가 되어 있곤 했다.

그렇게 장사를 하는데 힘만 들지 잘 팔리지도 않을뿐더러 남은 것은 굳어서 다음날은 팔수 없었다. 그럼에도 항상 재고가 남으니 정작 손에 떨어지는 돈은 별로 없었다. 벌이가 별로여서 다들 밥도 못 먹고 점심과 저녁은 남은 찹쌀떡으로 때우고, 아침만 국수집에 가서 땅에 떨어진 국수를 싸게 사다가 라면 몇 개와 같이 넣고 끓여 서로서로 나누어 먹곤 했다. 양이 적어서 서로 설거지를 하려고 했던 것이 생각난다.

라면과 국수를 큰 냄비에다 끓여서 방 가운데 놓고 조그만 양재기를 하나씩 들고 쭉 둘러앉아 젓가락으로 냄비에서 건더기만 건져먹고 나면 설거지하는 사람이 국물을 쭉 따랐고, 그 밑에 남아있는 불어터진 라면 찌꺼기가 한 그릇이었다. 그것마저도 서로 먹고 싶어서 설거지를 서로 하려고 하니 당번은 걱정이 없었다.

나는 봉식이라는 친구가 가끔 공장에서 자기가 먹어야 되는 하얀 쌀밥을 가지고 와서 주고 바꿔먹기도 했다. 그 친구는 나보다 3살이나 많았는데도 시골에서부터 나와 많이 친했다. 왜냐하면 그의 어머니가 곡성군 고달면 대사리의 우리 외갓집 동네에서 먼저 우리 동네로 시집을 와서 살다가 친정집 바로 옆집에 사는 우리 어머니를 중매해서 결혼까지 시킨 인연이 있었기 때문이다. 그래서 그런지 나에게 참 잘해준 고마운 친구였다.

서울에 와서까지 만나서 살다보니 매일 국수만 먹는 내가 안쓰러워서 자기 밥을 들고 와서 바꿔먹곤 했던 것이다. 좋은 친구였는데… 내가 은혜를 갚을 시간도 주지 않은 채 자기 가정사의 아픈 사건으로 인해 부산에서 살다가 일찍 저세상으로 먼저 갔다.

서울에서의 생활은 말할 수 없이 고단했다. 하루 종일 장사해서 번 조그만 액수의 돈을 소매치기 당한 적도 있었고, 제대로 먹지도 못하면서 조금씩 모아서 집에 가지고 가려했던 돈도 명절 때 집에 가는 길에 서울역에서 쓰리꾼에게 잃어버린 적도 있었다.

사람은 구름처럼 몰려드는 그때는 질서가 없었다. 새치기하는 사람들을 경찰들이 긴 대나무로 후려치면서,

"줄 서세요, 줄."

질서를 지키라고 소리치는데 양손에 조그만 선물을 사서 들고 들어가는 그 잠깐 사이에 내 주머니의 전 재산을 훔쳐간 것이었다.

"서울은 나쁜 사람들도 많고, 좋은 사람들도 많다. 그렇다고 서울을 떠나서 고향에서 살 수도 없는 노릇이니 더 내가 감안하고 더 살피면서

조심해서 살아가자."

그런 생각을 하며 이를 악물고 살았다.

그렇게 살다가 고향선배 한 분이 답십리에 금성당이라는 아이스케키 공장에서 일하는데, 와서 케키장사를 한번 해보라고 하셨다. 아무래도 모찌 장사보다는 나을 거라고 하면서.

"아이스케키는 메고 다니다 재고가 나도 공장에 오면 다시 새것으로 바꿔주니까 모찌처럼 재고날 일도 없고 하니 너만 부지런하면 돈도 모을 수 있을 것이다."

고마웠다. 당장 그곳으로 따라갔다. 처음에는 많이 가지고 가지 말고, 조금만 갖고 나가서 팔아보고 차츰 자기 능력껏 팔 수 있는 양을 갖고나가 파는 것이란다. 아이스케키 통에다 얼음을 깔고 그 위에 아이스케키 50개를 담아서 처음 메고 나갔다. 한나절을 돌아다녀도 팔리지 않았다.

큰 소리로,
"아이스케키. 얼음과자." 하고 떠 외고 다녀야 팔리는데 목에서 밖으로 그 소리가 안 나왔다. 저녁때가 다 되어 갔다. 저녁에는 하드(팥가루, 밀크가루 등이 들어간 것)를 50개, 아이스케키(순전히 물에다 색소만 넣어서 얼린 것)는 30개만 담았다. 무겁게 케키 통을 메고 공장을 나와서 밤에 어두운 골목을 돌아다녔으나, 안 팔렸다.
다른 곳으로 장소를 옮겼다. 청량리 588골목으로 갔다. 짙은 화장을 한 아가씨들이 지나가는 남자들을 붙잡고 호객행위를 심하게 하고 있었다. 그 틈을 요리조리 피하면서 아이스케키 통을 메고 걸어갔다. 가끔 내가 지나가는 것을 유리창 안, 밖에서 보고 색시들이 불렀다.

"어이, 아이스케키."

나는 달려가서 주로 하드를 팔았다. 하드는 5원, 케키는 2원이니 같은 개수를 팔아도 하드는 남는 돈도 배로 많았다. 다시 이튿날 장사를 나갔으나 팔리지 않았다. 다른 애들은 눈동자가 반짝반짝하고 얼굴이 새카맣게 그을려가지고 큰 소리로 소리를 지르면서 많이 팔고 오는데… 나는 그 소리가 목까지만 올라와서 밖으로 나오지 않았다. 이대로는 안 되겠다 싶었다.

나는 이발소에 가서 머리를 빡빡 밀었다. 이발소 옆에 포장마차가 있었다. 그곳에 가서 막걸리 한잔을 사서 다 마셔버렸다. 그런 후 공장에 와서 아이스케키를 100개 담았다. 낮에는 주로 케키만 팔린단다.
골목으로 들어서며,

"아이스케키. 얼음과자."

막걸리 한잔에 내가 확 바뀌는 순간이었다. 더 큰 소리를 내어 목이 터져라하고 소리쳤다. 지금 생각하면 살아야 한다는 절박함에서 터져 나온 울부짖음이었는지도 모르겠다.

"아이스케키. 얼음과자."

어제와 완전 다르게 불티나게 팔렸다.

오전에 다 팔고 공장에 들어갔더니 경리를 보는 누나(주인 딸)가 활짝 웃으면서

"야! 이젠 장사 좀 하겠는데. 오늘부터는 너의 물건은 나를 통해서 사 가지고 나가거라. 그리고 돈도 열심히 벌어서 나에게 맡겨라."

그 누나는 30대인데도 아직 시집을 안가고 실질적인 공장 사장역할을 해오고 있었다. 지금처럼 은행거래가 활성화되지 않았던 시절이라서 나는 벌어오는 돈을 그 누나에게 맡기고 대신 노트에 오늘은 얼마라고 쓰고 그 누나 도장을 받아오곤 했다.

열심히 하는 모습을 본 경리누나는 내 물건은 꼭 덤을 많이 주곤 했다. 다른 사람이 물건을 세어주면 50개 달라고 하면 50개만 딱 주는데 그 누나가 줄 때는 100개 달라고 하면,

"무거우니까 조금씩 가지고 가서 팔고 또 와서 다시 가지고 가거라."

하면서 장부에는 70개라고 적어놓고, 100개씩 담아주고는 했다. 나는 더욱 열심히 팔았다. 이제는 막걸리가 필요 없이 목청껏 소리 지르면서 골목을 누볐다. 저녁 늦게 장사를 끝내고 돌아와서 땀이 흠뻑 젖은 얼굴로 돈주머니를 계산하여 누나에게 돈을 맡기면 아무도 몰래 김 한 장에다가 밥과 김치를 넣어서 뭉쳐가지고 한 덩어리씩 주시면서,

"저쪽에 가서 먹고 자거라."

잠시였지만 행복했다. 돈도 많이 모이고 생전 처음으로 나를 인정해 주는 누님 덕분에 보람도 있었다.

그렇게 여름이 다 지나갈 무렵, 생전 얼굴도 보지 못한 외사촌 형이 찾아왔다.

새카맣고 깡마른 나의 몰골을 보더니

"이제 곧 추워지면 이 장사도 하지 못할 테니, 나와 같이 장사를 해보면 어떻겠니?"

나는 여름철에 열심히 모은 돈을 가지고 형을 따라갔다. 외삼촌댁은 답십리에서 멀지 않은 '전농3동 성 넘어 란' 동네에 있었다. 지금은 다 개발이 되었지만 그때까지만 해도 전농동 로타리에서 고개를 넘으면 중량교 쪽으로 넓은 들판이 있고 '성 넘어 란' 동네가 시골처럼 있었다.

그 집에는 외삼촌 내외와 장남인 사촌형 내외, 또 나와 동갑인 여자 누나와 그 동생들인 여동생 둘, 막내 남동생까지 대식구가 살고 있었다. 사촌형님은 각종 미제 테이프를 대용량으로 사다가 집에서 소량 테이프로 가공을 해서 전파사에다 도매로 파는 일을 시작하고 있었다. 그 일을 하려면 많은 도매장사꾼들이 필요했다. 나에게 자전거도 한 대를 사 주시면서 다른 친구들도 많이 데리고 올 것을 부탁했다.

그렇게 내 친구들도 여러 명 합류하게 되었고, 우리는 각자 자전거에 테이프 박스를 싣고 서울 시내는 물론 인천, 수원, 안양, 성남 등 수도권까지 장사를 다녔는데 잘 팔리지 않았다. 그 중에서도 내가 제일 못 팔고 왔다.

아침이면 그 집 딸들도 출근준비에 바쁘고 나와 같이 장사하는 애들도 많으니 북새통이었다. 우선 화장실이 문제였다. 세수를 하려 해도 세숫대야 쟁탈전이 나곤 했다.

장사를 잘하려면 외향적인 성격이 좋은데, 나는 영 숫기가 없어서 그 장사와는 맞지 않았다. 그러니 친구들은 가까운 서울시내에서도 잘 팔고 오는데 나는 경쟁이 덜 심한 인천과 수원 등 되도록 서울에서 먼 곳으로 가서 팔고는 했다. 그곳은 장사꾼이 자주 안 오니 조금 잘 팔렸다.

그때는 서울에서 인천 가는 길도 양쪽 각 1차선인데다가 인도가 없고, 차도는 울퉁불퉁 하기는 해도 아스팔트 포장이 되어 있으나 양옆은 비포장 갓길로 아스팔트보다 한참 낮았다. 서울과 연결된 도로는 유조차 등 트럭들이 많이 다녔는데, 자전거를 타고 힘껏 달리고 있을 때에 뒤에서 유조차 등 트럭이 비키라고 꽥 소리를 내면 비포장 갓길로 내려서야 했다. 넘어지기도 하고 굴러서 무릎도 까지기도 했지만, 그렇게 고생을 해도 돈벌이가 되지 못했다.

한번은 약수동 올라가는 고갯길의 횡단보도에서 신호를 받아서 잠시 자전거를 멈추고 섰다가 출발하는데 부피 큰 짐을 실은 자전거 핸들이 흔들리면서 옆 차선에서 출발하는 삼륜차에 치였다. 자전거도 망가지고 내 다리에도 상처를 입었지만 욕만 잔뜩 먹고 대꾸한 번 못한 채 혼자서 병원을 가야 했다. 아침에 자전거를 끌고 나오면

"오늘은 어디로 가야 하나."

하루하루가 암담했다. 거기에다가 장사를 잘하지 못했기 때문에 외사촌 형을 볼 면목도 안 섰다. 누가 뭐라고 하지 않아도, 내 마음속에서 자존심이 상하는 일이 많았다. 점점 꾀가 났다. 장사하기도 싫고 머리도 아픈 것 같고 의욕도 없어졌다. 장사 간다고 나가서 극장으로 가는 날이 생겼다.

경미극장에서 동시상영을 다 보고나면 한나절이 지났다. 오후 한나절을 근처에서 돌다가 들어가곤 했다. 그러니 점점 팔아오는 물건은 줄어들고 아침저녁 밥을 먹여주는데 밥값도 못했다.

그러던 중에, 친구가 찾아왔다.

고향 친구

고향 초등학교 동창인 친구였다. 뽀얀 얼굴에 말쑥한 차림의 그 친구는 제과점에서 일하고 있다고 했다. 나는 그 친구를 따라서 퇴계로2가 프린스 호텔 바로 옆의 고려뉴욕이라는 제과점에 구경 차 갔다.

그곳은 내가 지금까지 살던 곳과는 완전히 다른 세상처럼 보였다. 세련된 빌딩의 1층에 있는 번쩍거리는 제과점이었고, 주인은 남원군 송동면 사람이었다. 나는 내 초라한 몰골이 폐가 될까봐 한쪽에 가만히 서 있는데, 내가 그 친구의 고향친구라는 말을 듣고 나서 사장님은

"여기서 일하며 빵 만드는 기술을 한번 배워 보면 어떻겠느냐?"고 하셨다. 나는 갑자기 머리가 멍해졌다. 이렇게 좋은 곳에서 일을 하라니.

"열심히 하겠습니다."라고 대답하고 바로 그 이튿날 가방을 옮겼다.

어느 날은 대연각 호텔에 큰 불이 났다. 모두가 건물옥상으로 올라가서 그쪽을 바라보며 발을 동동 굴리면서 안타까워했다. 너무 급한 나머지 불길을 피해 높은 곳에서 낙엽처럼 떨어지는 사람들을 보면서 가슴을 많이 졸였다. 내 생전 처음 보는 큰 사고였는데, 정말 전쟁이 따로 없었다.

나는 그 친구와 그 제과점 뒤편 공장에서 일하게 되었다. 그 제과점은 고려뉴욕 뿐만 아니라 서울역 앞 남대문로5가의 동아제과, 은평구의 백마당 제과 등을 경영하고 있어서 한쪽 가게에 빵이 떨어지면 급하게 갖다주곤 하는 배달부가 필요했다. 물론 공장에서 철판을 닦고 빵 만드는 시다도 했고, 서울역 동아제과에서는 하루 종일 밖을 쳐다보며 즉석 도넛을 튀기는 단순한 일도 했다. 시키는 일은 무엇이든 불평 없이 열심히 일했다.

동아제과에 근무할 때는 여직원들이 돌아가면서 식사 당번을 했다. 같은 돈을 가지고 매일 당번제로 밥을 하는데도 유별나게 한 여직원이 밥을 하는 날은 음식 맛이 좋았다. 조금 더 달라고 하면 "소 배냐."고 놀리곤 했다. 확실한 음식솜씨의 차이였다.

얼굴에 점점 살도 붙고 희고 고운 살결의 서울사람 모습으로 변해 갔다. 명절에 시골집에 한번 갈 기회가 있었는데, 남대문시장에서 중고 양복에 중고 구두를 사서 반짝거리는 신사차림을 하고 집에 간적도 있었다.

물이 없으면 물도 길고 자전거로 빵 배달도 열심히 하고(사실 그때 영기를 비롯해서 다 그 일을 하기 싫어했다) 그러다 보니 주인은 나를 무척 예뻐해 주셨다. 사실 나는 키도 작고 왜소해서 빵 상자를 10개씩 짐자전거에 싣고 서울역에서 은평구의 백마당 제과까지 가려면 무척 힘들었다.

고개를 올라갈 때는 내려서 끌고 가는데도 자전거의 높은 상자가 기우뚱하고 앞대가 들리기 일쑤였다. 땀이 온몸을 적신채로 백마당까지

도착하면 백마당의 주인인 딸이 시원한 아이스크림을 잔뜩 퍼서 먹으라고 하기도 했다. 또 그 근처 응암동에 안집이 있어서 할아버지와 할머니께서 살고 계셨는데, 가끔 주인 할머니께서는 집으로 나를 부르셔서 소고기를 잔뜩 구워주시면서.

"많이 먹고 가라."고 하시곤 했다.

그때는 제과기술만 배우면 인생이 바뀔 것 같았다. 화려한 케이크 진열장을 바라보며 제과기술은 꼭 배우고 싶었다. 그 목표는 나의 전부였고 절실했기에 이를 악물고 열심히 일했다.

그러던 중 제과점을 서울역 건너편 동자동 입구에 다시 하나 개업하게 되었다. 1, 2층을 임대했는데 2층 바닥에 구멍을 뚫어 내부계단을 만들고, 하는 힘든 일은 우리 직원들이 가서 틈틈이 했다. 망치질을 하다 피가 맺히기도 했으나 그런 것이 문제가 되지는 않았다.

그렇게 개업한 제과점이 '맛.싸.만 제과'였다. 맛좋고, 싸고, 많이 주는 제과점이란다.
그렇게 상당기간 있다가 은평 초등학교 앞 백마당제과로 보내졌다. 밤에 기술자와 주인들은 퇴근을 하고 나 혼자 밤새 버터로 케이크 바르는 연습을 해보기도 하면서 기술을 빨리 익히려고 기를 써 보기도 했다. 이때도 주인의 따뜻한 배려 속에 보람 있고 즐겁게 일했다.
얼마 후, 백마당 제과가 다른 사람에게 팔렸다.

새로 온 주인은 전 주인의 친척으로, 직업군인을 오랫동안 지내고 전

역해서 그곳을 인수했는데, 제과점 상황을 잘 모른 채 자기 딴에는 머리를 쓰는 듯했다. 가만히 보니 일은 밑에서 다하고 돈은 기술자가 많이 받는 것 같다고 생각했는지 기술자를 다 내보냈다.

그러고 나서 월급도 올려주고 기술자 대우를 해 줄 테니 나에게 그 일을 하라신다. 나는 그때 기술자 밑에서 일하고 있었고 기술자와 아주 좋은 사이였는데, 그냥 내보낸 것도 아니고 이상하게 이간질을 시켜서 내보내고는 나에게 그 일을 하라니 기가 막혔다.
나는 솔직히 아직 완전한 기술자가 아니었고 자신도 없었다. 봉급이고 뭐고 나는 못하겠다고 거절한 뒤 그 집을 나와 버렸다.

그 집을 나와서 돌아다니다 결국 자리가 없어서 취직하지 못하고 시골로 내려갔다. 시골에 갈 때 새 구두를 처음으로 사서 신고 갔는데, 집에 가니 큰 개를 키우고 있었고, 어찌나 짖어대는지 어머님이 개를 잠시 잡고 있는 사이에 급하게 방으로 들어갔다.

한참동안 어머님과 얘기를 하고 나와보니 이런… 낭패였다. 개가 내 신발 한 짝을 물어뜯고 있었다. 내 생애에 처음 산 새 구두는 그렇게 운명을 다했고, 나는 어쩔 수 없이 싸구려 운동화로 갈아 신고 와야 했다.

잠시 며칠을 고향에서 쉬는 중에, 어느 봄날 누나와 큰덜 골짜기로 산딸기를 따러 갔다. 산골짜기에서 정신없이 산딸기를 따고 있는데 갑자기 굵은 소나기가 내렸다. 처음에는 큰 나무 밑에 피했다가 안 되겠다 싶어서 그냥 비를 맞으면서 내려왔다. 비는 그치지 않고 천둥소리와 함께 세차게 내렸다.

내려오다가 비를 잠깐 피하려고 큰 바위 밑에 공간을 찾아 들어갔다. 정신을 차리고 보니 비에 흠뻑 젖은 관계로 무명옷 속의 몸이 다 드러나 보였다. 둘 다 얼굴이 빨개지면서 부랴부랴 뛰어서 내려왔다. 많이 부끄러운 하루였다.

그때쯤 어떤 친구는 동네의 공동우물로 가는 길에 자주 서성이곤 했는데, 내가 왜 그러느냐고 물었더니 자기가 좋아하는 여자애를 한번 보려고 그런다고 한다. 하루도 못 보면 잠을 못 잔다기에 나는 "참 미친놈이다."라고 했는데 아마도 그때가 우리친구의 사춘기가 아니었나 보다. 나는 늦되어서 아무것도 몰랐는데 말이다. 지나고 보니 아름다운 시절이었다.

며칠을 놀다가 곡성읍에 있는 블록공장에 가서 일을 하게 되었는데, 그 집 사장은 팔 한쪽이 없는 장애인이라서 모든 일이 불편했다. 나는 벽돌과 블록을 찍을 때에는 같이 거들기도 하고 경운기를 끌고 섬진강에 가서 모래를 파오기도 했다.

섬진강에서 모래를 경운기에 잔뜩 실고 오다가 바퀴가 모래밭에 빠지면 다시 삽으로 다 퍼내고 다시 경운기를 빼낸 다음 다시 퍼서 싣고 와야 했는데, 무척 힘이 들고 고생이 말이 아니었다. 다 만들어진 벽돌과 블록을 삼기면까지 배달하기도 했는데, 몇 달 동안 고생을 무척했다.

다시 상경해서 앙꼬 집에 전화를 했더니(그때는 앙금대주는 사람들이 기술자를 구해주곤 했던 시절이었다) 경기도 여주읍 홍문리에 있는 뉴 서울 제과에서 기술자를 구한다는 것이었다. 큰 기술이 없어도 되고 부지런하기만 하면 된단다. 나는 그곳을 찾아갔다. 여주시내 번화가 코너에 있는 뉴 서울 제과점 공장은 4층 옥상에 있었다.

케이크 등 어려운 일은 개군면 제일제과와 여주 뉴 서울 제과를 오가며 공장장님이라는 분이 가끔 와서 해주고(그 기술자는 개군면의 군납빵공장과 두 곳의 책임자였다), 빵이나 생과자는 내가 책임지고 만들어야 했는데 하루 종일 옥상에 있는 공장에서 혼자 일하고 저녁에는 여주농고 매점에서 파는 빵을 만들어서 아침 일찍 자전거로 배달까지 했다. 밤새 일을 할 때면 홀에 있는 여자 점원들이 올라와서 밤새 같이 도와주곤 했다. 밤을 새워야 하니 일을 하면서도 많이 졸았다.

텃세

몇 달 동안 일하다 그 주인이 경영하는 양평군 개군면 하자포리에 있는 제일제과로 보내졌다. 그곳은 군납 빵 공장이었다. 연탄 가마로 간단한 P.X 빵만 전문적으로 만드는 곳이었다. 배울 것은 아예 없었고, 동네 애들이 다니는 곳이라 텃세가 무척 강했다.

내가 서열이 두 번째였는데, 처음엔 존칭하던 애들이 나중엔 반말을 하고 서로 히죽거리며 작업지시도 안 듣는데다 자기들 멋대로 일하면서 매일 불쾌하게 했으나 싸울 수도 없었다. 정말 참고 근무할 수가 없었다.

더구나 월급도 몇 달째 주지 않고 있었다. 안되겠다 싶어서 나는 집에다 '부친사망'이라는 전보를 치라고 편지를 써서 보냈다. 돌아가신 아버님을 팔아서 밀린 월급을 받으려 했던 것인데, 정작 월급은 1달분 밖에 못 받았다. 사정을 했으나 안 된단다.
그 사장은 상습적으로 월급을 미뤘다가 다 안 주는 아주 나쁜 사람이었다.

나는 미련 없이 귀향길에 올랐다. 그곳에 있으면 주위사람들에게 스트레스 받으면서 공짜 일만 밤새워할 것 같았기 때문이다. 나는 짐을 다 고향으로 보내고 마지막으로 나를 제일 괴롭히던 애를 다방으로 불러냈다.

"나 이제 고향 가는데, 혹시 나에게 할 말이 없니?"

할 말이 없단다. 나는 나오다가 녀석의 발을 걸어 넘어트리고 몇 번 발길질을 해댔다.

"야, 이 새끼야. 너 앞으로 세상 그렇게 살지 마라. 이건 너의 죄에 비하면 많이 부족하지만 이것만 갚고 떠난다."

고향의 냄새는 달콤했다. 남원역에 내려서 정다운 시가지를 걸었다. 힘든 추억이지만 어린나이에 나뭇짐을 지고 팔러 다니던 골목을 지나 집으로 향했다.

집에 갔는데 장날이 왔다. 어머님이 장에서 장사를 하신다기에 따라 갔다. 어머님은 동태와 고등어를 팔고, 나는 갈치를 몇 짝 사서 옆에서 팔았다. 서울에서 외치듯 큰 소리로 손님을 모았다.

너무 잘 팔렸다. 어머님 친구들은 서울 가지 말고 여기서 장사해도 되겠다고 하면서 부러워했다. 다 팔고나서 그날 번 돈을 다 어머님께 드리질 않았다. 철이 없어서 그랬는지, 일부 남겨서 넥타이를 하나 사왔다. 서울 갈 때 하고 갈 생각이었다.

결국 그 넥타이가 화근이 되었다. 시장바닥에서 어머니와 다퉜다. 지금 생각하면 참 철없는 자식이었다.

또 집에 며칠 쉬지도 못하고 다시 서울로 왔다. 그동안 서울에서 조금씩 벌었으나 시골에 큰돈을 보낸 적은 없었다. 그저 푼돈 몇 푼. 어머니의 손에 돈을 쥐어 준 적도 많지 않았다. 써야 할 돈만 알뜰히 써도 항상 돈이 없었다. 객지생활이란 그런 것인가 보다.

서울에 올라와서 서빙고 제과에 취직했다. 말이 제과점이지 골목의 조그만 빵집이었다.

주인집의 행랑채에 제과점이 있었고 공장에서 나 혼자 일하고 매장에는 여직원 한 명, 가끔 주인이 나와 보기도 하는 조그만 빵집이었다. 기술이 부족했지만 서투른 솜씨로 케이크를 비롯하여 여느 제과점과 똑같이 물건을 만들어 진열장을 채웠다. 또한 센베이 과자도 팔았는데 중부시장에서 떼다놓고 팔았다. 그 일도 내 담당이었다.

나는 월급을 제법 받았다. 이제 그 돈이면 우리 식구들이 먹고 살 것 같았다. 거여동에 사는 이모네를 찾아갔다.

옆집에 다행히 방이 있었다. 부엌을 통하여 들어가면 조그만 방이 한 칸 있었다.

서울로 가족들도 이사

아주 조그만 집을 구해놓고 시골에 연락을 했다. 가지고 올만한 살림살이가 아무것도 없을 테니 옷가지만 가지고 식구들만 오라고 했다.

어머니께서는 아버지 산소를 찾아가서(나중에 안 사실이지만 이때 아버지 산소가 아닌 곳이 아버지 산소인 줄 알고) 마지막 인사를 하셨단다. 한밤중에 장례를 치르고, 심지어 장지에는 가보지도 못했으니 비슷한 산소들 중 아버지 산소라고 착각했을 것이다.

전학이 안 되는 둘째 동생을 제외한 다른 사람들만 먼저 이사를 하게 하고, 둘째 동생은 전학문제를 해결 후 데려가는 조건으로 남겨놓은 채(식구들이 다 이사를 가는데 홀로 남겨진 동생은 그때 얼마나 슬펐을까) 고향을 영원히 떠났다.

둘째 동생을 제외한 남은 식구 네 명이서 서울행 열차를 타고 밤새 달려와 서울역에 내렸다. 그리고 옷 보따리만 가지고 네 식구가 택시를 타서 거여동으로 왔다. 내가 살림도구를 몇 가지 구해다주고 나서 본격적인 서울생활이 시작되었다.

이사 오기 전에 시골에 큰 아버지께서는 항상 이런 말씀을 하시곤 했다.

"쥐뿔도 없는데 공부만 하면 밥이 나오니, 죽이 나오니. 일을 해야 밥이 나오지."

그때 어른들은 사고가 비슷했다. 배움의 절실함을 옛날 분이라 몰랐으리라. 물론 돈이 있으면 다르겠지만, 우린 그때 너무 가난했으니까 말이다. 우리를 생각해서 일찍부터 돈을 벌어 잘 살아야 한다고 생각해서 하신 말씀이겠지만 난 그 말이 참 듣기 싫었다.

우리 형제들은 남들보다 공부를 잘했으니, 어떻게든 배워서 그 배움을 바탕으로 살기를 바랐다(큰집 동갑내기 사촌은 중학교에 보내고 있었다. 물론 사촌은 잘 사는 집에 장남이었으니까).

몇 달 후 둘째 동생이 서울로 왔지만 그동안만이라도 남이면 어찌 맞아주었겠는가.
그때나 지금이나 누구든 객식구는 불편하고 어려운 것 아니겠는가.
나는 그때 그 일을 항상 미안하게 생각했고 지금도 고맙게 생각하고 있다.

그렇게 서울생활이 시작되었는데… 동생들의 전학문제가 해결이 안되었다. 그리고 한 달도 안돼서 나는 큰 화상을 입었다.

아침 4시에 일어나서 어제저녁에 해놓은 빵 반죽으로 작업하려고 공장에 나갔는데. 호이루(빵 부풀리는 곳)에 불을 붙이자마자 펑 소리와 함께 파란 불이 번쩍 했다. 나는 순간적으로 L.P.G 가스 밸브를 잠그고 밖으로 튀어나와 멀리 도망쳤다. 한참 뛰어가다 뒤돌아보니 괜찮은 것 같아서 돌아오는데 얼굴에서 시원한 뭔가 흘러내렸다. 뻘건 피였다.

이미 나는 화상을 입은 상태였던 것이다. 나도 모르게 손으로 문지른 얼굴 곳곳에 상처가 나서 피가 흐르고 있었다.

주인집도 난리가 났다. 펑 했는데 기술자가 없어졌다고 하며 찾고 있었다. 어찌된 것이냐고 해서 설명을 드렸더니 주인은 공장내부를 찬찬히 살펴보았는데 지난밤, LPG 가스통을 가스배달이 바꿔주고 가면서 연결을 잘못해놓고 갔는지 이음새에서 가스가 새어 나와 공장 안에 가득 차 있다가 불을 붙이는 순간 '펑' 하고 터졌던 것이었다.

나는 얼굴과 손 등 노출된 곳에 2도 이상의 화상을 입었고, 그 후에도 온갖 상처에서 진물이 흘러서 고생했다. 그것으로 그치지 않고 1년 이상 피부가 벗겨지고, 새로 나기를 반복했다. 그래도 조금씩 재생되면서 화상은 나아갔고, 타버린 눈썹도 천천히 조금씩 자랐다.

지금 같으면 책임소재를 가리려고 했겠지만 그때만 해도 그런 생각은 안 했다. 주인은 나를 병원에 입원을 시키고 성의를 다해 치료해 주었다. 주인의 아들이 군인이어서 용산 부대에서 근무를 했는데 미제 화상약품을 구해다가 그걸로 치료를 하기도 했다.

빵집은 일시적으로 문을 닫았고, 나는 병원에서 어느 정도 치료를 마친 후 집으로 왔다.

집에 와 보니 또 걱정이 많았다. 내가 갑자기 소식이 없어졌으니 얼마나 걱정이 많았으랴… 상황설명은 됐는데 이제 살길이 막막했다. 우리 집 사정도 있지만 일하던 제과점이 걱정되었다.

버스를 타고 서빙고로 향했다. 얼굴은 돌출 부위에 따라 색깔이 달랐다. 나온 쪽은 많이 데었고 들어간 곳은 얕게 데어서 색깔이 얼룩져 달랐고 눈썹과 머리도 다 타서 꼭 나병환자처럼 얼굴이 번쩍거리니 버스 안에서도 내 주위엔 아무도 오지 않았고, 사람들은 되도록 멀찌감치 떨어져 있었다.

내 잘못이 아니어서 주인은 좋은 말로 위로하면서 다른데 일을 못할 테니 보상차원에서 어느 기간 동안만이라도 집세를 내지 말고 제과점 장사를 해보지 않겠냐고 하셨다. 그러면서 시골에서 이사했으니 김치도 없을 텐데 주면 가져가겠느냐고 하셨다.

나는 일단 제과점을 직접 하는 것은 생각해 보기로 하고 우선 김치만 달라고 했다. 그때가 봄이라 쉰내가 나는 김치를 독에서 비닐에다 담아주는데 김치 사이 사이 조기새끼를 겹겹이 넣어서 김치를 담가놓았으면서 김칫독을 열고 김치 사이의 조기새끼는 다 빼고 신 김치만 담는 것 아닌가.

어린 마음에 썩어빠진 자존심이 발동했다.
왜 그랬을까? 그때 어린 생각엔 그랬다.

결벽증, 자존심

"아니 줄려면 조금만 주더라도 다 주든가 안주려면 말지, 거지에게 동냥 주듯 버리려 해도 아깝지 않는 시어빠진 김치만 담아 주는가."

무시하는 것 같았다. 정이 싹 떨어졌다.

그 냄새나는 김치를 받아서 버리지도 못하고 박스에 넣어서 버스를 타고 오는데 정말 서럽고 자존심이 상했다. 냄새가 나니 다른 승객들이 힐끗거리며 쳐다보는 것도 그렇고, 또 얼굴이 이상하니 다시 한 번 쳐다보며 피해가는 사람들을 보며 정말 창피했다.

나는 그때 다짐했다.

"내가 다친 것은 내 운이 나빠서이다. 이런 사람들이 보상을 해주면 얼마나 해줄 것이며, 만일 그 일로 욕심을 부리다가는 나만 나쁜 놈이 될 것이다. 보상도 받을 필요 없고 누구 탓할 필요도 없다."

사실 지금 세상 같으면 가스 배달 와서 연결해 놓고 간 사람의 과실이었고 보상도 크게 받을 수 있었을 것이나, 그때는 그런 생각할 겨를도 없었고 생각도 못했다. 그저 세상이 싫었고. 모든 사람들이 싫었다.

다만 모든 세상 사람들이 얕보고 무시하지 못하도록

"내 자신이 열심히 내 힘으로 정당하게 노력해서 꼭, 부자가 되리라."

남에게 내 사고를 빙자해서 돈이나 받아내봐야 그걸로 부자도 안 될 것이고, 그와 별개로 떳떳하게 벌어서 살고 싶었다. 이런 생각을 다짐하듯 하면서 집에 오니 이모부께서 서빙고 제과에 같이 가잔다.

"왜 그러세요?"
"그렇게 많이 다쳤는데 보상을 좀 받아야 하지 않겠냐? 내가 도와 줄 테니 가자."

나는 절대 싫다고 했다.

"다시 또 주위에서 그 사고를 이용해 이득을 보려고 하는 구나." 하는 생각이 들었다. 그 전에 도둑놈 누명을 썼던 생각도 나고, 그 사고로 얼마의 보상을 받아봤자 내 자존심만 더 구겨질 것 같은 생각에 완강히 거절했다.

내가 아무 소식이 없으니까 서빙고에서 제과점 아들이 몇 번 찾아왔으나, 나는 끝까지 만나주지 않았다. 보상도 싫고 사람도 싫었다. 집에 끼니를 굶을 지경인데도 그렇게 그 일은 영원히 잊기로 했다.

괜한 고집으로 큰 손해를 보면서도 그렇게 하는 것이 나의 자존심을 지키는 일이고, 그렇게 남에게 의지하지 않고 살아야 장래 내가 성공도 할 수 있을 것이라고, 그때는 그렇게 생각했다.
나 혼자이었을 때도 힘든 서울생활이었는데, 가족까지 데려다놓고 일을 못하게 되었으니 집안에는 아무것도 먹을 것이 없었다. 걱정이 태산이었다.

그러나 참아내기로 했다. 그래야 된다고 굳게 믿었다.

불쌍한 동생들

　그때쯤 시골에서 둘째가 올라왔다. 중학생 교복 어깨엔 구멍이 났고, 그 하늘색 교복에 흰색 천을 덧대서 사촌동생이 엉성하게 기워준 교복을 입고 왔는데 새카맣게 그을리고 초췌한 동생의 얼굴을 보고 속으로 펑펑 울었다. 정말 많이 슬펐다. 그래도 남이 아니기에 사촌동생이 구멍난 교복을 서투르게나마 꿰매서 주었으리라.

　다친 후 아무 일도 못하고 멍하니 앉아서 밖을 쳐다보고 있는데 셋째 동생이 시커먼 연탄가루를 얼굴에 뒤집어 쓴 채 동네 연탄 리어카를 밀고 다니는 모습이 눈에 띄었다. 가슴이 먹먹했다. 그런 일을 해서 빵이나 하나 얻어먹는 모양이다.

　다음 해에 초등학생인 셋째는 거여 초등학교 지하에서 운영하는 공민반에 보내고, 둘째는 안홍 고등 공민학교에 편입해서 들어갔다. 잠시 학교에 가지 못하고 있다가 박승 선생님이라는 분의 도움으로 편입학했다. 정말 어려운 시기에 고마운 분이었다. 그 학교는 정규학교가 아니어서 졸업하면 검정고시를 봐야 상급학교에 진학할 수 있었다.

　너무 어렵게 굶는 날이 많음을 알게 된 박승 선생님께서는 가끔 국수를 사다 주시기도 하고, 쌀을 사주시기도 해서 많은 도움이 받았다. 또한 정주영 현대그룹회장을 잘 안다고 하시면서 내 이력서를 수차례 받아가셨으나 그건 다 뻥이었다.

셋째도 다시 고등공민학교로 진학을 하고 우리 동생들은 신문배달을 하는 등 고생하면서 학업을 계속했다. 정규학교가 아니어서 고등학교를 졸업했음에도 검정고시를 봐야 대학 갈 자격이 주어졌다.

정상적으로 뒷받침을 받고 정규학교에서 공부했다면 어느 누구보다도 우수한 대학에 갈 수 있는 동생들이었으나 어려운 가정환경 때문에, 내가 뒷바라지를 못한 탓에 어렵게 대학에 가야 했다.

그 전에 시골에서 있었던 일이다. 둘째 동생이 초등학교를 졸업하는 날, 동생은 6개년 우등상장에 교장상까지 받아서 집에 왔다. 온 식구가 둘러앉아서 칭찬해 주고 있는데, 담임 선생님께서 술이 만취한 채로 찾아오셨다.

"제가 교육자로서 너무 괴롭고 미안해서 왔습니다."

얘기인 즉, 내 동생이 전교 1등이어서 교육장상 대상자로 올렸는데 위에서 2등 한 학생에게 교육장상을 주고 1등인 내 동생이 받을 상을 교장상으로 바꿔서 내려보냈다는 것이다. 자기가 강력히 항의 한번도 못해보고 졸업식을 하고 나니 너무 양심의 가책을 느껴서 참을 수가 없다고 하시면서 미안하고, 죄송하다고 여러 번 사과를 하시고 가셨다.

그 2등한 애의 아버지가 면에서 위세가 당당한 유지였기 때문이었다. 그 후에 그 학생은 서울대를 졸업했다. 그 소식을 듣고 나서 나는 한없이 슬펐다. 머리 좋은 동생을 내가 제대로 뒷바라지 못해서 이렇게 밖에 안됐구나 하고 생각하니 미안하고 속상했다.

그 밑의 여동생들은 아직 취학 연령이 안 되었다. 아버지가 돌아가시던 해에 출생한 막내 동생은 서울로 이사 오던 해에 3살이었고, 처음 보는 큰오빠인 나를 무척 낯설어했다. 내가 아무리 안아주려고 해도 피하며 낯설어 하던 모습이 지금도 생생하다.

그렇게 둘째 동생은 어렵게 공부를 시작하여 훗날 서울소재 동국대학교에서 사회복지학을 전공하고 검찰사무직 9급과 그해 새로 생긴 건강보험공단 4급에 동시 합격했다.

어디로 보내야 할까. 행복한 고민이었다. 동국대학교 주임교수의 자문을 듣고 결정하기로 했다. 주임교수님 생각은 열심히 공부해서 검찰들 뒤처리나 해줄 거냐며 전공도 사회복지학이고 하니 건강보험공단을 추천해줬다. 나도 그때는 그게 옳다고 생각했다.

그렇게 둘째 동생의 인생항로가 결정되었다. 후에 나는 그 결정을 많이 후회했지만 말이다. 그러나 어찌됐든 한 평생 그 직장에서 일할 수 있어서 다행이고, 무난히 정년을 바라보고 있으니 한편으로 생각하면 그래도 그런대로 무난했다고 생각한다.

좋은 머리를 갖고도 세월을 잘못 만나고, 더욱이나 집안사정으로 인해서 제 꿈을 마음껏 펼쳐보지 못한 것 같아서 항상 마음이 애잔하다.

또 셋째 동생은 고졸인데도 법무부 보도직 9급에 합격했다. 보도직으로 근무하면서 순전히 자력으로 공부를 해서 통신대 초등교육학과를 졸업하고 교원임용고시를 거쳐 초등학교 교사가 되었으며, 다시 공부하여 건국대학교에서 교육학 석사를 마치고, 현재까지 초등학교에서 유능한 선생님의 길을 걷고 있다.

　정말 자랑스러운 동생들이다. 자신들의 노력만으로 지금은 비교적 잘 살고 있다고 생각하지만, 한편으로는 지난날 공부할 때 집안에서 도움을 주지 못한 것이 세월이 지나도 미안하고 항상 한으로 남아있다.

아버지의 유산

아버지께서는 유산으로 어린 동생 넷과 어머니, 그리고 노름빛 쌀 4
가마 반(노름빛은 앞에서 설명했으니 생략)과 우리 살던, 아버지가 직접 나
무를 해다가 어렵게 지은 집(땅은 큰집 텃밭에 지었음)만 남기셨다. 그 집은
아버지가 병든 몸으로 지으신 후 사시다가 돌아가신 집으로, 우리 여섯
식구들에게 있어 아버지가 남겨주신 유일한 재산이었다.

그때는 목재가 귀했다. 산에 나무를 심는 사방공사가 활기차게 시행
되던 때라 목재 값이 무척이나 비쌌다. 시골에 사시는 분이 편지로 연
락을 해왔다.

"자네가 살던 집을 쌀 2가마에 팔면 어떻겠나. 내가 집을 짓는데 그
목재가 필요하니 나에게 팔 것 같으면 편지를 받는 즉시 큰집에 연락을
해서 뜯어가게 해주시게."

그 시절 우리는 정말 끼니를 걸러야 하는 어려운 때를 보내고 있었다.
그런 우리에게 쌀 두 가마면 몇 달은 먹고 살 수 있는 큰 재산이었다. 즉
시 큰아버지께 편지를 보냈다. 그렇게 처리해서 돈으로 보내달라고 수
차례 부탁했으나 어떤 소식도 없었고, 그 돈은 영원히 오지 않았다.

아마도 그런 사정까지 세세하게 이해하지 못했을 것이고 크게 생각

도 안했을 것이지만 우리에게는 정말 소중한 유산이고, 귀중한 재산이 었다.

몇 년 후, 그 집은 큰아버지께서 본인 살던 집과 함께 팔고 전주로 이사하셨다. 그 후에도 그 집에 대한 건은 아무 말도 듣지 못한 채, 그렇게 아버지께서 물려주신 유일한 재산은 없어지고 말았다.

내가 직장을 잃고 나니 우리가족들의 하루하루는 말이 아니었다.

이모부집과 이웃에서는 시멘트 포대를 사다가 봉투를 만들어서 중부시장 등에 가져다넘기는 봉투장사를 했는데, 우리는 우선 봉투 붙이는 일부터 시작했다. 크고 작은 사이즈 별로 재단된 시멘트 포대 종이를 풀로 붙이는 일이었는데 100장을 붙이면 얼마씩 받았다.

봉투를 붙이고 나면 방바닥에 세면가루가 시커멓게 떨어져 있었고, 쓸어 담으면 한 줌씩이나 되었는데 밤늦게까지 봉투 붙이기를 하고 나면 그 바닥에 그대로 쓰러져 잠들곤 했다. 그러나 그건 어디까지나 부업이지 먹고 살 수 있는 본업은 안 되었다.

일거리를 찾아야 했다. 어머니는 근처 공수부대군인들이 사는 사자아파트에 파출부로 나가셨고 나는 막노동판으로 나섰다. 아직 화상을 입은 피부가 덜 차올라서 애기 피부 같았는데, 일하다 보면 나도 모르게 스쳐서 피가 나고는 했다.

어머니께서는 일하는 집에서 남은 반찬도 싸 오시고, 또 골목에서 호떡이라도 팔아보려고 장사를 시작했으나 잘 되지 않았다. 생활은 궁핍

하고 희망이란 없이 막막한 세월이 흘러가고 있었다.

제과점으로 돌아가고 싶었으나 얼굴이 번쩍거리고, 눈썹도 없는 상태여서 취직을 할 수가 없었다. 처음 제과기술을 배울 때는 이것만 배우면 살 수 있을 것 같았는데, 그렇게 제과점과의 인연은 끝이었다.

제과점을 잊고 공장으로

우선 한 푼이라도 벌어야 했다. 공장 쪽으로 여기저기, 취직자리를 찾아 봤다.

성수동에 프레스공장에 취직이 되어서 출근을 해보니 월급은 제과점의 절반인데 아주 불량한 애들이 많았다. 괜한 트집을 잡고는 여러 명에게 죽지 않을 만큼 맞았다. 나중에 안 사실이지만 그렇게 해서 무엇이든지 시키는 대로 할 수밖에 없이 길들이는 것이라고 누가 일러줬다.

3일 만에 그만뒀다. 그 와중에 우리가 사는 방에 주인 아들이 들어온다고 방을 비워 달랜다. 방을 다시 알아보던 그때에 이모네 방을 빼야 되는 일이 생겼다. 이모네는 살던 방을 정리해서 시골로 다시 돌아가셔야 했는데 정작 이모네 살던 방이 빠지지 않았다.

이모부께서 방을 못 빼고 시골로 이사를 가야되니 우리보고 그 방에 우선 살면서, 세입자가 오면 보여주라고 하셨다. 계약이 되면 올라오셔서 방 보증금을 받아 가시겠다고 하셨다. 당시 내 생각에는 우리 식구들에게도 우선 다행이고 이모네도 우리가 살면서 방을 빼면 훨씬 쉬울 것 같았다.

그때는 이삿짐이라고 해봐야 옷 보따리와 부엌에 솥 하나, 그릇 몇 개가 전부였기에 그냥 옆방인 이모네로 이사해서 살았는데, 약 1달여 만에 방이 계약되었다. 이모네가 이사 가셨다는 말을 들었는지 동네 쌀집 아저씨가 몇 번 찾아왔다.

"이모부 언제오시냐?"
"방이 계약되면 오실 것입니다."고 했더니 매일같이 오다시피 하여
"방이 계약되었냐?"고 했다.

"도대체 왜 그러십니까?" 하고 물으니 쌀 외상값이 조금 있어서 그러니 꼭 알려 달라고 하시고 그렇게 하겠다고 했다. 그 후 이모부께서 방의 보증금을 받으러 오셨는데 그 쌀집 아저씨가 오셨다. 나는 당연히 외상값은 갚아야 되는 것이라 생각했는데… 그것이 아니었다. 무슨 사정인지 자세히는 모르겠으나 이모부는 외상값 갚을 생각이 없었는지, 자꾸 다음에 준다고만 했다. 쌀집주인은 이제 이사를 가면서 언제 와서 갚느냐고, 지금 갚고 가라고 했다. 그렇게 쌀집주인은 이모부를 붙잡고 놔주지를 않으니 둘이 싸움이 났다.
　나는 당연히 두 분 사이에서 말렸다. 쌀집 아저씨는
"그럼 네가 쌀값을 갚을 거냐?"고 하셨다.
　나는
"줄 것이 있다면, 주시고 갈 것."
이라고 하면서 싸움을 말렸고 간신히 싸움은 끝났다.

　그런데 이모부는 나보고 "그동안 우리 방에 살았으니 산 동안 방값을 계산하자."고 하셨다.
　나는 "잠시 그 방을 빼주려고 살았는데 방값을 내라니. 그건 아닌 것 같습니다."라고 대꾸했다. 우리가 살고 싶어서 살았던 것도 아니고 방

을 빼기 위해 잠시 살았는데, 자기가 갚아야 할 쌀 외상값은 안주고 싸우기까지 하면서 자기만의 계산으로 욕심을 부리는 것 같아서 끝내 그 돈은 주지 않았다.

그렇게 이모부는 내려가시고 난 후, 그 쌀집 아저씨한테 많이도 당했다. 그러나 내가 갚아야 될 돈도 아닐뿐더러 꼬일 대로 꼬인 내 불편한 감정상 기어코 그 돈도 갚지 않았다. 그냥 당했다. 욕도 듣고 따귀도 맞고 했다.

우리는 거여동에서 마천동으로 이사를 했다. 한 번에 이사할 것을 이모네 방을 빼려고 두 번을 이사했다. 물론 1달 방세는 안 나갔지만.
이번에도 6식구가 단칸방에 살았다. 동네만 바뀌었지 생활은 바뀌지 않았다.
정말 비참한 생활이 계속되었다.

바로 옆에는 만화방이 있었는데 레슬링이나 복싱을 할 때면 얼마씩 입장료를 내고 들어가 TV로 시합을 보고는 했다. 우리는 그 적은 돈도 없어서 들어가서 보지 못하고 밖에서 들려오는 소리로 가늠하면서 즐기곤 했다.

월세 없는 전세방

수입이 적으니 우선 월세라도 싼 곳을 찾아야 했다. 살던 곳에서 조금 떨어진 시골동네로 이사를 하기로 했다. 산길을 한참 넘어, 경기도 땅인 광주군 서부면 감일리로 이사했다. 그 동네에는 공장도 많고 세도 서울보다 상당히 쌌다. 그곳의 백씨네 건넌방을 전세로 얻을 수 있었다. 집은 흙집이었으나 방은 지금까지 살던 방보다 훨씬 컸다.

그 동네에는 '한국 인슈로'라는 유리섬유 공장이 있었고, 나는 어렵지 않게 그 회사에 들어가서 일하게 되었다. 그곳은 유리창 등이 깨지면 나오는 파유리를 가져다가 고온에 녹여서 건축단열재를 만드는 공장이었다. 기계는 24시간 동안 계속 돌아가고 사람만 3교대 하는 곳인데 잔업이 많았다.

잔업을 하면 통상임금의 150%나 되는 임금을 줬다. 한 시간이라도 더 많이 일을 해서 봉급을 많이 받으려고 일요일도 일할 때가 많았다. 다만 유리가루가 가득한 생산기계 옆에서 일을 하니 건강이 좋지 않았다. 그러므로 회사에서는 한 달에 돼지고기 두 근을 살 수 있는 교환권을 배부해 주었다.

나는 지금도 가슴사진을 찍어보면 폐에 그 시절의 훈장처럼 여러 개의 유리가루가 박혀 있다. 처음에는 걱정이 되었고 서울대병원에서 천식치료를 할 때 의사선생님이 그에 대해 물으셨다. 내가 그 사정을 선생님께 말씀드렸더니 담당 의사선생님이 그런 사례에 대한 논문을 쓰신 다면서 자주 CT를 찍었다.

6개월에 한 번씩 수년간 찍었는데, 검사비용의 절반은 의사선생님이 부담해 주셨고 나는 절반만 부담했다. 훗날 안 사실이지만, 방사능 피폭 문제가 있을 수 있다기에 어느 때부터인가 의사 선생님과 상의하여 중단했다. 다행히도 그 후로 별 탈 없이 지내고 있으니 얼마나 다행인가.

그런 생활을 하던 어느 날, 나를 제과점에 데리고 가서 취직시켜줬던 친구가 찾아왔다. 공장에 3교대로 24시간 돌아가는 기계 앞에서 그날은 밤 10시에 교대해줘야 하는 때라 근무를 빠질 수가 없었는데, 그 친구는 술을 좋아해서 오후부터 밤 10시인 나의 출근시간 전까지 술대접을 했는데도 밤새워 자기와 같이 있어 줄 것을 원했다. 나는 사정을 얘기를 하고 술과 안주를 준비해서 잠자리를 봐주고 난 후 어쩔 수 없이 밤일을 갔다가 새벽 6시에 퇴근하고 왔는데, 그 친구는 밤새 술을 더 마시고 화가 많이 나 있었다.

"모처럼 내가 찾아왔는데 날 두고 직장에 가는 것이 말이 되냐?"

아무리 미안하다고 사과를 해도 밤새 술을 마시고 만취한 상태로 술주정을 해댔다. 나는 밤일을 했으니 피곤하고 졸려 죽겠는데 술주정은 끝이 없었다. 나는 그 친구의 멱살을 잡아서 밖으로 끌어냈다.

"야 이 자식아! 네가 친구라면 내 사정도 좀 이해해줘야지 못된 술주정만 배워가지고 그렇게 내 입장을 설명을 해도 끝없는 주정을 해? 그런 식으로 살 거면 다시는 날 찾아 오지마라 이 나쁜 놈아!"

그 후 그 친구를 다시 만나보지 못한 채 저세상으로 갔다는 소문만 들었다. 그때 그렇게 보낸 것이 많이 후회스러웠고 많이 미안하고 한동안 괴로웠다.

그러나 그때 나는 결근을 할 수가 없는 상황이었다. 기계가 밤새 돌아가고 있으니 누군가는 기계에 맞춰서 일을 해야 했고, 집안사정도 일을 하루 빠지면 크게 손해가 났다. 주차수당, 월차수당, 연차수당까지 모조리 받을 수가 없었기 때문이다. 그러나 그 친구는 회사생활을 한 번도 해본 적이 없으니 내 사정을 이해하지 못했으리라.

동생들도 인슈로와 신신전자 등에서 일을 하고, 그렇게 조금씩 모아가면서 살았다.

방값도 무섭게 올라갔다. 우리가 들어간 방보다도 더 작은 방들이 1만 원에서 계속 올라서 3만 원까지 올라갔고, 다시 10만 원까지 올라갔다.

열심히 벌어도 방값 올려주느라고 허리가 휠 지경이었다.

운명을 만나다

그 어려운 시기에, 나는 내 배필을 만났다.

내가 살던 집은 옛날 집의 안채와 사랑채로 이루어진 전형적인 시골 집인데, 공장이 생기고 방을 구하는 사람들이 많아지다 보니 옛날 외양 간이나 돼지우리, 헛간 등도 방으로 꾸며서 세를 주고 있었다. 그 중 우리는 문간방에 살았고, 옆방으로 장래 처가가 될 분이 이사를 와서 같은 집에서 살게 되었다. 처음에는 착하게 생긴 옆집 동생 같은 그에게 책을 선물한 것이 계기가 되어, 그 후 우리 둘은 점차 친해지게 되었다.

사실 나는 처음에는 동생처럼 생각했다. 나이도 어리고 아직 처녀티 도 안 난, 소녀티가 나는 참한 여자애였다. 동네에서 착하기로 소문난 아가씨. 머리를 두 갈래로 길게 따고 수줍어서 얼굴도 못 드는 순박한 동생 같은 사람이었지만 주위 총각들은 나에게 한집에 사니까 자기들 과 만나게 다리를 좀 놔달라고 조르곤 했다.

그러던 어느 날, 혈관점막에 염증이 생기는 병 때문에 출근하지 못하 고 누워 있었는데 자기 아버지 회갑이라며 그녀가 음식을 갖고 방문을 열고 들어와서 놓고 나갔다. 인연이 되려고 그랬는지 갑자기 내 눈에 그 녀가 성숙한 여자처럼 보이기 시작했다. 사실 그때까지 나는 생활이 어 렵고 막막할 때라 이성에 대한 생각 자체가 없었다.

그런 후로 우리는 인연이었는지 서로 마음이 통하기 시작했다.

　우리는 밤마다 동네 근처에서 만나기 시작했고 가까워지기 시작했다. 많은 도로가 비포장이던 시절인데도 유일하게 골프장 가는 길은 아스팔트포장이 되어 있었고, 우리는 그 도로를 따라 걸으며 많은 얘기를 나누곤 했다. 동네사람들은 얌전한 처녀가 바람이 났다고 소문을 내기 시작했고, 이 사실을 장인어른께서 알게 되어 완강히 반대하기 시작했다. 나를 만나고 들어가는 날이면 매 맞는 소리가 우리 방까지 들렸으니 내 마음도 편할 수가 없었다. 매를 맞고도 그날 밤엔 어김없이 우리는 만났다.

　말려도 보고 때려서라도 못 만나게 해도 안 되니까, 장인께서는 마침내 우리를 강제로라도 떼어놓으려고 두 사위를 불러 들였다. 잠깐 건너오라고 부르셔서 건너갔더니 안쪽에는 두 사위 분이 들어오는 나를 주시하며 바라보고 앉아있고 장래 장인께서는 벽을 보고 앉아 계셨다. 방 안에는 형부들과 잘 얘기해 보라는 뜻이었는지 그녀는 간단한 음식을 차려 놓고 긴장한 모습으로 부엌을 왔다 갔다 하고 있었다.

　나는 웃으면서
　"안녕하십니까? 최○○입니다." 하고 들어갔다.
　들어서자마자 큰 사위 분께서 큰 목소리로,

　"자네 주민등록증 좀 가지고 와."

　내가 뒤로 돌아 들어왔던 문을 열고 보니 옆에 사는 셋째 이모와 동생들이 잔뜩 궁금한 얼굴로 서 있었다.

동생에게 "가서 내 주민등록 중 좀 가지고 와." 하니 동생이 급히 주민등록증을 가지고 왔다.

주민등록증을 받아서 갖다가 팍, 소리가 날 정도로 세게 상 위에 놓으며, "여기 있습니다." 하고는 픽 웃었다.

왜 그랬는지는 나도 잘 모르겠다. 아마도 그 분의 직장이 그때 그 시절 세상 사람들이 제일 무서워하는 중앙정보부라서 더욱 엇나가는 반발심으로 그랬는지도 모르겠다.

이어서 차분하고 얌전한 목소리로 작은 사위가 말씀하신다.

"아니 가정지 대사를 논하려고 오라고 했는데 어른들 앞에서 실실 웃고, 그게 뭐하는 태도야?"

장인께서는 쳐다보지도 않고, 아무 말씀도 없이 벽만 보시고 앉아 계셨고, 큰 소리가 나니 그녀는 안절부절 못했다. 그런 상태에서 약간 꼬인 생각에,

"아니, 그러면 울면서 얘기를 해야 합니까?"

하고 한마디 했는데 바로 더 큰 목소리가 들려왔다. 큰사위께서 소리를 버럭 하시는데
"뭐 이 새끼야!?"
나도 다시 한마디 했다.
"아니, 만일 이집 따님과 결혼하면 나와 동서지간이 될 터인데 이거

너무하지 않습니까? 실망입니다. 너무 그러지 마세요." 했더니,

"뭐야? 이런…!"

나는 자존심이 많이 상했다. 우리 둘의 마음은 결혼까지 하고 싶었으나 좋은 말로 타협이 될 상황이 아니었다. 고분고분 해봐야 결과가 뻔했다. 슬쩍 그녀를 한번 보고난 후 운명에 맡기기로 했다. 그 자리에서 음식상을 확 밀쳐버리고 일어났다.

"나는 이런 대접 받으면서까지 이 집에 장가오지 않습니다."

그렇게 밀치고 나와 버렸다.

뒤에서는 뭐 저런 놈이 있느냐는 소리가 들리고, 밖에 있던 우리 셋째 이모는 큰 소리를 해댔다.

"아니, 우리조카가 어디가 어때서 그렇게 대접을 하느냐"고.

사실 누군들 그 입장에 딸주고 싶겠냐는 생각이 내 머리서도 들었다. 이해는 하면서도 현실적으로는 방법이 없으니 허탈한데다가 이모님이 큰소리를 치시니 순간적으로 동네사람들에게 창피하다는 생각이 확 들면서 마음이 편하지 않았다.

주위에서 그렇게 하는 것은 내게 도움이 되지 못하는 것이기 때문이었다.

나는 그 소리를 뒤로 하고 우리 방으로 들어와 버렸다.

사실 그 두 분은 우리 둘을 떼어놓아야 하는 임무를 띠고 오신 분들이니, 애초에 우리인연을 허락할 형편이 아니었다. 이해할 수 있는 일이

었다.

아무 것도 없이 단칸방에 사는 과부의 아들이고 동생만 네 명이나 되는 찢어지게 가난한 그런 집에 귀한 딸을 시집보내면 고생하고 살 것이 뻔한데 누군들 안 그랬겠는가. 누구라도 아마 장인어른의 입장이면 그랬을 것이다.

나는 다 이해할 수 있었으나 달리 방법이 없었으니 운명에 맡기고 우리 방으로 와서 이불을 뒤집어쓰고 누워버렸다.

잠시 뒤 밖이 소란했다. 형부들은 강제로 그녀를 양쪽에서 잡아끌고 가려고 하고, 본인은 안 끌려가려고 하면서 동네 굿이 되어 버렸다. 나는 마음이 아팠지만 방법이 없었다. 눈을 감았다. 끌려가면서 반항하는 소리가 점점 멀어지고 있었다. 그때 솔직한 심정은 쫓아가서 대적이라도 하고 싶었다. 그러나 그랬다간 큰 사건이 될 것 같았다.

일어나서 창문을 빼꼼히 열고 내다보니 저 멀리 그녀가 양손을 붙잡힌 채 끌려가는 모습이 보이고 그 모습을 멀리서 바라보는 장인어른의 수심 가득한 얼굴이 보였다.

얼마나 가슴이 미어질 일인가. 부인이 돌아가시고 혼자 사는 아버지 입장에서, 회사에 다니며 돈 벌어다가 아침저녁 끼니까지 챙겨주던 딸을 뺏겨버렸으니 그 심정이 오죽했겠는가.

나는 그날로 큰 죄인이 되었다. 그날 이후 결혼해서도 장인께 사위 노릇 한번 제대로 못 해 드린 채 보내 드려야 했으니 생각하면 가슴이 많이 아프다.

그러나 어찌 하겠는가. 우리 둘의 서로 좋아하는 감정이 이 일로 해서 더욱 불타올랐으니… 이것이 우리의 인연이라고 밖에 설명할 방법이 없다.

온 동네사람들의 따가운 시선을 뒤로하고 나는 열심히 직장에 다니면서 생각을 정리하려고 애를 쓰고 있었다. 그러던 어느 날, 바람처럼 그녀가 날 찾아 왔다. 형부가 방에다 가두어놓고는 문을 자물쇠로 잠근 뒤 출근을 하고, 점심 때도 일부러 집으로 식사를 하러 와서 확인하고 하는데 너무 힘들다는 것이다.

그때 그녀의 큰언니는 녹번동에 살았고 형부의 직장은 이문동에 있는 중앙정보부였는데, 그 먼 거리를 와서 점심을 먹고 가다니 정말 집요하다는 생각이 들었다. 그 먼 길을 매일 점심 왕복하며 나를 잊어버릴 것을 종용하고 있었던 것이다,

그러나 언니는 같은 형제지간이라 형부가 출근하고 나면 살며시 문을 열어주곤 했고, 그런 상태에서 형부가 올 시간을 피해서 서부면 감일리까지 나를 보러오는 그녀가 얼마나 힘들었을까 생각하니 마음이 아팠다.

그러나 솔직한 나의 마음은 나를 찾아온 그녀가 고마웠고, 아직 인연이 끊어지지 않아 다행이다 싶었으며, 마음속으로는 행복했다. 이젠 우리 사이가 끝났다고 생각하고 마음을 정리하려고 애를 쓰던 마음이 다시 생각하게 됐다.

"우리는 정말 인연인가?"

그런 생각이 다시 들기 시작했고 다시 올지도 모르는 그녀를 마음 졸이면서 기다리게 되었다. 그러나 우리는 너무 어렸고 아무 대책도 없이 서로 좋은 감정만으로는 간단히 해결될 문제도 아니었다.

그때 나는 24세, 그녀는 19세로 철부지들의 풋사랑으로 끝날 수 있었던 시기였다. 하지만 하늘에서 맺어준 특별한 무엇인가 있는 듯이 서로가 같은 쪽 하늘을 보듯 한마음이 되어갔다.

바로 옆방에 자기 가족이 살고 있으나 나만 살짝 만나보고 옆방의 아버지를 못보고 도망치듯 돌아가야 하는 그의 심정은 얼마나 불편했을까 생각하니 그녀가 왔다가 돌아가는 날이면 내 마음도 편치 않았다.

그렇게도 자기 가족만 소중히 알고 살던 심성이 착한 사람이었는데 내가 그렇게 만들었다고 생각하니 마음이 괴로웠고 그녀의 아버지와 마주칠 때면 얼굴을 들 수가 없었다. 나로 인해 그렇게 되었으니 말이다. 나는 정말 죄인이라 생각하며 속으로는 미안해했다. 하지만 다른 길이 없었다.

"우리는 앞으로 어찌해야 하죠? 그냥 둘이 도망이라도 가서 삽시다."

그럼 후일 아버지도 이해해 주시지 않겠냐면서. 그러나 나는 쉽게 대답할 수가 없었다.

"어른들을 그냥 무시하고 그렇게 하면 안 되니 좀 더 신중히 생각해 보자."

나에게는 어려운 문제였다. 돈도 없었으며 가족들도 돌봐야 하는 등 쉽게 결론을 낼 수 없었다. "나도 생각할 시간이 필요하니 오늘은 그만 돌아가라."고 보냈다.

그 후 어느 날, 다시 그녀가 찾아왔다. 정말 마음으로는 반갑고 고마웠으나 다시 돌려보냈다. 사실 녹번동에서 한번 오는 길이 만만치 않았다. 버스를 몇 번이나 갈아타야 했고, 상당한 거리를 걸어 들어와야 되는 먼 길이었기 때문이다. 또 아버지의 눈에 안 띄어야 하니 얼마나 가슴 졸이며 왔겠는가. 그런 생각을 하니 어떻게든 방법을 찾아야 했다.

그녀 입장을 생각해 보니 언니네 집에서도 못살겠고 집에 와서도 못살 형편이니 안타까웠다. 하루하루가 얼마나 초조한 가시방석이었을까 생각하니 이왕 벌어진 일이니 헤쳐 나가기로 마음을 굳혔다.

동거를 결심하다

세 번째 찾아오던 날 나는 약속을 해줬다.

"약 2달 후에도 마음이 변치 않는다면, 1975년 6월 26일 날 12시에 천호동 모처에서 만나서 어디든지 가서 살아보자."

우리는 그렇게 약속을 했다. 나는 두 달 동안 회사에 사표를 내고 기다렸다가 퇴직금과 그간의 월급을 다 받았다. 그렇게 해서 그 돈을 전액 호주머니에 넣고 옷가방은 집에 그냥 두고, 약속장소에 나갔다. 혹시 그 동안에 마음이 변해서 안 올지도 모르니 옷가방을 가지고 갈 수가 없었다. 동생에게 부탁을 하고 집을 나섰다.

"내가 오후까지 집으로 안 돌아오면, 우리가 만난 것이니 그렇게 알고 천호동 모처로 내 옷가방을 가져다 달라." 하고 나왔는데. 그녀가 왔다. 가방까지 꾸려가지고 말이다. 얼마나 반가웠는지 모른다. 표현은 안했지만 정말 믿음이 생겼고 운명이라고 생각했다. 우리는 허름한 여관을 잡고 들어가 쉬고 있다가 동생을 만나 옷가방을 받았다.

그때 나는 우리 가족에게도 또 한 번의 죄인이 되어야 했다. 우리 어머니와 어린동생들이 당장 먹고 살 돈이 없는 줄 알면서도 몇 푼 되지는 않지만 퇴직금 받은 돈까지 다 가지고 나와 버렸기 때문이다.

어머니께서는

"우리는 어떻게든 살 수 있으니 밖에 나가는 네가 돈이 필요 할 것."이
라면서 "다 가지고 가라."고 하셨다.

그런다고 철이 없으니 그랬겠지만, 정말 내가 한 푼도 안주고 다 가지
고 나왔으니 그 뒤 우리 가족들은 얼마나 궁핍하게 지냈을지 지금 생각
해도 미안하고 가슴이 쓰리다.

우리 집만 어려웠겠는가. 딸이 회사에서 타오는 얼마 안 되는 돈으로
근근히 살아가던 그녀의 집도 많은 어려움을 겪었으리라.

전주에서

막상 둘이 어디로 가기로 했는데 갈 곳이 없었다. 문득 멀리 떠나야 한다는 생각과 처가 쪽에서 우리를 찾을 수 없는 곳으로 가야 한다는 생각에 무작정 전주로 향했다.

그때 전주에는 사촌누님이 결혼해서 쌀집을 운영하며 살고 있었다. 두 살밖에 많지 않은 누님이지만, 그분은 항상 어른스러웠다. 그렇다고 그 집에 기대려고 간 것은 절대 아니었다. 그저 심적으로 조금 안정이 될 것 같은 생각에 그곳을 찾아갔다.

그러나 우리를 맞는 누나의 표정은 반가운 표정이 아니었다. 나는 이해 할 수 있었다. 서울 가서 어렵게 사는 걸 뻔히 아는데 돈 벌어 잘 살 생각은 안하고 어린 나이에 계집을 달고 찾아왔으니 누가 볼까 창피했던가 보다.

방을 구해야 해서 객지니까 조언이라도 좀 받으러 찾아간 것인데… 그냥 돌아 나왔다.

누나네 집에서 상당한 거리가 떨어진 곳으로 가서 방을 구했다. 그래도 누나가 쌀장사를 하는데 남의 가게에서 쌀을 사기는 미안했다. 나는 먼 길을 걸어서 누님가게를 찾아갔다.

"쌀 한 말만 주세요."

누님은 저울로 달아서 한 말을 봉지에 담아주며 하시는 말이

"남의 눈이 있으니 다시는 찾아오지 마라."

나는 그렇게 하겠다고 돌아서서 집으로 오면서 그 입장은 충분히 이해할 수 있지만 정말 섭섭했고, 여기를 찾아온 것이 정말 많이 후회스러웠다. 그 일로 매형은 수십 년 뒤까지 정말 그때 일은 미안했노라고 얘기하고는 했다.

진북동 모래내 다리 근처의 우리가 구한 방은 장독대 밑에 꾸민 허름한 방이었고 부엌은 따로 없었다. 돈이 없어 싼 방을 찾다보니 구하게 된 형편없는 방이었다. 그 집에 짐을 풀고 사과 궤짝 하나 주워 다가 그녀가 언니네 집에서 몰래 갖고 온 밥그릇 2개, 국그릇 2개 숟가락, 젓가락 두 벌에다가 시장가서 최소한의 몇 개의 살림살이로 우리의 신혼생활은 시작되었다.

처음으로 그녀가 해서 둘이 같이 먹는 밥. 음식솜씨도 집에서 많이 해본 솜씨다. 물론 양념은 큰언니 네서 조금씩 챙겨가지고 온 것을 사용했지만 정말 맛있게 먹었다.

이웃의 건축일 하시는 분께 부탁을 해서 노동일을 다녔다. 하루 종일 일하면서도 그녀 생각만이 머리에 가득했다.

"오늘은 가 버리고 없을라나?"

그런 생각만 하다가 일을 끝내고 전주 형무소자리(이사 가고 공터로 남아 있었음)를 걸어오면 저 앞에서 빙긋이 웃으면서 나타나곤 했다.

"아, 아직은 안 도망갔구나." 하고 그날은 안심하곤 했다.

차츰 믿음이 생기고 우리는 가족이구나 하는 생각이 들어갔다.

마음은 안정이 되어갔지만 가정이 안정되려면 시급히 돈을 벌어야 했다. 우선 먹고 살 길이 막막해서 헌 손수레를 하나 사고 풀빵기계도 구해서 모래내 다리로 장사를 해 보려고 나갔다. 담배도 개피로 팔고 껌 등 소소한 것을 손수레에 실고 가서 장사라고 해보니 잘 되지 않았다.

그 와중에 우리가 사는 방은 비가 오면 천정에서 비가 새서 밤새 뜬 눈으로 밤을 새우곤 했다. 처음엔 한쪽이 새서 그릇으로 받쳐놓고 피해서 잠을 청하면 점점 여러 곳에서 비가 새니 방구석에 둘이서 빗물 떨어지는 소리를 들으면서 앉아서 밤을 새우곤 했다.

철이 없으니 그 와중에도 봉동까지 가서 주인집 농사일을 며칠 씩 해 주고도 일당은 그만 두라고 인심 쓰고 안 받고 공짜 일만 해 주곤 했는데도, 그 주인은 내가 나올 때에 보니 어떻게라도 보증금을 안 내주려고 핑계를 댔고, 엄한 항목까지 만들다시피해서 계산하는 바람에 거의 못 받고 나왔다.

장사하던 것을 처분하고 일자리를 찾아 무작정 전주 시내를 헤맸다. 처음 생각은 설마 둘이 일하면 못 먹고 살겠나라고 생각했지만 그게 쉬운 것이 아니었다. 한창 돌아다니며 구인 벽보 등을 보고 전화도 하고 해서 요꼬 짜는데 일자리를 구했다.

기술이 없으니 처음엔 여럿이 일하는 공장에서 대강 배워서 우리 사는 방에다 기계를 2대 놔주고 열심히 짜 놓으면 주인이 가져가곤 했는데… 불량이 절반이나 나오니 일하는 만큼 1장에 얼마씩 받기로 했는데 돈 벌이가 전혀 되지 않았다.

공장주인은 돈은 안주고 가게를 소개해 주면서 필요한 물건은 우선 외상으로 갖다가 쓰라고 하셨다. 돈이 없으니 쌀은 못 사고 라면만 먹은 탓에 설사가 줄줄 났다.

서투른 도둑질

한번은 김치가 먹고 싶은데 돈이 없었다. 시내에 나갔다가 집에 오는 길가에 넓은 배추밭이 있었다. 걸어가면서 길옆에 있는 배추를 한 포기 뽑았다. 내 생전 처음 한, 지금 이 시간까지도 유일한 도둑질이었다.

큰 것은 양심상 못 뽑고 적은 것으로 하나 골라서 뽑았다. 가슴이 두근거렸다. 뽑은 배추를 윗옷 속에 감추고 집까지 왔다. 지금 생각해도 어리석고 한심해서 웃음이 절로 나오는 일이다. 그냥 들고 오면 누가 그 배추 한 포기를 의심하겠는가. 그런데 훔친 배추라고 표현이라도 하듯 옷 속에 감추고 왔으니 참 어리석은 나의 젊은 시절이었다.

그동안 우리 본가는 사는 것이 말이 아니었다.

동생들은 다 학업을 포기하고 생업전선에 뛰어들어 한 푼이라도 벌어야 하는 절박한 상황이 되어 내가 사는 전주에까지 소독을 하는 일을 한다면서 찾아 왔었다. 학교 교련복을 입고 다니면서 아무 곳이나 찾아가서 학생인데 아르바이트를 하러 다닌다고 하고 소독약을 뿌려주면 얼마씩 돈을 준다고 했다. 시커멓고 야윈 동생에게 돈 한 푼 못주고 돌려보내며 가슴으로 울었다.

얼마쯤 일을 하다가 돈벌이도 안 되고 장래도 암담해서 서울로 올라왔다. 그래도 서울이 없는 사람이 벌어먹기는 나을 것 같았다. 하지만 모든 것을 정리하고 편안하게 올 형편이 못되었다. 주인에게 간다고 하면 일해준 값은 주지 않을 것이 뻔하고, 외상값에 방값까지 내놓고 가라고 할 것만 같았다. 그렇다면 떠나기가 더욱 어려울 것 같았다.

야반도주

말없이 밤에 짐을 쌌다. 이삿짐 이래봐야 보따리가 몇 개가 전부였으니 둘이 나눠들고 집을 나섰다. 북전주역까지 걸어서 오는데 뒤에서 누가 따라오는 것 같았다. 정말 죄짓고는 못살 일이다. 내 아내는 다리가 떨어지지 않는다고 했고 걸음은 느렸다.

마음은 급하고 갈 길은 먼데…. 나는 아내를 독촉하며 들판 길을 걸었다.

역전에 도착해서 군고구마를 사서 하나씩 먹고 열차시간을 기다렸다. 그 시간이 얼마나 조마조마하고 길게 느껴졌던지…. 떠나기 전날 그 와중에도 초라한 아내 꼴을 보이기는 싫었다. 없는 주머니를 털어 시장에 가서 파란 원피스를 하나 사서 입혔다.

서울에 올라와서 우리가 살던 곳에서 머지않은 방이동으로 갔다. 집에다 연락을 했다. 서울에 왔노라고, 집안 형편이 말이 아닐 그 시기에도 어머니께서는 생채 반찬을 만들어 들고 찾아오셨다. 돈이 없으니 짜게 만들어 오셨다. 늘려 먹으라는 뜻이었을 것이다. 우리 부부는 43년이 지난 지금도 그 맛을 잊지 못한다.

그 동네에서 다시 요꼬 집을 찾아 일을 하기를 몇 달, 요꼬집 사장은 건넌방 하나를 비워주시면서 그 방에다 요꼬 짜는 기계를 2대 놓아주셨다. 하루 종일 일을 하면서 그 방에서 살았다.

그렇게 지내던 어느 날 그곳에서 우리 큰딸을 임신했다. 집사람은 생전 과일도 좋아하지 않는 사람이었는데 뜬금없이
"사과가 먹고 싶다."
고하는데 돈이 없었다. 조그만 홍옥사과를 몇 개 사다주니 그렇게 맛있게 먹었다. 사실 내 아내는 지금도 별로 과일을 좋아하지 않는 사람인데 그때만 유독 사과를 먹고 싶어 했다. 또한 김치가 먹고 싶다는데 김치가 있을 리 만무했다. 주인댁에 가서 사실대로 이야기를 해서 김치를 조금 얻어다 먹었던 기억도 난다.

산모가 제대로 못 먹어서 애기를 낳고 보니 꼭 조그만 홍옥사과 같았다. 귀한 집 딸을 반대를 무릅쓰고 데려다가 이렇게 고생을 시키는가 보다 해서 항상 마음이 괴로웠다.

우리가 서울에서 살고 있다는 소문을 처가에서 들었는지. 결혼시켜줄 테니 살던 곳으로 돌아오라고 연락이 왔다. 나는 다시 옛날 떠나기 전에 다녔던 회사에 재취업을 하기로 하고 우선 돈이 한 푼도 없어서 살던 동네에서 한참 떨어진 산골에 보증금 없이 월세만 주는 방을 구해 이사했다.

초가집에 할머니 혼자 사시는 집. 건넌방에 살림을 차리고 뒷산에 가서 나무를 해다가 안집과 같이 때고 살았다. 그 동네에는 주정뱅이가 한 명 살았는데 술만 취하면 자기한테 신고하라면서 시비를 붙였다. 참다 참다 한번은 크게 싸운 적도 있었다. 밤에 옷을 다 벗고 칼을 가지

고 와서 죽인다고 밤새 떠들어 댔다. 참다 참다 폭발했다.

"이 새끼. 내가 오늘은 너와 끝장을 볼 거다."

나는 나가서 싸우려고 하고, 아내와 할머니는 큰 사고가 난다면서 나를 다락방으로 밀어 넣었다. 술 취한 주정뱅이와 부딪치지 않게 둘이서 온 힘을 다해서 다락으로 밀어넣었고, 그런 혼란 속에서 나도 이마를 약간 다쳤다. 술이 깬 다음 날, 그 주정뱅이도 미안했던지 그날 밤 이후 우리 집 앞으로는 지나다니지 않고 반대편으로 돌아다니곤 했다.

어찌 부모가 자식을 이길 수 있으리오. 장인어른께서는 모든 것을 체념한 듯 나를 받아주셨다. 아내는 배가 부른데도 처가에 가서 반찬도 도와주고 자유롭게 왕래하면서 살았다. 장인어른께서는 우리가 떠난 후 정말 고생이 많았으리라. 손수 끼니를 해결하면서 얼마나 우리를 원망했을까 생각하니 정말 죄송하고 가슴이 아팠다.

그 후로도 몇 년간 장인께서는 나에게 절을 받지 않았다. 설날에 세배를 해도 일어나면서 보면 돌아앉아 계신 적이 있었으니, 그 마음이 오죽했으면 그랬을까 싶다. 모든 정황을 다 알고 있지만 내가 그 마음을 풀어드릴 묘안이 없었다. 어떻게라도 가난에서 벗어나 잘 사는 모습을 보여 드려야 했는데…. 우리가 살만한 모습을 보지 못하시고 장인께서는 허무하게 세상을 뜨셨다. 정말 원통한 일이다.

그렇게 몇 개월이 지나고, 산달이 왔다.

아버지가 되다

한참 무더운 7월에 첫애를 낳았다.

어느 날 밤일을 마치고 아침에 집에 오니 대문 밖에서 왕겨를 태우고 있었는데, 연기가 모락모락 났다. 그때는 아기를 집에서 낳고나면 태를 그렇게 처리하고 있었다. 새빨간 갓난 애기는 정말 신기하게도 예쁘게 생겼다. 아마도 내 자식이라서 그랬으리라. 그 날부터 더 열심히 일했다. 부모가 된 책임감은 결혼 전과 또 달랐으니까.

주인 할머니는 자주 집을 비웠다. 산 밑의 큰 집에서 젊은 아내는 무척 무서움을 탔다. 내가 밤일을 가는 날이면 옆집 아주머니께 너무 무서워서 그러니 같이 자자고 부탁을 했지만, 누가 자기 집을 놔두고 남의 집에 와서 같이 밤을 새워 주겠는가. 안되겠다 싶었다. 더욱이 옆집에는 주정뱅이까지 살고 있으니 마음이 불안했다.

회사와 가깝기도 하고 동네 가운데 있으니 무서울 리도 없는 집으로 이사를 했다. 그 집은 너무 방이 추워서 방에다 연탄난로를 피워야 했다. 방 한쪽에다 연탄난로를 피우고 주위에는 기저귀도 빨아 널고 따뜻하게 사는 중에 일이 생겼다.

한밤중에 잠자리에서 잠이 깨어 일어서는데 머리가 빙 돌면서 의식을 잃고 쓰러졌다. 아내는 나를 끌어다가 찬 마당에 엎어놓고 큰 소리로 정신 차리라면서 내 뺨을 내리치고 동치미 국물을 퍼 먹였다. 나는 다행이 정신을 차렸다. 머리는 아팠고 정신은 몽롱했으나, 나는 살아있었다.

세 식구가 같이 잤는데 나만 연탄가스에 중독이 됐고 아내와 어린애기는 다행히도 괜찮았다. 만일 내가 아침까지 깊은 잠을 잤다면 우리 세 식구가 다 죽었을 수도 있겠다 생각하니 아찔했다.

그 무렵, 처남이 작은동서네 목공소에서 기술도 배울 겸 해서 장인어른은 약수동 작은언니네 옆으로 이사를 가셨다. 그동안 회사에서 받은 월급을 조금씩 모아서 장인어른 보증금을 빼드리고 내 아내가 처녀시절에 살던 방으로 이사를 했다.

지금도 집사람은 그때 내가 본가와 살림을 합치려고 계획해서 마음 먹고 점점 가까이 왔다고 생각하는 듯하나, 사실 나는 그런 생각은 조금도 없었다. 어디까지나 안전을 위해서 이사를 했던 것이다. 내 아내는 우리 본가와 양쪽 방을 다니면서 살림을 하느라 전보다 훨씬 바빠졌지만 오랜만에 집안이 안정된 느낌이었다.

갓 태어난 어린 딸이 무척 예뻤지만 많이 절제해야 했다. 누가 뭐라고 하진 않지만, 내 동생들도 아직 어렸기 때문에 눈치를 보면서 살았던 기억이 난다. 그렇게 내 딴엔 조심했지만 동생들에게는

"형이 결혼하더니 변했다."는 소리를 들었다.

동생들도 없이 살다보니 성격도 급해진데다가 단칸방에서 많은 식구

가 살다보니 어린 큰 여동생은 작은오빠들에게 많이 맞고 살았다. 지금 생각하면 많이 아리다.

그렇게 얼마를 살다가 본가와 우리 방 전세를 빼고(한쪽 방이 10만 원씩, 합해서 20만 원) 그동안 모은 돈까지 해서 50만 원을 만들었다. 그 돈으로 마천동 산 5번지 비탈에 대지 13평 정도 되는, 방 2칸짜리 독채를 얻어서 합가를 했다. 조그만 집이었지만, 정말 좋았다. 방 두 칸에 가운데 조그만 마루가 있었다.

이사를 해놓고 마을 입구에 세탁소와 복덕방을 운영하는 통장님 댁에 전입도장을 받으러가서 집 매매 시세를 알아보니 대지 7평짜리 허름한 블록집이 60만 원에 나와 있었다. 그 집은 방만 2칸이지 화장실은 공중화장실을 사용해야 했다. 그러나 이사를 이왕 했으니 6개월을 참았다. 그때는 법정 계약기간이 6개월이었으니까.

처음으로 내 집 장만

기간만료를 앞두고 다시 시세를 알아보니 웬걸…. 시세가 75만 원으로 올라 있었다. 그때 생각으로는 너무 급작스럽게 많이 올라버렸지만 나는 조금 무리를 해서 7평짜리 집을 샀다. 정말 뛸 듯이 기뻤다. 가난뱅이에서 부자가 된 기분이었다.

"기와 한 장도 내 것이고 벽돌 한 장도 내 것이다."
처음 서울에 와서 남산에서 노숙하고 내려올 때 백열등이 따뜻하게 켜진 집이 생각났다.
꼭 그만한 집이었다. 집은 정말 좁았다. 얼마나 좁았으면 방에서 장정들이 발을 뻗으면 문 밖으로 다리가 나올 지경이었다,

집안에 화장실이 없으니 그 주위사람들 모두가 공중화장실을 사용해야 했는데, 특히 아침에는 아무리 급해도 긴 줄을 서서 기다려야 하는 등 열악한 환경의 집이었다.
그뿐만이 아니었다. 수도가 없으니 멀리서 돈을 주고 물을 길어 와야 했다. 그래도 내 집이니 행복했다.

큰아버지와 큰어머니께서 사촌동생 면회를 가신다고 오셨다. 나와 함께 가평군 제3하사관 학교에 면회를 갔는데 무척 추웠다. 아래턱이 덜덜 떨리는 정말 추운 날, 저쪽에서 한 무더기의 병사들이 구호를 외치

면서 다가왔다. 그 중 한 명이 사촌동생이었는데 다 같은 옷을 입어서 자기 부모도 처음에는 알아보지 못했다.

면회실에 갔더니 7~8명이 같이 나왔다고 해서 큰어머님께서 먼 길에 준비해 가지고 간 음식을 나누어 먹고 난 후, 사촌동생에게 뭐가 제일 먹고 싶은지 내가 물었다. 사촌동생은 초코파이가 먹고 싶다고 했다. 나는 PX(피엑스)로 가서 실컷 사주고 왔다. 그렇게 해서 사촌동생은 하사관으로 근무하다가 제대했다.

두 아이의 아빠가 되다

그 집에서 둘째 딸을 낳았다. 아침에 산모가 진통이 와서 급해졌다. 이웃에 사시는 권사님이 오셨고, 나는 택시를 부르러 나가는데… 애기가 나와 버렸다. 권사님께서 뒤처리를 다 해 주셨으니 얼마나 고마웠는지 모른다. 또 그렇게 남에게 신세를 졌다.

그 집에서 몇 년을 살았다. 둘째 딸은 혼자 골목에서 놀고 흙도 집어먹고 혼자 몇 명이 대화하는 것처럼 중얼거리며 잘 놀았다. 애가 튼튼하고 속 썩이지 않고 무럭무럭 착하게 잘 자라 주었다.

그랬던 애가 중학교 다니면서 갑자기 입이 돌아간다고 했다. 정말 놀라서 데리고 병원에 갔다. 언니가 입던 옷 물려서 입고 그냥 잘 먹으니 신경 안 쓰고 키웠던 둘째 딸이 내 마음속에는 항상 아픈 손가락이었는데 아프다고 하니 더욱 가슴이 미어졌다. 여자애가 얼굴이 삐뚤어져서 정상적이지 못하면 어쩐단 말인가. 슬펐다.

그러나 다행히도 치료가 됐고 지금은 건강하게 잘 지내고 있다. 정말 다행이다 싶다.

그때는 천호동에 있는 만년필 공장에 다녔는데, 돈을 조금이라도 더 받으려고 건강상의 이유로 사람들이 기피하는 부서인 도금실로 자원해서 근무하고 있었다.

셋째 동생은 그때 해군을 가고 둘째 동생도 육군으로 입대했다. 두 동생이 군에 가 있는데 어느 날 해군부대에서 연락이 왔다. 동생이 결핵이 걸려서 출항을 못하고 있다고 해서 진해까지 면회를 갔다. 가서보니 예비대에 있는데, 규정상 면회가 안 된다고 한다.

사정을 해도 안 된다는 말만 돌아왔다. 간신히 전화통화만 하고 할 수 없이 돌아서서 나왔다. 다시 재검을 해서 보니 결핵이 아니었다. 누군가의 실수로 엑스레이가 다른 사람의 것과 바뀌어서 혼동이 있었다. 그때만 해도 결핵으로 죽는 사람들도 있을 때이니 걱정이 많았는데 다행이다 싶었다.

그때 나와 둘째 동생의 약혼녀인 지금의 제수씨와 같이 갔는데, 자기 이종동생이 해군사관학교 생도였다. 그 분의 도움으로 해군사관학교를 구경할 수 있었다. 참고로 제수씨는 나의 직장 동료였는데 내 소개로 둘째의 반려자가 되었다.

다시 얼마 후 둘째 동생에게서 연락이 왔다. 훈련 중에 안경이 깨졌다는 것이다. 다시 연천군 어유지리에 제수씨와 갔다. 저기서 동생이 구보로 뛰어오는데 안경을 벗은 탓에 보이지 않았는지 우리를 보고도 지나쳐 가는 걸 보고 무거운 눈물을 훔쳐야 했다.

그전에 우리가 사는 집은 너무 좁아서 더 넓은 집으로 이사하기 위해 그 집을 230만 원에 팔았다. 그 돈으로 마천시장 위쪽에 대지는 18평, 방은 네 칸, 마당도 있고 화장실도 우리 집안에 있는 3각형 집을 샀다. 방 4개 중에서 3개는 우리가 사용하고 하나는 전세를 주었다. 회사에서 알루미늄으로 예쁘게 문패도 만들어서 번쩍거리게 도금까지 해서 대문 앞에 달아놓고 사진도 찍었다.

그렇게 지내던 어느 날, 회사에서 일을 하는데 노조조합사무실로 잠깐 오라고 연락이 왔다. 가서보니 다른 부서의 직원들도 있고 우리와 같이 일하는 분들도 계셨다.

위원장께서,

"제가 회사에 근무하는 분들 중에 결혼식을 못 올리고 사는 분들이 많은데 도와주시면 좋겠다고 말씀드렸더니, 우리 회장님께서 그 얘기를 들으시고 회사비용으로 합동결혼식을 올려주시겠다고 하니 모두가 합동결혼식 하는 것에 대한 동의를 해주십시오. 이번에 결혼을 하시는 분들께는 회사에서 선물도 많이 준비하신답니다."

사실 그 시절에는 결혼을 못하고 그냥 동거하며 애들을 낳고 사는 사람들이 많았고, 나도 그 중 한 명이었다. 그때의 내 입장에서는 그렇게라도 결혼식을 하고 지나가야 했다. 누가 나에게 서둘러서 식을 올려줄 사람이 있는 것도 아니어서 영원히 우리는 동거부부로 남을 신세였는데 회사에서 구제를 해주신다니 감사할 따름이었다.

그 후 결혼식 날짜가 잡혔는데, 장소는 광나루 다리 옆의 성혼예식장이란다. 많은 사람이 한꺼번에 결혼을 하니 피로연을 할 식당예약이 제일 급했다. 그런데 예약할 만한 식당이 없었다(그때는 예식장에 피로연장이 없었음). 한꺼번에 16쌍이 합동결혼을 하게 되었으니 잔치 집만 32집이었다.

예식장 근처는 모든 식당이 선약이 되어 있었다. 정말 난감했다. 할 수 없이 상당한 먼 거리의 식당에 예약을 하고, 결혼식 날이 왔다.

 그날 예식장은 손님들로 미어터졌다.
 한번 상상을 해 보시라. 32집의 축하객이 한 예식장의 같은 시간에
모인 모습을.

동거인 딱지를 떼다

　신랑, 신부 입장은 나이순으로 했다. 우리는 가장 나이가 젊은 관계로 맨 나중에 입장했다. 신부가 입장할 순서가 되기까지 워낙 사람이 많아서 장인어른을 찾을 수가 없었다.

　할 수없이 사촌 처남이 신부의 손을 잡고 입장을 해서 고홍명 회장님의 주례로 결혼식을 마쳤다.

　결혼식이 끝난 후 회사에서 준비해 주신 관광버스를 타고 워커힐로 갔다. 그곳에서 다들 내려서 워커힐 내 여러 곳으로 다니면서 사진을 찍고 다시 임진각으로 향했다. 가는 동안 버스 안에서 회사친구들이 따라와서 축하도 해주고 또 차에서 내리면 따라다니면서 사진도 찍어주곤 했다.

　임진각에 도착하니 무척 추웠다. 12월이니 당연히 추웠고, 게다가 신부는 한복차림이었다. 춥다고 사진 찍기를 싫어 해서 몇 장 찍고 버스로 돌아왔다. 그렇게 우리의 결혼식과 신혼여행은 그날로 끝이 났다.

　이튿날부터는 회사에 출근해서 예전처럼 생활해야 했다. 회사에 가니 온통 어제 결혼식 얘기로 떠들썩했고, 많은 동료들로부터 축하의 인사를 받았다.

　회사에서는 비정기적으로 조금씩 월급을 올려주기도 했지만 대식구가 생활하기에는 턱없이 부족했다. 오죽했으면 담배살 돈이 없어서 한 개피 씩 얻어 피기도 했고, 회사까지 가는 차비만 가지고 출근을 하면 하루 종일 "어디 가서 차비를 꾸어 집에 가나." 하고 종일 그 생각만이 머리에 가득했다. 천호동에서 거여동 까지는 걸어가기에는 너무 먼 길 이었고 버스를 한번 타야 갈 수가 있었다.

그 후에도 집안 형편은 별로 나아지지 않았다. 어머니는 동원슈퍼의 빵가게에서 일을 하시면서 며칠 만에 한 번씩 집에 오셨다. 가끔 맛있 는 빵을 갖다 주시기도 했고, 어쩌다 쌀도 한 포 사다 주시고 했으나 여 러 곳이 아프다시며 크게 살림에 도움을 주시지는 못했다.

그 와중에 사촌 여동생이 애를 데리고 찾아왔다. 그때는 서로 어려 우니 시골에서 서울에 상경하면 일시적으로 친척을 찾아가서 의지하곤 했다. 사연을 들어보니 신랑이 지리산 뱀사골에서 도로공사 십장으로 있는데, 정신적인 문제가 있어서 도저히 못 살겠으니 이혼하고 싶다며 도와 달라고 했다.

나는 일면식도 없는 사촌 매제이지만 올라오라고 했다. 연락을 받고 올라온 매제를 만나보니 멀쩡히 좋은 사람이었다. 그 사촌매제에게

"서울로 와서 처자식들 하고 같이 사는 것이 어떻겠습니까?"

일자리는 알아봐줄 테니 올라올 것을 권했다. 그렇게 하기로 하고 사 촌동생은 시골집을 처분해서 온 가족이 이사를 오기로 약속한 후 내려 가고, 매제는 내가 다니는 직장에 취직을 시켜서 6개월 동안 우선 우리

집에서 우리식구들과 동거를 하기로 했다. 그 매제는 회사에서도 열심히 일하는 성실한 사람이었고 아무 문제없는 평범한 사람이었다. 추석 때는 처자식 준다며 선물도 사서 들고, 녹음 테이프도 만들어서 귀향하기도 했다.

시골 재산을 다 처분하여 110만 원을 마련해서 가지고 왔는데, 매제의 어머님과 세 명의 남동생, 처, 자식까지 식구가 많았다. 우선 돈이 부족하니 지하에 두 칸짜리 널찍한 방을 얻어서 서울생활을 시작했다.

그 지하에는 양쪽에 한 집씩 두 집이 살고 있었는데 옆방에는 젊은 아줌마가 애기 둘을 키우면서 살고 있었고, 애 아빠는 사우디로 돈 벌러 가고 없었다.

사촌에게 겹친 불행

허구한 날 애들만 두고 애 엄마가 나가서 돌아다니다 보니 사촌 동생의 시어머니께서 돌봐주고 했나보다. 그 어른은 정이 많고 좋은 분이었는데, 부모 없이 애들끼리 노는 것을 보고 밥도 같이 먹이고 씻어도 주고 했단다.

그러던 어느 날 회사 앞으로 그 옆집 애 엄마가 친구 한 명과 찾아와서

"할머니께서 애들을 잘 돌봐주셔서 고맙습니다. 지나다가 문득 생각이 나서 저녁이나 한 끼 대접했으면 해서 왔습니다."

그렇게 돼서 세 명이서 반주를 곁들인 저녁을 먹게 되었고 얻어먹은 것이 미안해서 그랬는지 2차 술은 우리 매제가 샀는데… 여자 둘이 얼마나 남자 하나를 술을 먹였는지 인사불성이 돼서 집에를 돌아가지 못하고 근처 여관에서 잠들었단다.

그런데 며칠 후 그 여자는 집을 나가서 돌아오지 않았다.

엄마가 행방불명이 되었으니 그 집에서는 난리가 났을 것 아닌가. 급히 사우디에서 남편이 귀국을 해서 여기저기 물어보니 얼마 전 사촌 매제와 술 먹고 외박했다는 말을 듣고 사법서사 친구를 대동해서 강동경찰서에 고발을 했다. 경찰서에서 어떻게 된 것인지 나도 모르지만 사

촌 매제가 간통범으로 몰려 구금되어 있었다. 나는 그쪽 사법서사를 만나서 설득했다.

"아무것도 없는 사람 가두어놓으면 양쪽 집에 무슨 이득이 있겠습니까? 합의를 해서 일단 석방을 시켜놓고 위자료를 받든지 하는 것이 현명하지. 아무것도 없는 사람 유치장에 가두어만 놓으면 해결이 납니까? 무슨 일이든 되는 방향으로 해야 할 것 아닙니까?"

설득에 설득을 해서 결국 150만 원을 월말까지 주기로 합의서를 써주고 풀려났다. 그러나 돈이 없었다. 사촌 동생은 말일까지 최선을 다해 구했으나 70만 원 밖에 못 구했다며 가지고 왔다.
나는 순간 당황했지만 선택의 여지가 없이 어떻게든 그 돈으로라도 해결을 봐야 했다.

나는 사법서사를 다방에서 만났다. 우선 봉투를 보여주며 합의서를 달라고 했다. 합의서를 받아 갈기갈기 찢어버린 후 "자, 당신과 나는 죄가 없소. 서로 양쪽을 대신해서 일을 봐주는 입장인데, 우리 쪽에서는 최선을 다해 돈을 구했으나 이것밖에 못 구했으니 그쪽에 가서 잘 말씀 드리고 해결하세요. 그쪽의 해결은 당신 몫이오."

당장 난리가 났다. "그럼 어떻게 할 거요. 최선을 다해 구했으나 그 돈밖에 못 구했는데. 다시 구속을 시킬 것이오? 없는 사람 하나 살려줬다 생각하고 이걸로 마무리 합시다."

일사부재리 원칙에 의해서 다시 잡아넣을 수도 없을 테니 잘 해결하라고 하고 나왔다.

집에 돌아왔는데, 그 남편이라는 사람이 술을 잔뜩 먹고 대문 밖에서 윗옷을 홀딱 벗고 고래고래 소리를 지르며 죽인다고 나보고 나오란다. 그 고종사촌 매제의 형제들과 우리 형제들이 사건해결에 대해서 얘기도 할 겸 우리 집 안방에 앉아서 술을 몇 잔 마시고 있었는데…. 바깥에서 소란이 말이 아니었다.

매제 동생분이 겁을 잔뜩 먹은 얼굴로,

"어떡하지요?"

나는 냉정하게 말했다.

"겁먹지 마세요. 저사람, 소리 지르다 갈 겁니다. 우리 집 모든 불을 끄고 먹던 술이나 마십시다. 만일 담을 넘어 들어오면 주거침입이 되니 목소리는 가만가만 큰 소리 내지 말고, 집에 들어오면 팔을 비틀든지 팔꿈치로 사정없이 밀치든지 해서 아주 혼을 내서 보냅시다. 만일 잘못되는 일이 발생하면은 내가 책임을 질 것이오."

조용히 앉아 술잔을 비우는데 얼마 지나니까 조용해졌다. 그렇게 그 사건은 종료되었다.

그 동생은 딸 하나, 아들 하나를 두었는데 아들이 19세 때 교통사고로 사망했다.
휘경동 위생병원에 시신을 안치해 놓고 며칠 동안 장례를 치르는데 조문을 가서 보니 매제 형제분들이 분주히 오고 가면서 사건을 해결하려고 바삐 움직이고 있었다. 나는 장례식장에 조문만 하고 오려는데 매제가 울부짖으면서

"내가 서울에 형님 보고 왔는데 그냥 가면 어떻게 합니까. 도와주셔야지!"

하면서 동생들은 해결하기 어려울 것이니 형님이 좀 어떻게 해보라고 하며 부탁을 했다.

그 날부터 사고 현장에도 가보고 그 사건에 개입하게 되었는데… 사람이 죽었는데 전부 망자에게 잘못이 있는 것처럼 사고처리가 되어 있었다.

일단 중랑교 근처의 새 서울 극장 앞쪽 큰길가 현장에 가보니 가로수가 여섯 그루쯤 하얗게 껍질이 벗어져 있었는데, 면목동 쪽에서 청량리 방향으로 차가 달리다가 공중으로 부 웅 떠서 제일 높이 올라간 것은 2m 정도 위쪽까지 올라가 있었다. 나무껍질이 까진 걸 보니 차가 엄청 과속으로 운전하다가 사고가 난 것 같았다.

그 다음 그 동승자들을 만나서 사고 경위를 들어보니 친구가 자기 삼촌 차를 가지고 나와서 드라이브 시켜 주겠다고 했고, 친구들 다섯 명이 같이 타고 드라이브를 하던 중 택시와 접촉 사고를 냈는데 사촌 동생의 아들이 도망가자고 해서 그 말대로 도망가다가 사고가 났다는 것이다.

고속으로 달리다가 차는 인도경계석을 받고 부웅 뜨면서 가로수를 받고 뒤집어졌는데 우리 사촌동생의 아들은 뒷자리 가운데에 타고 있었다. 그때 다른 일행은 다 차안에서 안전띠를 매고 있어서 멀쩡했는데 혼자만 차 밖으로 튕겨 나와서 반대편 차도에 떨어지면서 뒤통수가 함몰되어서 즉사 했단다. 사고 직전에 사망한 피해자가 빨리 도망가자고 해서 큰 사고가 났다며, 되려 사고유발을 했으니 모든 책임은 사망한 조카에게 있단다.

나는 그 소리를 들은 후 곰곰 생각했다. 어떻게든 도와주고 싶었다.

아무 말 없이 재판하는 날 재판정에 가서보니 같이 사고 낸 증인들이 전부 망자의 잘못으로 몰아가고 있었다. 나는 판사님께 소리쳤다.

"아니 죽은 사람은 말이 없고, 모든 사건의 진상은 왜곡되었는데 줄과 빽 없는 사람은 이렇게 당해야 합니까? 어디 서러워서 살겠습니까?"

내 말을 듣고 판사님이 나를 부르더니

"법정에서 소란을 피우면 법정 소란 죄로 처벌 받을 수 있습니다."며 조용히 할 것을 요구했다. 나는 다시

"이 집은 외아들이 죽었는데 내가 처벌 받는 것이 무슨 대수겠습니까?"
"억울한 죽음이 되지 않도록, 도와주십시오. 간절히 부탁합니다."

했더니 판사가

"어찌되는 사이 입니까?"
"나는 망자의 삼촌 뻘 되는 사람입니다"

판사님이 그 앞의 직원에게 말했다.

"이 사람을 증인으로 신청 받고 오늘 재판은 여기서 끝내겠습니다. 다음 기일을 잡아서 재판을 할 테니 그때까지 증인은 사건에 연루된 증거를 제출 하세요."

나는 고맙다고 수차례 인사를 하고 내 이름과 주소 연락처를 남긴 후 법정을 나왔다. 그 후 여러 사람들이 합심해서 평택과 서울을 오가며 같이 차에 탔던 일행의 부모들을 설득했다.

"자식을 키우는 부모로서 누구 자식이나 다 그 집에서는 귀한 것입니다. 이런 사고로 억울하게 외아들이 죽었는데 최소한의 도리로라도 있는 그대로 양심껏 증언을 해줘서 죽은 망자에게 한을 남기지는 말아야 할 것 아닙니까? 제발 부모님들께서 애들을 설득해 주셔서 원만히 재판이 진행될 수 있도록 도와주세요."

그렇게 설득하며 다음 재판에 제출할 자인서를 한 사람, 한사람 찾아다니며 받았다.
그리하여 다음 재판에서 자인서를 제출하고, 운전자가 갑자기 사고를 낸 후 택시가 쫓아오기에 당황해서 급하게 도망가다가 인도석에 받히니까 차가 높이 공중부양을 하면서 뒤집어져서 뒷좌석 중앙에 앉은 그 애만 튕겨나가서 사망하게 됐다고 증언을 하게 되었다.

재판은 뒤집어졌고, 얼마인지 정확히는 모르나 합당한 보상을 받게 되었다.

지금도 그 집을 보면, 안 됐다는 생각이 든다. 생떼 같은 자식을 잃고 큰 상처를 안고 살아가니 말이다. 같은 아들 친구들은 다 살아있는데 자기자식만 이 세상에 없으니 얼마나 허탈하겠는가.

세월이 많이 지난 지금도 우리 아들 얘기는 그들 앞에서 안하려고 노력하곤 한다. 남의 자식들 얘기를 들을 때마다 먼저 간 자식 생각이 얼마나 날까 생각하면 항상 가슴이 아프다.

허술한 블록 집. 대지는 18평, 지목은 전, 건평은 무허가대장에 15평으로 올라있는 정부에서 인정되는 슬레이트 집. 그 집에서 우리 아들이 세 번째로 태어났다. 아침에 집사람이 배가 아프다고 하여 고종사촌 동생에게

"나는 출근을 해야 되니까 동생이 좀 같이 있다가 급한 일이 생기면 같이 병원에 가줘라."

그때는 하루 결근을 하면 주휴수당, 월차수당, 연차수당까지 모조리 없어져 손해가 적지 않았기에 회사를 쉴 수 있는 입장이 못 됐다. 신신당부하고 출근을 해서 일을 하는데 종일 불안하고 궁금하기도 했다.

그때까지만 해도 다 어려운 시절이라 병원에 가보지도 않고 출산일이 다가오면 집에서 낳거나 조산원에 가면 산파가 애기를 받던 시절이었다. 딸인지 아들인지 알지 못 한 채 애기를 출산하던 때였다.

처가에서 장모님이 아들이 없어서 마음고생 많이 하신 것을 보고 자랐기에(처남은 장인어른이 밖에서 낳아서 데리고 옴), 산모는 무척이나 아들을 바랬는데 그때 같은 회사 한 부서에서 같이 일하시던 고 씨 형님이 딸 셋을 낳고 이번에도 딸을 낳아 상심이 클 때였다. 그럴 때에 우리도 산달이 왔고 출산하게 되니, 딸둘을 낳고 셋째를 임신한 아내는 마음이 무척 초조했을 것이었다.

딸 둘 후에 아들까지 태어나다

회사에서 일을 하고 있는데 차장님이 불렀다.

"장갑 벗고, 손 좀 줘봐."

나는 짐작이 갔다.

"왜 그러세요?"
"축하하네. 집에서 연락이 왔는데 부인께서 득남을 하셨다네."
나는 뛸 듯이 기뻤으나 내색하지 않고.

"고맙습니다. 원래 아들을 만들어 놨었습니다. 축하해주셔서 감사합니다."

서로 쳐다보고 웃었다. 딸 둘을 낳고 처음으로 아들을 낳았으니 아내는 많이 기뻐했다.

아내는 둘째 딸을 낳던 날 애가 나오자마자 돌아보면서 뭐 낳았느냐고 물었고 딸이라고 하니까 많이 실망하며 섭섭해했다. 그때 그 얼굴을 내가 직접 옆에서 봤기 때문에 나도 정말 기뻤지만 집사람이 더 많이 기뻐할 것 같았다.

많은 회사사람들에게 축하인사를 받고 집에 돌아오니 산파가 아기를 집까지 안아다주고 갔단다. 방문을 여니 집사람이 애기를 옆에 뉘어놓고 활짝 웃었다. 내 눈에 그렇게 보였을까? 아내의 얼굴에서 그렇게 활짝 핀 웃음을 그 전에는 본 적이 없었다.

체중은 4.5kg으로 아기는 건강했다. 딸들보다 눈, 코, 입이 무척 컸던 기억이 있다. 하늘에 감사했고… 기뻤다. 그때가 내 나이 31세였다.

나는 다음 달 예비군 훈련을 가서 과감히 정관 수술을 했다. 여자들이 수술을 하면 많은 고생을 한다고 얘기를 들었기에, 여태까지 고생하고 사는 고마운 아내에게 그런 부분에서라도 부담을 덜어주고 싶었다. 그 일로까지 마음 고생시키고 싶지가 않았기 때문이다.

다음해, 아들의 첫돌이 돌아왔다. 회사에서는 아무 말 않고 퇴근해서 집에 왔는데 회사에 누군가 지난해 아들이 태어난 날을 달력에 적어놨다가 돌날 저녁 무작정 직원들이 쳐들어 왔다. 생활이 어려워서 돌잔치도 잊고 지나가려고 했는데 갑자기 들이닥친 회사동료들로 인해서 급히 음식과 술을 준비하여 대접해야 했으나, 그런 축하를 받을 정도로 남들이 보기에도 귀한 아들이었다.

병마와의 싸움이 시작되다

그렇게 지내다가 어느 날 퇴근을 했는데 배가 몹시 아팠다. 전날 집에서 잠시 통증과 싸우고 드러누워 있는데 사촌동생들이 멀리서 찾아왔다. 돼지고기를 몇 근 사들고. 아픈 배를 참으면서 일어나서 고기를 볶아서 사촌들과 함께 밤새 술도 한잔씩 하고 재미있게 보냈다.

사촌들은 돌아가고 나는 잠자리에 들었는데 자꾸 배가 아파왔다. 아침을 먹는 둥 마는 둥 하고 출근을 했는데 도저히 견딜 수가 없이 많이 아팠다. 공장 뒤편의 물탱크 뒤로 들어가서 잠시 웅크리고 누워 있었는데 누가 조그만 돌을 자꾸 던지는 것이 아닌가. 일어나서 나와 보니 사장님이 순찰 돌다가 내가 있는 쪽으로 오고 계시니 빨리 피하라는 신호로 돌을 던지는 것이었다. 사장님과 공장장님이 날 보시더니,

"빨리 병원에 가 보세요. 큰일 납니다."

나는 회사에서 조퇴증을 해줘서 바로 병원에 갔는데 의사선생님이 왜 이제야 왔느냐고 호통을 쳤다. 엑스레이 상에 온통 까맣게 맹장이 터져서 엉망이 되었기 때문이다. 급히 수술을 했는데… 맹장이 터진 것이 온 내장에 범벅으로 묻어가지고, 배를 크게 가르고, 내장을 배 위에 끄집어내어서 잘 닦아서 다시 넣고 꿰맸다.

다행히 목숨은 건졌지만, 그 후 오랫동안 배가 아파서 고생을 많이

했다.

사는 집은 너무 낡아서 여름엔 지붕이 데워지면 숨이 막힐 정도로 더웠고 겨울엔 한데나 다름없이 추워서 보일러를 피워도 방안에서 얼음이 얼었다.

아내와 집안 살림

어머니는 우리와 합가한 후부터 집안 살림은 나 몰라라 했다. 모든 살림은 어린 나이의 애 엄마인 아내가 다 해야 했다. 식구가 많으니 생활비는 항상 부족했고, 굶지 않으려면 정부미만 사다가 먹어야 했으며, 돈이 없으니 매끼 밥상 차리는 것이 언제나 걱정이었다.

아들을 임신해서 그렇게 정부미 냄새가 그렇게 싫다고 하는데도 배부른 소리 한다며 나무라기만 했다. 돌이켜 생각하면 내가 참 많이 부족한 사람이었다. 많은 식구의 빨래며 집안 청소며 살림은 물론이고 김장이나 간장 담기, 고추장 담기도 다 아내 차지였다. 어떻게 헤쳐 나왔는지 지금 생각하면 참 힘든 시집살이였을 것이나 불평 없이 묵묵히 그 일을 참아낸 아내에게 경의를 표하고 싶다.

아내는 임신을 해서 배가 불러도 모든 집안일을 혼자서 다 하느라고 힘들어 했다. 특히 어느 해던가는 배추를 110포기를 사다가 김장을 해서 마당 한쪽에 묻었는데, 배가 부른 임산부가 김장하는 것 자체도 힘들었지만 매끼 그 김치를 꺼내려고 할 때마다 불러온 배 때문에 앞으로 숙여지지가 않아서 많이 힘들었다고 후일 얘기해서 알았다. 그때에 그런 것이라도 알아서 좀 도와줬으면 좋았을 텐데, 그때의 나는 그런 줄을 전혀 몰랐다.

수도도 없어서 조금 떨어진 집에서 돈을 주고 호스를 연결하여 물을 쓰고 사는데 그 집도 다가구 주택이라서 여러 집이 사는 관계로 추운 날 누군가 우리가 물을 받기위해 꽂아 놓은 호스를 빼고 물을 쓴 다음에 다시 꽂아놓지 않아서 길게 늘어진 호스가 빳빳하게 얼어버리곤 했다. 얼어버린 호스를 걷어다가 녹이느라 고생도 많이 하며 살았다.

조금이라도 따뜻하고 수돗물도 잘 나오는 집에서 아이들을 키우고 싶은 마음에 그 집을 800만 원에 팔았다. 세를 빼주고 나니 720만 원이 남았다.

양도소득세

나는 1가구 1주택이니 당연히 양도세 대상이 안 된다고 생각하고 팔았는데 양도세가 120만 원이나 나와서 하늘이 노랬다.

대지가 전으로 되어 있으니 당연히 양도세 과세대상이란다.

기가 막혔다. 분명 법적으로 무허가 주택도 주택으로 인정해 주는 것으로 알고 있었기에 팔았고, 양도소득세는 걱정도 안했는데 말이다. 그 동네 집들은 정부에서 청계천 등 철거민에게 미국 AID차관을 얻어다가 땅을 사서 분양했고, 그 후 주민들이 융자금은 다 갚았으나 행정적으로 지목변경이 안 되었을 뿐인데 양도세를 부과한다는 것이 이해가 되지 않았다.

지금처럼 인터넷이나 전화가 활성화되지 않은 사회라서 직장에 결근을 하고(지금처럼 휴가제도가 없었음) 직접 세무사들에게 물어보고 혹시나 잘 모를까봐 국세청을 찾아가서 문의해 보니 분명 1주택 적용을 받아서 그 토지도 비과세 대상이었다.

나는 강동 세무서를 방문하여 내가 알아보니 잘못 부과된 것이니 처분을 취소해달라고 사정사정 해봤으나 어렵다는 말만하면서 부과된 세금을 취소해주지 않았다. 차일피일 날짜만 지나가는데 담당자는 잘 만나주지도 않았다. 담당자를 만날 수 없어서 그 부서장에게 부탁을 해보니 그 건은 담당자와 상의해야지 자기가 할 수 있는 일이 아니란다. 할 수 없이 몇 번은 그냥 돌아왔다.

다음날 작심하고 일찍 출근시간 전에 세무서로 가서 기다렸다. 담당자가 출근해서 따라 들어가니 담당자 왈 사무실이 사람이 많으니 따라오란다. 따라갔더니 계단 밑에 서서 담배 한 대를 쭉 빨아 크게 품더니 하는 말,

"요 며칠 동안, 그 일을 해결하려고 여기저기 애를 써봤지만 어렵습니다."

그렇지만 방법이 없는 것은 아니란다. 어찌하면 되느냐고 물었더니 양도세의 절반 정도만 약을 쓰란다. 그러면 자기가 그걸 가지고 잘 마무리 해 보겠다면서. 정말 어려운 일이나 워낙 딱해서 자기가 크게 봐주는 거란다. 나는 다 듣고 나서, 천천히 사무실로 먼저 들어갔다. 그 담당자는 담배를 끄고 뒤따라 들어왔다.
나는 큰 소리로 소리치며 그 담당자 책상 위로 뛰어 올랐다. 그리고 모든 서류를 발로 차며,

"여기 무식한 시민이 하나 와서 세금 안내려고 깽판 부린다고 경찰에 신고하라!"고 소리쳤다. 아침 출근시간에 세무서가 난리가 났다. 부서장이 와서

"이러면 공무집행 방해가 되어 크게 처벌받습니다."

나는 소리쳤다.

"난 당신들이 안내도 되는 세금을 물린 것 때문에 결근을 많이 해서 직장에서도 잘린 탓에 어린 처자식들과 살 길이 없다. 감방 가겠다. 경찰에 신고하라."

다시 부서장이 말했다.

"이러면 안 됩니다. 감정을 가라앉히고 앉아서 얘기합시다."
"당신은 담당이 아니라 모른다고 하지 않았소? 경찰 불러주세요."

부서장은 담당에게

"일을 어떻게 해서 이 난리냐."고 꾸짖으며, "원만히 해결하라."고 나가 버렸다.

담당은 콧대가 완전히 꺾여서 나를 달랬다. 여러 사람이 중재에 나서고 나는 그들이 안내하는 구석으로 가서 앉았다. 담당은 혹시나 자기가 잘못이 있으면 부과를 취소해줄 테니 돌아가라고 했다. 나는

"당신들을 어찌 믿느냐, 오늘 소란을 피웠으니 그 내용을 소상히 적어 확인서를 써 달라."고 떼를 썼다.
나는 '내가 오늘 이곳에서 이런 건으로 난동을 피웠고, 그에 세무서는 세금부과를 취소해 주기로 했다.'는 확인서를 써 달라고 요구했고, 담당은 저를 믿고 가시면 잘 해결되도록 애를 쓰겠단다. 나는 계속 상

당한 시간동안 끈질기고 강하게 요구했다.

결국 담당은 눈물을 퍽퍽 쏟았다.
"앞으로 강동구에서는 집을 안 살 겁니까?"며 이제 그만하고 가시란다.
결국 마음을 진정시키고,
"잘 마무리해 달라."고 정중히 부탁하고 세무서를 나왔다.
그 후 세금문제는 없던 일로 마무리 됐다.

그 세무공무원은 내가 어수룩하게 보여서 그랬는지 그 건을 이용해서 뒷돈을 챙기려고 했다가 호되게 당했다. 또한 나의 무식한 배짱도 한몫했던 것 같다.

집을 팔았으니 다시 살 집을 구해야 했다. 조금 따뜻한 집에서 살고 싶었다. 암사시영아파트 9평형을 샀다. 방이 2개에 화장실은 바깥에 있고 보일러는 연탄이었다. 그래도 얼마나 좋던지.

집은 좁았다. 방 2개에 내 식구가 5명에 어머니와 막내 여동생까지…. 좁았지만 처음으로 물도 잘 나오는 현대식 아파트에서 잠시 살았다. 둘째 동생은 군대생활 중에 휴가 때 나와서 약혼을 했다. 양가 부모형제가 처음 한자리에서 상면하며 조촐히 했고, 후일 제대해서 천호동 강동예식장에서 결혼식을 올렸다.

셋째 동생은 충주에 보도직으로 근무할 때에 연락이 왔다. 잠시 나보고 내려왔다 가시라고 해서 내려갔더니, 혼자 사는 총각의 방에 웬 아가씨 사진이 있었다. 사귀는 사람이라고 해서 한번 만나보고 결혼을 시키기로 했다. 신부 측의 요청으로 결혼식은 충주에서 하기로 했다.

    그 후 차례차례 여동생들도 짝을 찾아서 결혼하게 되었으나, 아무것도 없는 살림살이라 제대로 챙겨서 보내지 못했다. 세월이 많이 흐른 지금도 그때를 생각하면 동생들에게 미안하고 안타깝고 죄스럽다.

다시 항로를 바꾸다

매달 월급을 타서 생활하는데 아껴 쓰고 쪼개 써도 직장 월급으로는 너무 쪼들렸다. 이렇게는 희망이 없다고 생각하고 과감히 사표를 내고 천호 1동에 분식집을 열었다. 장사밑천이 없으니 헌 집의 허술한 점포를 얻어서 나 혼자 손으로 다 꾸며서 빵도 만들고, 국수도 만들어 팔았다.

암사아파트에 두 딸들은 떼어놓고 막내아들만 데리고 가서 안쪽에 있는 방에다 두면 옆에 부모가 있으니 혼자서도 잘 놀았다. 우리는 매일 왔다 갔다 할 수가 없어서 가게 방에서 생활하다시피 하고, 집에는 가끔 한 번씩 가서 양식도 채워주고 반찬도 해놓고 하면서 살았다. 그때 두 딸들은 집에 남겨져서 할머니, 고모와 생활하게 되었는데 항상 미안하기도 하고 불쌍하기도 해서 가슴이 많이 아팠다.

아직 막내 여동생도 어릴 때이고 사춘기라 올케가 미울 때도 있었는지 그런 말을 써놓은 낙서를 우연히 본 적도 있는데, 그 속에서 당연히 우리 애들은 힘들었을 터였다. 그 사정을 알면서도 지금까지 그에 대한 슬픈 얘기는 하지 않는 애들의 마음을 말하지 않아도 나는 안다.

암사아파트에서 천호 1동 분식가게까지 가는 길은 거리도 상당하려니와 대중교통으로는 갈 수가 없어 자전거를 타고 다녀야 했다. 자전거 앞에다가 아들을, 뒤에다가 아내를 태우고 완만한 오르막길을 계속 올라가야 하는데, 무척 힘들고 위험하기도 했으나 방법이 없으니 그렇게 할 수 밖에 없었다.

하다못해 장사라도 잘 되어야 할 텐데 그렇지도 못했다.

그 주변에는 공장들이 있었는데 공장직원들이 외상으로 한 달 동안 먹고 월급날이면 돈을 안 갚고 도망가기 일쑤여서 헛고생만 실컷 하다가 도저히 버틸 수가 없어서 문을 닫았다. 하는 수 없이 암사아파트를 1050만 원에 팔았다.

이번에는 조금 투자를 해서 장사를 하면 어떨까 하는 생각에 살던 집을 팔아서 가게자리를 보러 다니다가 천호 구사거리 주변의 식당골목에 가서 보증금 500만 원, 권리금 500만 원에 월세 100만 원짜리 가게를 계약금 100만 원을 주고 계약을 했다. 계약하고 몇 번가서 둘러보니 아차! 싶었다. 잘못 들어간 것이 틀림없이 보여서 과감히 포기하기로 했다.

직접 찾아가서
"내가 사정이 생겨서 계약을 이행할 수 없을 것 같으니, 계약금 100만 원은 위약금으로 하고 다른 분에게 넘기세요." 하고 돌아왔다.

며칠간 가게를 보던 끝에 천호동 텍사스 골목 입구의 다른 가게를 잡아서 돼지갈비 집을 차렸다. 가게 안쪽에 방이 몇 개 있어서 살림을 하면서 장사하기는 안성맞춤이었다. 돈이 부족하여 큰여동생과 함께 동업을 했다. 이름도 형제갈비로 했다.

우리 7식구와 동생네 4식구가 안채의 방에서 각각 살면서 바깥채 점포에서는 장사를 했는데 우리 가게 다음 집부터는 유명한, 속칭 천호동 텍사스 술집골목이었다.

우리는 카운터에 바깥쪽으로 조그만 문을 만들어 담배를 팔았다. 술집 아가씨들이 손님들 담배심부름을 하면서 자기들 것도 얹어 사가는 바람에 무척 많이 팔렸다. 이때 우리 아들이 5살이었는데 카운터 의자에 올라가서 실수하지 않고 담배를 팔기도 했다.

1장 3막

그러던 중 사고가 생겼다. 옆집 색시 집에서 밤에 색시들 중 한 명이 몰래 우리 안방 창문 쪽을 통해서 도망을 갔고, 그 일로 포주들이 모여 있는 '보도방'이라는 곳에 붙잡혀 갔다. 그곳은 무서운 곳이었다. 포주들은 그곳에 모여서 있다가 밤에 술 먹고 돈을 안내거나 아가씨들과 다툼이 생기면 떼로 나와서 폭력을 행사하곤 했다.

어떤 이는 술 먹고 시비가 붙어서 그 포주들에게 귀중품 등을 다 빼앗기고 이가 몇 개나 부러지도록 죽도록 두들겨 맞았으면서도 포주들이 갑자기 웅성거리면서 사람이 죽었다고 소리치면 도망가기 바빴다.

한 명이 죽은 척 쓰러져 연기를 하면 포주들이 일제히

"야, 이놈이 사람을 죽였네. 경찰에 신고해라. 사람이 죽었다고."

어수선한 속에서 지나가는 행인을 가장하여 빨리 도망가라고 생각해 주는 척 하는 사람도 있고, 사람이 죽었다는 소리에 놀라서 실컷 두들겨 맞고도 도망가기 바빴다.

그 사람이 사라진 후,

"야, 갔다. 갔어."

하면서 아무 일도 없었다는 듯이 일어나 들어가는 것도 봤고, 매일 밤 비슷한 일들이 수없이 일어나곤 했다. 우리는 그 일이 하도 많이 나니까 "1장 몇 막이다."라고 불렀다.

그런 상황 속에서 그곳에 잡혀갔으니 얼마나 무서웠겠는가. 잡혀간 후 포주들 몇 명하고 같이 가서 현장을 보니 우리 안방 창문은 1.5㎜ 이상 높은 곳에 있었고, 벽은 오래전에 세면가루를 던져서 마감작업을 한 벽이었는데 매달려서 창문으로 기어 올라간 발자국이 선명하게 찍혀 있었다.

포주들 이야기는

"누군가 우리 안방에서 끌어올려주지 않았다면, 혼자서는 도저히 도망갈 수가 없는 구조인데, 어찌된 겁니까?"

나는 현장을 보고나니 할 말이 없었다. 분명 누군가 도움이 있었을 것이나 나는 모르는 일이었다.

"나는 모르는 일입니다. 아니 내가 미치지 않고서야 감당하지도 못할 일을 벌이겠습니까? 이곳에서 장사해 먹고 사는 놈이 무슨 이득을 보려고 그런 일을 하겠습니까. 현장을 보니 그런 의심도 할 수 있게 보이나, 우리 집은 매일 24시간 장사를 하는 관계로 안방에서 애들만 재우고 있으며, 어른들은 교대로 가게 방에서 한숨씩 자곤 합니다."

포주가 말했다.

"그럼 돌아가서 식구들에게 물어봐서 누가 도와줬는지 알아가지고 오시오."

나는 그렇게 하겠노라고 대답하고 돌아왔다.

한나절 후 다시 데리러 왔다. 나는 어쩔 수 없이 따라갔다.

"어찌 알아봤어요? 가족 중에서 범인이 있지요?"

나는 대답했다.

"가족들 다 물어봐도 모르는 일이랍니다. 저도 귀신이 곡할 노릇인 것은 사실인데, 혹시 무슨 갈고리 같은 것을 걸어서 기어 올라왔는지 모르겠네요. 우리 애들도 다 모른다고 하는데 귀신 곡할 노릇이네…"

그렇게 얼렁뚱땅 그 일은 넘어가고 말았다.

그 일이 있은 후, 왠지 불안하기도 하고 장사도 잘 안됐다. 24시간 동안 잠도 못자며 고생해 봐도 먹고 살기가 힘들었다.

한참 지난 훗날 알고 보니, 누군가 창문너머에서 살려달라고 해서 갑자기 생긴 일이라 무심코 막내 여동생이 손을 잡아줬다는 것을 알았다.

가게를 정리하니 다시 가난뱅이가 됐다. 마천동 시장에서 분식집을 시작했다. 식구가 많으니 가게만 구해서도 안 돼서 2층에 방을 하나 더 얻어서 이사를 했다. 돈이 없으니 모두가 월세여서 많이 힘들었다. 나만 힘들었겠는가. 아마 식구들 모두가 힘들었을 것이다. 우리 애들도 많이 힘들었다는 것을 수십 년 후 알았다.

철도청 재산관리

그 무렵, 용산역 뒤 철길 건널목부근에서는 셋째이모님이 포장치고 채소장사를 하는 터를 사서 장사를 하고 있었다. 김장 때는 너무 바빠서 그곳에 가서 배추도 날라다 주고 했는데, 어느 날 그 용산역 근처의 많은 장사꾼들이 철도청의 용역들에게 쫓겨나는 일이 생겼다.

이모네라고 다를 수 없었다. 철거용역들이 들이닥쳐서 다 부수고, 못 부수게 반항하면 강제로 끌어냈다. 그런 일이 매일 반복되는 속에, 용역들이 돌아가면 다시 짓고 또 다음날 부수고 하는 그 속에서 버티면서 장사를 하고 있었으니 얼마나 불안한 상태였겠는가.

그러던 어느 날, 철도청에서 용산역 일대의 철길 변에 꽃을 심어 마을 환경을 개선하려고 하니 언제까지 비워달라고 하는 통보를 받았다며 연락이 왔다. 만일 안 나가면 공권력을 동원해서 처벌할 수밖에 없다고 하니 당사자들은 잔뜩 겁을 먹고 걱정을 하고 있었는데, 며칠 후 무자비한 철거가 시작되었다.

내가 그 소식을 듣고 현장으로 달려가서 얘기를 들어보니 그 동네의 신협 조합장이라는 개인과 철도청이 임대계약을 했고, 모든 노점상들을 몰아낸 후 임차한 조합장이 단연초를 심어서 환경개선을 한다는 소문을 듣게 되었다. 그 소문을 확인해 봐야 했다.

왠지 부정한 냄새가 났다. 그냥 선의로 마을 사람들을 위해 하는 일 같지 않았다. 그 사람 하나로 인해서 그 수많은 사람들의 밥줄이 끊기는 것 아닌가. 계약 담당부서를 물어보니 철도청 재산관리과에서 관리를 한다고 하는 이야기를 듣고 다음날 서부역 쪽에 빨간 벽돌건물인 철도청 재산관리과를 찾아갔다. 먼저 재산 임대 담당자를 찾아서,

"어떤 이유로 그 많은 사람들을 다 몰아내고, 한 사람에게 임대해 주려고 하십니까?"

철도청 자산관리 담당은 나를 슬쩍 쳐다보더니

"왜 그러십니까?"

"우리가족이 철거피해자요." 하자 담당하는 분 왈,

"용산역 근처가 너무나 무질서하고 그 사람들이 철도청 부지를 자기 땅인 것처럼 서로 돈을 받고 팔아먹고 해서, 이번에 정리를 싹 하기로 했습니다.

나는 다시 말했다.

"그 땅에 단연초를 심는다며 한 사람이 전체 임대를 했다는데 거기다 무슨 단연초를 재배한단 말입니까? 말이 되는 소립니까? 용산역 철도 건널목 부근에 어떤 단연초를 재배하기로 하고 재배구역을 지정해서 몰아내는 것입니까. 틀림없이 이건 무슨 비리가 있는 것 아닙니까? 나는 그냥 당하고 있지 않겠습니다. 경찰, 검찰에 고발도 하고 불쌍한 서민들이 보상한 푼 못 받고 쫓겨 난 다음에 어느 누구에게 이익이 돌아가게 되면 그로써 입은 손실도 보상받을 수 있도록 절차를 밟을 것입니다. 이 건에 조금이라도 부정이 있다거나 연루된 분들은 누구를 막론하고 조금 힘든 일이 생길 것입니다. 만약 원만히 해결할 생각이 있으면 저에게 연락을 주십시오."

나는 세탁소 전화번호를 알려주고 왔다. 며칠이 지났을 까 철도청에서 연락이 왔다.

"위법이 있는 것은 아니지만 서로 원만히 해결하는 방법을 찾고 싶습니다. 잠시 사무실로 나와 주시겠습니까?"

나는 기뻤다.

"다른 것은 바라지 않고 이○○씨가 장사하는 장소만 철도청과 직접 계약을 해서 장사할 수 있게 해 주십시오. 그 분은 너무 가난하고 애들은 전부 학교에 다녀야 되는 아주 어려운 분들이니 선처해 주시면 고맙겠습니다."

했더니 철도청에서는

"이렇게 하는 것은 규칙상 맞지 않으나 어렵다고 하시니 우리가 힘을 써서 민원을 해결해 보겠다."라고 답했다.

그 후 계약하러 오라고 해서 남들은 다 쫓겨났지만 이모님만 직접계약을 해서 장사하게 되었는데, 그 후에는 계속 장사를 잘 하고 계신 줄 알고 잊고 살았다. 그런데 얼마 지나지 않아서 철도청에서 용산역 주변의 정상적인 임차권을 가지고 영업하는 분들에게 보상을 해주고 정리를 한다고 하는 소리가 들렸다. 나는 이모네보고 보상을 받고 비워줘야 될 것 같다고 했더니 그동안을 못 참고 다른 사람에게 잠시 빌려줬단다.

"내가 힘도 많이 들고 해서 월세를 잘 주겠다는 사람에게 세를 줬다. 걱정하지 않아도 돼. 무슨 문제가 생길까봐서 언제라도 내가 나가라면 나가기로 계약을 썼으니까,"

기가 막혔다.

"얼마나 어렵게 직접계약을 따 낸 것인데 그걸 남의 손에 넘깁니까? 그런 계약을 하려면 한번 저에게 물어라도 보시지."

이모부께서는 별일 아니란다.
"내가 언제라도 비워달라면 비워주는 조건으로 계약을 했으니 곧 비우라고 하면 될 거야."
"그 사람이 바보가 아닌데 돈이 나오는 것을 포기하겠습니까?"

나는 화가 나서 돌아와 버렸다.
내 예상대로 그 사람이 순순히 비워줄리 만무했다. 하는 수없이 타협해야 했다. 임차인 명의는 이모 앞으로 되어있으나 실제 점유자는 다른 사람이니 점유자가 갑이 되어있었다. 사정사정해서 보상금의 절반을 주기로 하고 그 사람을 내보냈다. 그런 후 보상이 1400만 원이 나와 그 사람하고 반씩 나눠서 받고 비워줬단다. 정말 순진하신 분이었다.

이모네는 용산에서도 한강이 바로 보이는 곳에 있는 한강아파트를 재개발할 때 25평 신청을 했으나, 그 한 번의 실수로 인해 날린 그 돈이 모자라서 들어가지 못하고 강서구의 어느 지하빌라를 매입하여 이사하게 되었다. 그 아파트가 지금은 얼마나 비싼 아파트가 되었는지는 재론하지 않겠다.

마천 시장 안에서 막걸리도 팔고 국밥도 파는 식당을 개업했다. 사실 그곳은 내가 장사를 하려고 임대한 것이 아니라 어머니께서 하신다고 하여 계약을 했는데, 갑자기 못하시겠다고 하는 바람에 내가 들어가서 장사를 했다.

그때 우리 아내가 20대 때다. 젊은 사람들이 할 장사가 아니었다.

우리는 마장동까지 가서 소머리를 사다가 삶아서 국밥을 만들고 콩을 사다가 물에 불려서 삶아 껍질을 다 까내고 믹서기로 갈아 콩국수도 만들어서 막걸리, 소주와 같이 시장사람들에게 팔았는데 장사가 잘 안됐다. 먹고 살기가 어려우니 어떤 날은 화투 방으로 방을 빌려주게 되었는데, 화투치는 사람들에게 밤새 안주를 만들어서 술과 함께 팔고 하면서 밤을 새야 했다. 한밤에 도박을 하다 싸움이 나면 술잔이 공중으로 날아다니고 유리창이 깨졌다. 그런 속에서도 눈꺼풀은 자꾸만 잠겼다. 그 화투 방 한구석에서 젊은 아내가 졸고 있는 모습을 보고 이렇게까지 하고 살아야 하나하고 자책하면서 그 후에는 그런 짓은 안하고 장사만 했다.

너무 장사가 안 되어서 그 장사를 벗어나려 했으나, 먹고는 살아야 하니 준비가 필요했다. 그래서 기술을 배우기로 했다. 마침 세탁소 하는 친구가 있어서 염치를 무릅쓰고 찾아가서 좀 배울 수 없느냐고 부탁을 했고, 그 친구는 자기 매형네가 잠실에서 세탁소를 한다며 그쪽으로 소개를 해주었다.

나는 집사람만 가게에 두고 아침 일찍 출근해서 열심히 다림질을 배웠다.

그런 후 마천동 가게를 정리하고 세탁소를 하려고 했으나 마천동 가게가 팔리지 않았다.

주인은 옆 가게를 한 칸 더 줄 테니 투자를 해서 가게를 키워보라고 권유했지만 나는 하루속히 이곳을 떠나고만 싶었다. 어수룩한 사람을 하나 구해서 정리를 하고 나니 다시 거지가 됐다.

다시 시작

   세탁소를 소개하는 재료상을 따라서 서울 시내를 샅샅이 뒤졌으나 돈은 적고 눈은 높으니 적당한 자리를 구하기가 어려웠다. 그런 것도 인연인지 모르지만 중곡동에 권리금도 좀 싸고 몫도 괜찮은 것 같이 보이는 세탁소가 눈에 들어왔다.

   그렇게 어렵게 중곡동에 세탁소를 개업했는데, 세탁소 가게의 건축법상 용도가 차고로 되어있단다. 정말 큰일이었다. 가게를 어디로 옮길 장소도 마땅히 없었다. 그렇게 할 수 없어서 몇 달을 지내고 있는데 바로 옆 가게에 있는 정육점이 장사가 안 돼서 폐업한다고 했다.

   남의 불행이 나에게는 행운이 되었다. 기회를 놓치지 않기 위해선 빨리 우리가 그쪽가게로 이사를 해야 했다. 정말 다행이었다. 물론 앞 유리 샤시를 다 뜯어내고 기계를 옮기느라 고생은 했지만 말이다.

   가게 안쪽 방으로 이사를 하고 주인아저씨께 부탁을 해서 나무를 9만 원어치 사다가 부엌 위쪽에 다락도 하나 만들었다. 애들이 많으니 그곳을 애들 방처럼 사용할 목적이었다.

   어머니와 막내 동생은 3층 주인댁 옆방을 하나 따로 얻어서 생활하게 되었는데, 돈이 없으니 가게고 3층 방이고 다 월세였다.

   세탁소는 개업했지만 다림질만 조금 배웠을 뿐 기술도 변변치 못했고, 아내가 처녀시절에 양장점에서 일한 경험이 있어서 단 줄이는 것이나 단추를 다는 등의 간단한 일은 할 수 있었으나 어려운 수선은 할 수가 없었다. 할 수 없이 천호시장의 어느 수선 집에 일감을 맡겼다가 찾으러 가곤 했다. 손님에게 수선비 받아서 천호시장의 돈만 벌어 주는 꼴이었다. 그렇게 수선해서 갖다놔도 안 찾아가는 이가 많아서 고스란히 손해로 남았다.

나는 이렇게는 안 되겠다 싶었다.

미싱을 해본 경험이 없었지만 안 찾아가는 점퍼를 하나 다 뜯었다. 그대로 다시 재봉을 해보았다. 어려웠다. 바느질은 삐뚤어졌고, 지퍼를 달아놓으니 양쪽이 길이가 달랐다. 하루 밤 뜯었다 붙이기를 반복하며 꼬박 새웠다. 그래도 조금 자신감이 생기고 이젠 할 수 있을 것도 같았다.

그 후로는 모든 수선을 직접 하면서 점점 실력도 좋아지게 되었고, 되도록 꾀부리지 않고 어렵더라도 고객의 입장에서 생각하며 수선을 해서 다림질까지 완전히 해주니 손님들이 좋아했다.

부분만 뜯어서 수선을 하지 않고 조금 힘들어도 다 뜯어서 해주니까 손님들도 옷이 편하다고 하며 더욱 일이 많아졌다. 그럴수록 부지런히 일을 해서 약속도 잘 지켜주고 성실하게 했더니 손님도 많이 늘었다.

그때는 오리털 파카가 유행이었다. 드라이를 하라고 품질표시에는 적혀 있지만 시커먼 때가 드라이로는 제거되지 않았다. 결국 다 손으로 빨아야 했다. 하루일과를 마치고 가게 문을 닫으면 그때부터 0.5평도 안 되는 부엌에서 20개씩 빨아서 방 천장에 설치한 파이프에 차례로 걸어서 말렸다. 그 많은 손빨래를 하다 보니 손목이 시고 아파서 많이 힘들었다. 그걸 아내가 거의 했다. 나는 탈수를 해서 두들겨 널어야 했으니 힘든 손빨래를 밤새워 아내에게 시키면서 고생을 참 많이 시켰다.

위험한 일도 있었다. 세탁기계에서 기름이 통과하는 중간이 부풀어올랐다. 왕십리에 가서 두꺼운 철판을 재단을 해다 덮고 죄었다. 나중에 알고 보니 휠터가 막혀서 일어난 것인데도 그걸 몰랐으니 얼마나 위험했던 일인가 생각하면 끔찍하다.

어느 날, 얼굴도 모르는 사촌동생으로부터 전화가 왔다.
"형님 저 ○○인데요. 잠깐 형님 좀 만나러 서울로 올라가고 있어요."
한나절 지난 오후 늦게 그 동생이 찾아왔다. 그가 태어나기 전에 나는 서울로 왔으니 얼굴은 몰랐으나, 이름을 들으니 알 것 같았다. 내 아내는 없는 살림이었지만 시집 쪽 사촌이니 성의껏 음식을 만들어 저녁을 같이 먹었다. 세탁소 단칸방에서 살 때이니 동네 큰 길가의 모텔에 데리고 가서 잠자리를 정해주고 왔는데, 밤 1시에 전화가 왔다.
"형님! 제가 많이 아파요. 빨리 좀 와 주세요."
급히 옷을 챙겨 입고 달려갔더니 도로까지 나와서 웅크리고 있었다. 지나가는 택시를 잡아 타고 병원응급실로 갔다. 한참 후 의사선생님께서

"급성 맹장입니다. 빨리 수술을 하셔야 합니다."

급히 수술을 시켜서 입원시키고 작은어머니에게 전화로 알렸다. 아침이 되어 급히 상경하신 작은어머니께서 데리고 내려가신다고 하셨고, 본인도 그걸 원해서 3일 만에 퇴원을 시켜서 귀향시켰다. 작은어머니를

뒤따라가던 사촌동생이 뒤를 돌아보고, 조그맣게 말했다.

"형님, 저 금방 다시 올라올게요."

며칠 후 동생은 다시 찾아와서 하는 말이, 돈 4백만 원만 빌려달라고 한다. 나도 그때는 아주 어려울 때라서 못 빌려주고 돌려보냈다. 아내가 말했다.

"차비라도 좀 챙겨 줍시다."

나는 그러지 말라고 하면서 빈손으로 보냈다.

우선, 내가 얘기를 들어보니 아직 고생을 덜했다 싶었다. 그런 정신으로는 어떤 일도 어려워보였고 잘해줄수록 자주 괴롭힘만 당할 것 같았다.

그 후로 그 동생은 꼭 밤12시가 넘어서 잔뜩 취한 목소리로 전화를 걸어왔다. 잠자다가 전화벨소리에 놀라서 깨고 나면 다시 잠들기가 쉽지 않았다. 특단의 대책이 필요했다.

처음에는 전화를 하려거든 밝은 낮에 술 먹지 말고 맑은 정신에 하라고 달래다가 안돼서 어느 날은 잠결에 전화를 받아서 전화 잘못 걸었다고 하고 끊어 버렸다. 전화 속에서 "맞구마. 형님 맞구마." 하는 소리가 들렸지만 다음부터는 받지 않았다.

나는 평생 성격상 비뚤어진 모습과는 타협이 되지 않았다. 정직해야 하고 성실해야 된다고 생각했는데, 이 동생은 아직 멀었다 싶었다. 그렇게 그 동생과 멀어졌는데 많은 세월이 흐른 훗날 젊은 나이에 암에 걸려서 순천 병원에 입원해 있다는 소식을 듣고 동생들과 함께 찾아갔다. 많이 안 좋은 상태였다.

위로하고 헤어지고 며칠 후, 세상을 떠났다는 부고를 받았다.

옛날 생각부터 참 만감이 교차했다. 장례식에 가서 작은어머님을 만났다. 말썽꾸러기 아들이었지만 그 아들에게 의지하고 살아오신 작은어머님이 정말 안 돼 보였다. 3일 만에 화장하여 납골당에 안치하고 돌아 나오면서 참 마음이 편치 않았다.

우리 세탁소집의 경우, 집주인도 좋고 마을 분들도 좋았다. 우리 애들 셋이서 시간만 있으면 위로 올라가는 계단에 앉아서 떠들며 놀고는 했는데 한 번도 싫은 내색 않으시고 귀여워해 주셨다. 정말 좋은 분들을 만나서 맘 편하게 16년을 살았다.

앞집에 사시는 새마을 금고 이사장님께서도 특히 잘해주셨다. 마치 맏형님처럼 돌봐주셨다. 나는 그 분의 권유로 동네 반장이 됐다.

그런데 얼마 되지 않아서 통장님이 돌아가셨다. 통장님께서 아침에 늦게까지 안방에서 잠을 자다가 꿈에 안방 창문으로 자꾸 누가 자기를 잡으러 넘어온다며 거실로 나와서 잠을 잤는데, 그것을 본 통장님의 부인께서는 불광동 친구 집에 볼일을 보러 가야 하는 탓에 딸보고

"아버지 일어나시면 부엌에 밥상을 챙겨놨으니 아버지 아침밥을 차려 드려라."라고 부탁을 해놓고, 불광동까지 버스를 타고 가서 친구 집에 들어가니

"집에서 연락이 왔는데, 아저씨가 돌아가셨단다. 빨리 집으로 돌아가 보라."고 하는 말을 듣고 허겁지겁 가던 길을 되돌아 집으로 가보니 정말 돌아가셨단다.

그때는 핸드폰은 없던 시절이고 집 전화도 백색전화, 청색전화 할 때

여서 중간에 연락을 할 수 없던 시절이었다. 갑자기 통장님이 돌아가시고 반장 중에서 내가 유일한 남자반장이라 동사무소에서는 내게 통장을 맡겼다.

전혀 생각도 안 해봤고, 그 자리가 뭐하는 자리인지도 모르고 통장이 되었다.

나는 그때부터 통장 일을 15년 동안이나 보게 되었다. 마을 통장은 말 그대로 심부름꾼이다. 세탁소 일을 하며 틈틈이 돌아 다니다 보면 하루가 짧았다. 그걸 계기로 모임도 많이 생기고 여러 단체장들을 맡게 되니 더욱 바빠졌다.

내가 바빠진 만큼 집사람도 가게일로 꼼짝 못하게 돼서 힘은 들었으나, 젊은 부부가 열심히 일한 덕분에 손님도 많아져서 조금씩 돈을 모을 수 있었다.

평생 불치병 간염

　그때 즈음, 나는 간염이라는 진단을 받았다. 사실 언제부터 간염이 있었는지도 모른 채 살다가 처음으로 발견했다는 말이 옳을 것이다. 병원에서는 확실한 간염의 종류를 알아야 맞춤치료를 할 수 있다면서 간 조직검사를 해야 된단다.

　며칠 후, 한양대병원에서 입원하여 생간검사를 했다. 옆구리에 구멍을 뚫고 끝에 칼이 달린 기구를 찔러 넣어서 간의 일부를 잘라내서 생체 간으로 검사를 해야 한단다.

　"간은 출혈이 심하게 되면 생사를 다툴 수 있으니, 12시간 동안 상처 부의를 꾹 눌러줘서 출혈을 막아야 합니다."

　조금도 움직이지 못하고, 소변도 받아내면서 12시간을 옆으로 누워 있는데 정말 고생스러웠다. 그보다 더 큰 고통들이 날 기다리고 있었지만 그때까지는 몰랐으니까. 검사를 해보니 지속성 B형 간염이라고 해서 의사의 처방대로 치료를 시작했다.
　그때 다행히 처음으로 제픽스라는 간염치료제가 나왔었다.

　그 즈음, 셋째 동생이 돈이 조금 있다고 해서 동생과 둘이 각자 1천만 원씩 합쳐서 골목에 24평짜리 2층집을 세 3천만 원을 안고 5천만 원에 샀다.

 또 열심히 돈을 모아서 조금 떨어진 곳에 29평짜리를 주택을 둘이서 한 채 더 샀다. 새로 산 집에는 동생네가 전세로 살았다. 동생은 초등학교 교사이라 수입이 안정적이고, 제수씨는 화장품대리점을 해서 돈을 잘 벌고 있었다.

 우리 집도 애들이 자라서 상급학교에 진학을 하고 큰 딸이 1994년에 고3이 되었는데, 세탁소다락에서는 공부를 할 수가 없었다. 돈을 다 긁어 집 사는데 몰아넣고 막상 공부할 수 있는 방은 못 얻어줬는데, 그 더운 여름 한철을 동서네 4층 옥상에 비어있는 2평이나 되는 방을 공짜로 빌려 쓰게 되었다.

 그 해에는 유별나게 여름이 더웠다. 그렇게 더운 여름철에 뜨거운 옥상 방에서, 땀을 흘려가며 공부해서 대학교를 갔는데 딸에게 얼마나 미안했는지⋯. 훗날 결혼식을 서울대학교 호암 회관에서 했는데 인터뷰를 찍을 때 그동안 고생시킨 일들이 주마등처럼 생각이 나서 한없이 눈물이 나왔다.

 큰딸은 초등학교 교사를 하고 싶어 했고, 내신보다는 수능시험을 잘 봤다. 전국석차가 좋아서 서울교대에 무난하게 합격할 것이라면서 담임 선생님께서 원서를 써 주셨다. 나는 혹시라도 몰라서 인천교대도 생각해봤으나 워낙 자신 있게 권하므로, 서울교대에 원서를 제출하고 조금도 떨어질 것이라고는 생각해 본적도 없었으니 본고사 준비도 하지 않았다. 만일 후기에 이대 초등교육학과를 보려면 본고사를 준비해야 했다.

그런데… 떨어졌다. 그해 서울 교대가 생긴 이래 가장 치열한 경쟁률을 기록했기 때문이다. 딸의 실망이 이만저만이 아니었다. 본고사 준비를 안 했으니 이대도 볼 수 없었고 집안 형편상 재수도 할 수 없었다.

하는 수없이 본고사가 없는 숙명여대 행정학과에 원서를 내서 무난히 합격했다.

학교만 믿은 내 잘못과 부족한 경제력 탓에, 많은 고생 끝에 돌고 돌아 큰 딸은 애들 둘을 키우면서 열심히 공부해서 방통대 유아교육학과를 졸업했고 현재는 초등학교 유치원교사로 재직하고 있다.

그런 생각을 하면 우리 큰딸에게 많이 미안하다.

작은딸이 먼저 성신여대 유아교육학과를 복수전공으로 마치고 당당히 임용고사에 합격하여 초등학교 유치원교사로 근무하고 있어서 정신적으로 많은 도움이 되었으리라고 생각한다.

둘째딸은 공부를 잘한 편이었으나, 중학교 때부터 괜히 입이 돌아가는 등의 아픔을 겪으면서 수능을 망쳐서 자기실력보다 낮추어서 대학에 진학했고, 임용고사를 준비하면서는 정말 열심히 공부하는 모습이 내 눈에도 보였다. 정신적으로는 지금의 사위가 된 남자친구의 격려 덕이 있었을 것이라 짐작한다. 작은딸은 외교안보연구원에서 결혼식을 했는데, 신부가 싱글벙글이니 나도 눈물이 나지 않았다.

길 건너 앞집에 방 1칸이 나왔다. 그 방을 월세로 얻어 애들은 거기에서 생활하고, 살림은 세탁소방에서 해야 했다. 앞집 방에서 애들이 잠만 자고 아침에 일어나서 세탁소로 우루루 몰려오면, 아주 좁은 세탁소 뒤편 가건물로 만든 부엌에서 세수도 했고, 아내가 정성스럽게 도시락을 몇 개씩 싸 놓으면 각자 자기 것을 찾아가지고 학교에 가곤 했다.

세탁소 뒷마당에다가 닭장을 만들고 애들이 구해온 병아리 두 마리를 키웠는데, 무럭무럭 잘 자랐다. 큰 닭이 되니 여름철에 냄새가 나서 주인께서 안 되겠다고 하셨다. 나는 닭 한 마리를 처음 잡아봤다. 목을 비틀었는데도 닭은 좀처럼 죽지 않았다. 정말 못 할 일이었다. 다시는 못 잡을 것 같아서 한 마리는 남에게 줬다.

바닥에서 일어나기

그 후 돈이 조금 더 모여서, 다시 조금 떨어진 곳의 3층에 방 2칸짜리 현대식 집을 3500만 원 전세로 얻어서 이사했다. 방은 2개이나 마루가 기다랗게 생겨서, 한쪽을 커텐으로 막아서 세 애들에게 자기 방을 처음으로 만들어 줬다. 단칸방만 전전하다가 살만한 새집으로 이사했더니 애들이 너무 좋아했다. 지금도 내 아내는 그 집에 살 때가 참 좋았다고 말하곤 한다.

그 후에 또 돈을 조금 더 모았고, 두 집을 한꺼번에 팔아서 동생하고 둘이 각각 나눈 후 따로 떼어주고 나는 세탁소 옆에 있는 8m 도로변의 47평짜리 양옥집을 샀다. 나는 그 집이 나왔는지도 몰랐는데 집사람이 어디서 듣고,

"저기 매일탕 앞에 대문 지붕 위에 부추 심은 집을 팔려고 내놨다는데 돈만 되면 우리가 사서 살면 좋겠다."고 했다.

나는 그 날로 돈을 맞춰보니 상당한 금액이 모자랐다. 그 집은 지하 1층, 지상 2층 집이었는데, 우리가 1층을 살고 두 개 층을 세를 줘도 돈이 모자랐다. 그러나 그 집을 가서 보니 사고 싶었다.

"융자라도 좀 받고 삽시다."고 하며 새마을 금고에서 융자를 좀 받고

해서 그 집을 사서 이사했다. 정말 좋았다. 방이 3칸에 마루도 넓고 햇빛도 잘 들어오는 양옥집.

그 집에 살면서 노래방이란 것이 처음 생겨날 때인데 동서께서 어디 노래방할 만한 곳을 한자리 찾아보면 어떻겠냐고 하셔서 찾던 중 국민은행 뒤편에 신축한 건물이 있다고 하셨다.

괜찮은 자리에 새로 건축한 건물이 있었고 나는 그 옆의 복덕방을 찾아갔다. 지하는 70평이었는데 임대해서 노래방을 해보려고 한다고 했더니 이미 당구장으로 임대가 됐단다.

나는 당구장을 계약한 사람의 전화번호를 딴 후 만나자고 전화를 했다. 그 분은 처남과 둘이 당구장을 꾸며서 권리금 받고 팔 생각이라 했다.

나는

"그 당구장을 꾸며서 얼마에 파실 생각인지… 아무 시설도 없는 상태이나 바닥 권리금 준다고 생각 하고, 조금 줄 테니 시설해서 골치 썩이지 말고 나에게 넘기시라."고 했다.

한참을 서로 전화해 보고 하더니 넘겨주겠단다. 그렇게 해서 1천만 원의 바닥 권리금을 주고 노래방을 꾸며서 개업을 했다. 물론 모든 투입자금은 동서와 반반씩 부담하기로 했다. 그 시절에 노래방은 거의 2~30평대였는데 우리는 넓은 면적에 럭셔리하게 꾸몄다. 동서께서 전직이 목수이시라 많이 도움이 되었다.

계약은 아내 명의로 했다. 계약할 때는 주인이 나를 위아래로 살펴보며 집세나 잘 낼까 염려도 하고 못 믿어 하더니 개업식 날 엄청 많은 화분이 들어오는 것을 보고 안심했단다. 처음에는 장사가 잘 되었다. 나는 세탁소도 운영하고 있어서 오늘은 내가 영업을 하고 다음날은 동서네서 책임지고 영업을 하기로 했다.

그런데 개업하고 난 후 얼마 지나지 않은 어느 날, 출근을 해서 보니 앞문이 안으로 잠겨 있었다.

"아~ 이것, 무슨 일이 있구나."

뒤로 돌아가 보니 바로 옆에 파출소가 있는데도 문은 휑하니 열려있고 도둑이 들어 노래방 기계를 다 훔쳐 갔다. 며칠 전에 동서보고 새로 개업한 노래방이라서 혹시 도둑이 노릴 수도 있으니 CCTV를 달자고 했으나 동서께서
"뭐가 그게 그렇게 급한 일인가, 천천히 달아도 된다."고 해서 차일피일 하고 있었는데, 하필 그런 일이 생겼다.

가게 앞에는 손님들이 와서 빨리 문 열라고 하고, 나는 도둑이 들었다고 하지 않고 가정에 일이 있어서 지금은 영업을 못하겠노라 말씀드린 뒤 급히 노래방 기계회사에 연락을 해서 바로 다시 기계 설치를 마치고 밤부터 정상 영업을 했다.

파출소에서는 차를 대고 밤에 기계를 실어가는 것을 보고 기계가 맘에 안 들어서 바꾸는 것으로 생각했단다. 도둑을 잡고 싶어서 파출소에 신고를 하고 기다리고 있는데 누가 그랬다.

"도둑을 잡으려면 경찰들에게 조금 약을 써야 한다."고.

하지만 다 부질없는 짓이었다. 도둑은 끝내 잡지 못하고 돈만 날렸다.

그렇게 몇 년 동안 잘 벌었다. 그러나 이웃에 하나둘씩 노래방이 많이 생겨나기 시작하니 경쟁도 심해졌다. 우리 노래방이 손님이 많다고 소문이 나니까 동네 불량배들이 하나둘씩 찾아와서 별 트집을 잡으면서 자기 아들을 직원으로 써 달라고 하기도 하고 술 먹고 와서 생트집을 잡기도 해서 애를 먹기도 했다.

또 어느 날은 모르는 사람에게서 전화가 왔다. 자기 부인이 어젯밤 모르는 남자들 세 명과 우리 노래방에 왔는데, 그 남자들이 우리 노래방에서 자기 부인에게 술을 많이 먹이고 나와서는 약을 먹여서 의식이 없는 상태로 자양동 어느 골목에 버리고 갔다고. 혜민 병원에 입원중이나 생사를 다툰다고 하면서 어젯밤에 같이 노래방 온 남자들을 봤을 테니 경찰에 나와서 증언을 좀 해 달라고 하셨다.

알았다고 했으나 정말 큰일이었다. 우선 사람이 죽는다면 어떻게 해야 하나 걱정이었고, 맥주를 팔았으니 풍속법위반이었다. 처음 개업해서는 맥주도 안 팔고 학생들도 안 받고 하면서 법을 지키려고 했으나 학생은 안 받으면 되는데 술은 안 주면 손님들이 1층 편의점에서 사가지고 들어왔다. 그런데 풍속법에서는 어디에서 술을 샀든 상관없이 노래방 내에서 술이 없어야 했다. 어쩔 수없이 이왕 걸릴 수밖에 없는 것 몇 개씩 팔았는데 그것이 불법이었다.

그날 밤을 안절부절 하다가 이튿날 어디로 가면 되느냐고 전화를 걸었더니 괜찮으니 안와도 된다고 하셨다. 정말 놀란 가슴을 쓸어 내렸다. 며칠 후 그 손님이 노래방에 왔으나 나는 되돌려 보냈다.

어느 날은 밤늦게 손님이 한 팀도 없어서 문 닫고 퇴근하려고 하는 그때 머리를 짧게 자른 20대 총각들이 7명이서 우루루 들어오더니 카운터가 잘 보이는 방을 들어가면서 노래를 찍어 달라고 하는데 뭔가 예감이 이상했다. 노래는 하는 둥 마는 둥 힐끗 힐끗 밖을 내다보면서 자기들끼리 속닥거렸다.

카운터 의자에 앉아 있다가는 급한 일이 생겼을 때 도망가기가 불편할 것 같았다. 계속 출입구 쪽에서 왔다 갔다 서성이고 서 있는데 동네 단골손님들이 10여 명이 몰려왔다. 내가 잘 아는 친한 사람들이었다. 한잔씩 하고 들어와서 몇 명은 노래방으로 들어가고 나머지 대여섯 명은 카운터 옆 의자에 앉아 잡담을 하기 시작했다. 한참 그렇게 시간이 흘렀는데 짧은 머리 총각들이 침을 틱 뱉으면서,

"에이 재수 옴 붙었네."

하면서 주욱 나갔다. 물론 노래방비는 계산하지 않은 채. 나는 그냥 나가게 내버려 뒀다.

다 나간 후 그 총각들이 있다간 노래방을 들어가서 깜짝 놀랐다. 마이크 줄을 10㎝ 정도씩 싹둑 싹둑 잘라 놓고 갔다. 단골손님들이 그걸 보고 빨리 가서 물어달라고 해야 한다고 목소리를 높였으나 나는 말렸다.

나는 붙박이로 장사하는 입장이고 그 사람들은 어디 사는 누구인지

도 모르는데 후환이 두려웠다. 천만다행이라 생각하면서. 왜냐하면 그 칼로 나를 위협하거나 다치게 하고 카운터에 있는 돈을 몽땅 털어갈 생각으로 들어온 것이 분명해 보였기 때문이다.

이 밖에도 수없이 많은 어려움을 겪으면서 장사를 하는데 쉬운 장사가 아니었다.

또 한 번은 어느 날 초저녁에 젊은 손님이 술에 취해서 혼자 왔는데 계속 시비를 붙었다. 항상 주인은 이성을 잃지 않아야 하는데 참다 참다 정말 화가 머리끝까지 차올랐다. 노래방에서 멱살을 잡고 끌고 나왔다. 콘크리트 벽에 몇 번 부딪쳐서 1층으로 끌어내는데 안 나가려고 버텼다. 화가 난 상태였으니 그랬겠지만 대리석으로 만들어서 날카로운 계단 중간에 놓고 밟아 버리려고 발을 들었다. 저 밑에서 처형이 보시고,

"아휴, 제부! 그러면 큰일 나요."

하시며 강하게 말렸다. 만일 그때 처형이 안 말렸다면 그 손님의 척추에 큰 장애를 남길 수 있는 엄청 큰 사고를 칠 뻔했다. 아찔했으나, 그렇다고 그냥 둘 수는 없었다. 온 힘을 다해 1층 계단 앞까지 끌고 나온 후 길가 쪽을 향해 힘껏 밀어냈다. 홧김에 밀어버렸는데 정말 그 후에 크게 놀랄 일이 발생했다.

1층 계단에서 도로까지가 3계단이나 되었기 때문에 상당히 높았는데 평소에는 그걸 못 느끼고 살았다. 높다는 생각을 못하고 내쫓을 생각만 하면서 그렇게 밀어냈는데 그 손님의 머리가 먼저 땅에 떨어지면서 온 몸을 푸르르 떨더니 기절을 해버렸다. 순간 내 머릿속에서

"아 이거 큰 사고를 쳤구나." 했다.

사람들이 한순간 잘못으로 사고를 친다는 것을 실감하고 있었다. 겁이 왈칵 났다. 남이 보기 전에 먼저 내가 상태를 확인해야 했다. 달려가서 멱살을 잡고 일으켜 세웠다. 내 입에서는

"이 새끼 다시 한 번 와서 행패를 부리면 너는 그날 죽는 날이다."

하면서 상태를 살피는데, 다시 한 번 몸을 떨더니 정신을 차렸다. 천만다행이다 싶어 나도 모르게

"하느님, 부처님 감사합니다."

소리가 가슴속에서 나왔다.
비틀거리면서 멀리 사라지는 그 손님의 뒷모습을 한창동안 바라보면서

"다시는 우리 집에 오지마라, 이 새끼야."

속으로는 한동안 불안했다.
"혹시 집에 가서 잘못되는 것은 아니겠지?"
별에별 상상이 한참동안 계속되었는데, 나중에 누가 내게 얘기해 줬다. 그 사람은 매일 술이 취해서 난동부리다가 언젠가 많이 맞아서 갈비뼈가 몇 개나 없는 사람이라고. 다행히 그 일은 아무 뒤탈 없이 잊혀져 갔다.
술 취한 사람들 상대해서 하는 장사라서 별별 일이 많았다.

또 어떤 경찰은 노래방에서는 풍속법을 지킬 수 없다는 약점을 이용해서 얼마나 나를 괴롭히는지, 수년간 자기 집 가족들 세탁물까지 가져다가 공짜로 세탁을 해주며 지냈고, 동네 불량배가 아들들을 데리고 다니면서 괴롭혀서 그 사람의 집까지 찾아다니면서 비위를 맞추고 살아야 했다.

오직 그런 어려움을 견뎌내야 영업을 할 수 있었기에 그런 것이 제일 힘들고 괴로웠는데 동업하는 동서께서는 전혀 이해하려는 마음 없이 "나는 그런 것 안 좋아한다."고 만 하니 속상하고 참 많이 힘들었다.

노래방에다 오줌 싸는 사람, 한쪽에다 토해놓고 가는 사람, 자기 마음에 안 든다고 시비 거는 사람, 그때마다 속은 상해도 웃으면서 해결하고 해야 했다. 모든 손님들이 마을 사람들이고 단골손님들이기 때문이다.

그때는 코인 노래방이었는데 손님이 항상 대기상태였다. 1시간에 24곡을 주면 몇 곡 하다가 앉아서 얘기만 하고 두 시간이 되어도 안 나오는 사람도 있었고, 노래방으로 연애하러 오는 사람도 있었다.

그러니 대기 중에 빨리 방 안준다고 타박하는 손님들 속에서 속이 새까맣게 타곤 했다. 돈을 좀 번다는 소문이 들리니까 동네에서 잘 아는 사람들이 온갖 사정을 얘기하면서 돈을 꾸러 왔다. 친한 사람일수록 돈거래는 안하는 것이 옳은 일이라고 백번 다짐을 해도 여러 가지 여건상 무작정 안 된다고만 하기가 참 어려웠다.

매일 현찰이 들어오는 것을 뻔히 알고 와서 사정사정하니 참 입장이 난처했다. 돌려보내다가도 어쩔 수 없이 수백만 원씩 빌려줬으나 약속을 지키는 사람은 없었다.

어떤 이는 돈을 빌려간 후 갚는다는 날짜가 돼서 전화해도 받지를 않으니 도대체 무슨 생각을 하고 있는지 얘기라도 시원하게 들어보고 싶어서 아침 일찍 집으로 찾아갔으나 중학생 딸이 나와서 항상 안 계신다고만 했다. 하는 수 없이 어른들 오시면 나한테 연락 좀 부탁한다고 전하라면서 돌아왔다. 그러나 연락은 없었다. 옛말이 맞았다.
"돈은 앉아서 주고, 잘해야 서서 받는다."는 말.

몇 번을 속고 나니 이젠 돈이 문제가 아니라 내가 얼마나 만만하게 보였으면 그럴까 생각하니 화가 많이 났다. 하루는 다시 아침에 일찍 찾아가서 벨을 눌렀다. 그날도 여느 날처럼 딸이 나와서 안 계신다고 했다. 가슴속에서 올라오는 화를 참으면서, 골목 모퉁이에서 조금 기다렸다. 한참 후 멋지게 차려입고 집을 나오는 채무자가 보였다. 그러나 동네에서 얽힌 체면 때문에 막 대하지는 못하고, 사정을 하고 사정을 해서 몇 번에 걸쳐서 받았다.

또 어떤 사람은 내가 개인적으로 신세도 지고 굉장히 친한 사람이었는데, 어느 날 급히 목돈이 필요하다며 찾아왔다. 할 수 없어서 상당 금액을 만들어서 빌려줬으나 나중에 보니 그 급한 돈이라는 것이 도박해서 잃어버린 금액을 보충해야 하는 일이었다.
나는 과감히 채무를 면제해 줬다. 평소에 나에게 소소한 도움을 주려고 했던 고마운 정을 현실에서 돈과 맞바꾸게 되었다. 그 사람은 지금도 항상 나를 똑바로 쳐다보지 못한다. 미안하다고만 하면서.

노래방이 조금 덜 되니까, 자꾸 동서께서 이제 그만하자고, 팔자고 하기도 하셨다, 장사도 다른 노래방이 많이 생겨서 예전 같지 않으니 나도 생각이 많았다. 그 후로도 자꾸 동서께서 팔았으면 하시니까 정말 불안했다.

어느 날은 동서께서 종로에서 노래방을 전문으로 중개하는 사람인데 이 동네 사는 사람이라면서 광고료로 65만 원만 보내주면 팔아준다고 했으니 보내주자고 했다. 나는 처음에는 반대했지만 동업인데다가 한쪽에서 그렇게라도 해서 빠른 시일 내에 팔기를 원하니 하는 수없이 65만 원을 보내고 그 사람이 노래방 살 사람을 데려온다는 시간에 아는 사람을 동원해서 노래방에 손님이 많은 것처럼 보이도록 여러 방을 채워놓고 기다렸는데 그 사람은 노래방에 어떤 사람을 데리고 와서 쓱 한번 보고만 간 것으로 65만 원은 날아갔다.

할 수 없이 팔 가격을 둘이 정해서 동서지분을 빼 주고 내가 혼자 하려고 하는데, 동서께서 받아간 돈을 처형께서 그대로 가지고 오셔서 사정상 조금 더 해야 되니 다시 지금처럼 같이 하자고 사정을 했다. 하지만 나는 냉정히 거절했다.

그렇게 몇 달이 지났는데 다시 처형께서 돈을 가지고 오셔서 사정을 하셨다.

"우리가 아직 애들 학비도 나가고 하니 조금 이해하고 다시 같이 했으면 싶은데 형님 체면이 있으니 제부가 나를 봐서 '두 가게를 하려니 너무 힘이 듭니다. 나 좀 도와주세요.' 이렇게 말을 해주시면 고맙겠다."고 하셨다.

나는 그렇게 하기로 했다. 이 세상에 누구보다도 천사같이 착한 처형의 부탁이니 안 들어 드릴 수가 없었을뿐더러, 그 집 사정을 얘기하시니 돈을 떠나서 형제 간의 입장에서 그렇게 하는 것이 옳다고 생각됐다.

그동안 세탁소와 노래방을 왔다갔다 하며 우리 집사람이 애 많이 썼다. 동네 노래방이라 다 아는 사람들인데 아무리 일찍 닫고 쉬고 싶어도, 늦게 한잔씩 하시고 오시는 손님들은 문이 닫혀 있어도 뒷문으로 돌아가서 두들겨 대니 할 수없이 새벽 3~4시나 돼야 일이 끝나서 퇴근할 수 있었다.

세탁소를 밤 11시에 문을 닫고 새벽 늦게까지 노래방에 와서 또 일을 하고 새벽에 집에 가면 잠을 2~3시간 밖에 못자고 다시 7시에 일어나 세 명의 자식들 도시락을 싸서 학교에 보내야 했으니 정말 힘들게 생활했다.

어느 날 전주에 사는 사촌동생이 전화가 왔다.

"형님, 나 서울대 병원에 왔어요."

가슴이 철렁했다. 하던 일을 제쳐 두고 병원으로 달려갔더니 동생이 하는 말,
"형님, 저는 괜찮아요. 아이구. 여기 맨 죽을 사람들만 가득 한대요. 나는 며칠 있다가 내려갈 것이구만이요."
어디가 아파서 여기까지 왔느냐고 물으니 며칠 전, 전주에서 맥주를 마시던 중에 시비가 붙어서 둔기로 뒤통수를 맞았는데 머리가 너무 어

지러워서 병원 같더니 큰 병원가보래서 왔다고 한다. 아무래도 조금 이상했다.

의사 선생님을 만나서 자세히 물어보니 폐암 말기란다. 기가 막혔다. 나이 40살에 그런 중병이 걸리다니. 주머니에 돈을 다 털어 동생 손에 쥐어주면서,

"우선 병원에 있는 동안 먹고 싶은 것이나 사 먹어라."

사양하면서 안 받으려고 하는 동생에게 던지듯 하고 병실문을 나섰다.

다음날 어머님과 동생들도 면회를 갔는데 내가 준 몇 푼의 돈을 몽땅 어머님 손에 쥐어주더라. 그 얼마 후 그 동생은 성수동의 기도원을 거쳐서 결국 저세상으로 갔다.

부고를 받고 전주에 내려가서 장례를 치루는 데 너무 슬펐다. 공동묘지에 매장을 하는데 하관 할 때 제수씨가 큰 소리로 남편 이름을 부르면서 울부짖었다. 나도 너무 눈물이 쏟아져서 그 모습을 볼 수가 없었다.

조금 떨어진 곳의 많은 비석들을 차례로 보면서 읽고 지나가는데 나보다 더 한참 후에 태어난 사람들의 묘가 상당히 많았다.

우리 형제들은 그날로 담배와 라이터를 다 버리고, 수십 년간 피우던 담배를 끊었다.

다시 도전하기

이 장사도 오래 할 장사는 아닌 듯싶어서 다른 생각을 하기 시작했고, 그 결과 공인중개사 시험을 준비하기로 마음먹었다. 자격증만 따면 정년 없이 늙어서도 할 수 있고, 나이를 먹은 훗날 사무실에 놀러오는 손자들에게 용돈이라도 쥐어줄 수 있는 멋쟁이 할아버지를 상상하면서.

내 입장에서 많은 생각을 해봐도 노년에 할 수 있는 유일한 직업이 부동산중개업이라 생각했기에 마음을 굳혔다. 처음에는 내가 해낼 수 있을까 하는 두려움이 있었다. 우선 여러 과목 중에 부동산학개론이라는 책을 한 권 사다가 노래방에서 시간 있을 때마다 읽어 봤다. 읽어보니 이 정도는 해 낼 수 있을 것 같은 자신감이 생겼다.

그 해에 아들이 고3이었다. 공부를 잘했지만 부모욕심은 한이 없다고 했던가? 조금 더 열심히 해 줬으면 좋겠는데 영 마음에 차지 않았다. 조금 긴장을 시킬 필요가 있었다.

아들에게
"오늘부터 너는 서울대학교 가는 것을 목표로 하고, 나는 공인중개사 자격증을 따는 것을 목표로 열심히, 정말 열심히 한번 도전해 보자."

그렇게 약속을 하고 나는 본격적으로 공부를 시작했다. 노래방은 격

일제로 두 집에서 나누어 일을 하니 세탁소 일은 오전 7시부터 오후 1시까지 웬만한 일은 마치기로 했다. 그 후에는 또 우리 아내가 혼자 일도 하고 손님도 맞아야 하는 고생을 하게 되었지만.

노래방 가는 날은 노래방 카운터에서, 노래방에 안 가는 날은 우리집 안방에서 정말 열심히 공부했다. 일요일에는 노래방 하는 날도 세탁소는 쉬니까 나는 왕십리역에 있는 EBS학원 주말 반을 3개월 다닐 생각으로 티켓을 끊어 등록을 하고 공부를 했다. 정말 원 없이, 열심히 했다.

그 결과로 눈의 핏줄이 터졌고, 6월부터 8월까지 그 더운 여름철에 오랜 시간 앉아서 공부하다보니 엉덩이에 종기가 생겨서 속옷에 피고름이 묻곤 했다. 일요일은 한가하게 일찍 학원에 가도 되니까 괜찮은데, 토요일은 세탁소일이 항상 바빴다.

학원에 1시까지 가서 앉아 있어야 되는데 오전 내내 일을 하고 점심을 먹는 둥 마는 둥 하고 바삐 전철역으로 뛰어가서 전철을 타고가면 학원시간이 항상 빠듯했다. 그때 EBS방송에서는 그 학원에서 강의하는 공인중개사강의를 방송해줬고, 공신력도 있다고 생각이 들어서 학원은 항상 만원이었다. 공부하는 수강생들도 친한 사람들끼리 뭉쳐서 공부하면서 교재도 복사해서 돌려보고 먼저 온 사람들이 자리도 잡아주곤 했다.

특히 작년 시험 이후부터 같이 오랜 기간 공부하는 사람들은 나처럼 몇 달 앞두고 중간에 들어온 수강생들에게는 복사된 강의자료 같은 것도 공유해 주지 않았다. 서로 경쟁자라고 생각했던 것 같다. 저녁 늦게 학원이 끝나면 서로 신세를 진 사람들이 시원한 콘이나, 음료수 등을 사서 기다리곤 했다.

나는 어느 누구와도 목례만 할뿐 어울려 술을 마시거나 음료수 등을 나누지 않았다. 학원에 온 목적이 시험에 붙기 위해서였고, 아들하고 약속까지 해놨으니 남들보다 더 열심히 해야 된다고 생각했기 때문이다. 그러다 보니 친한 사람도 없고 가게가 바쁘니 항상 급히 들어가면 맨 뒷자리밖에 자리가 없었다.

맨 뒤에서는 모니터만 보고 공부하는데다가 얼치기수강생들은 다 뒤에 있는 것 같았다. 학원에 와서 연애하는 사람도 있고 잡담으로 시간 때우는 사람들도 모두 뒤에서 앉았다.

이왕 하는 공부를 그렇게 하다가는 붙을 수 없다고 판단하고 맨 앞으로 갔다. 맨 앞자리는 일찍 온 남자수강생들이 뒤에 오는 자기와 친한 여자수강생들을 앉히기 위해 한사람이 여러 자리에 책이나 가방을 쪽 늘어놓곤 했다. 안되겠다 싶었다.

제일 앞자리로 가서 자리를 잡으려고 놓아둔 책등을 옆으로 밀고 앉았다. 조금 있으니 뒤에서 누가 와서

"왜 거기 앉았습니까? 내가 잡아 놓은 자리인데."

나는 좋게 말했다.

"먼저 와서 뒤에 오는 사람들까지 자리를 잡아 놓으면 어찌합니까?"

그날은 그냥 별일 없이 공부했다. 확실히 나는 앞자리 체질이었다. 훨씬 집중이 잘 되었다. 다음 주에도 맨 앞으로 가서 밀고 앉았다. 뒤에서 수근, 수근 소리가 들렸다. 욕하는 소리였다.

"야, 저건 뭐냐?"
"또라이야, 지난 주에도 남의자리 가서 앉더니 또 지랄이네."
"저것 그냥 두면 안 되겠는데. 손 좀 봐 줄까? 킥킥."

나는 벌떡 일어났다.

"어떤 놈이냐? 나는 썩은 돈 주고 학원에 온 줄 알아? 학원장이 니네 자리 잡아놓고 자리 장사하래든? 어떤 놈이야. 내가 잘못이 있다고 말하는 놈이 어떤 놈이냐고!"

갑자기 큰 소리를 지르니 아무도 말 하는 사람이 없었다. 그러자 나이가 지긋한 할아버지 한 분이 나를 달래줬다.
"화 좀 가라앉히고 공부하세요. 곧 교수님이 들어오실 시간이니."
나는 못 이긴 척 자리에 앉았다. 속으로 웃었다. 이렇게 또라이가 돼서라도 나는 이번 시험에 꼭 붙어야 했다. 그 다음주부터는 그 할아버지께서 맨 앞의 한쪽 끝자리에 공책을 놔주셨다.

그 할아버지는 이번이 7번째라면서 성내동에서 다니는데 이번엔 꼭 운 좋게 붙었으면 좋겠다고 하셨다.

나는 금년에 처음 시작 했다고 하니까,

"몇 년은 잡아야 해요. 여기에 온 사람들 거의가 재수했거나, 작년 9월부터 시작한 사람들입니다."

그 얘기를 듣고 나니 내가 너무 과도한 욕심을 부리는 것은 아닌가 싶었다. 그럴수록 더욱 마음을 다잡아야 했다. EBS강의는 보기도 하고 녹음도 했다. 녹음한 것은 세탁소에서 다림질할 때도 귀에 이어폰을 꽂아서 듣고 노래방에서 일할 때도 계속 들었다.
한시도 쉬지 않고 정말 열심히 했다.

한참 동안 잠잠하시던 동서께서 또 노래방을 팔자고 하셨다. 나도 여러 여건상 파는 것이 순리라고 생각하고, 팔려고 생각하고 있었는데 어느 날 친목회원들과 산에를 갔을 때 한 친목회원이
"노래방 안 팔 거여? 이제 많이 벌었으니 팔 때가 됐는디." 했다. 내가
"글쎄요. 확 팔아버릴까요?" 하니 그분은 옳다구나 하고 확 밀고 들어왔다.
"얼마에 팔 건데?"
나는 장난 비슷하게 말했다.
"투자한 돈 절반이나 받을라나?"
그러자 더욱 솔깃해 하며,
"정말이지?"
"네. 왜, 사서 해보시게?"
"아니 내가 팔아 줄려고."
나는 한숨을 늦췄다.

"원래 아는 사람들끼리는 거래를 않는 것이 좋습니다. 모르는 사람에게 팔아야 뒷말이 없지, 아는 사람한테 가게를 팔면 잘 되니 못되니 말도 많을 뿐 아니라 무엇을 도와달라 무슨 단점이 있더라는 등 서로 사이만 나빠지는 경우를 많이 봤거든요."

하면서 내가 뒤로 물러서는 것 같으니까,
"그러면 안 되지."
그날은 그렇게 얘기하고 등산 후 식사하고 헤어졌다.

다음날, 그 친목회원과 함께 다른 회원 부부가 노래방으로 찾아왔다. 사실 알고 보니 내가 노래방으로 돈을 좀 벌었다는 소문을 듣고 서울은 물론 성남, 하남까지 자리를 보러 다녔는데 마음에 드는 곳을 못 찾았다는 것이었다. 그때까지 나는 전혀 모르는 일이었다.
"어제 한 말 잊지는 않았겠지?"
사실 막상 훅 다가오니 갈등이 생겼다.
"잊은 건 아니지만 우리 서로 잘 아는 사이에 좀 그렇지 않습니까?"
그 분들은 더욱 목 타게 다가왔다.
"다 자네 마음 알고 왔으이. 되든 망하든 자기 할 탓이라 생각하고 잘해 볼 터이니 이왕 팔려고 맘을 먹었으면 나를 주시게."
"나는 지금은 다른 노래방이 많이 생겨서 수입도 옛날 같지 않고 해서 팔까 말까 생각 중이다."고 솔직히 말하고, 동서와의 동업이니 상의해 보겠노라고 해서 보냈다. 동서께서도 팔기를 원하고, 나도 이제 만 6년을 해먹었으면 넘기는 것이 옳다고 생각했다.
다음날 다시 그 분들이 왔다. 나는 처음 장난스레 이야기했던 대로, 총 개업비용의 반값에 노래방을 넘기기로 했다. 노래방을 팔고 나니 정말 홀가분했다.

노래방은 그냥 가게 안에서만 장사하는 것이 아니었다. 우선 경찰서, 구청 등의 풍속영업에 대한 단속을 받아야 하고, 그걸 대비하여 각 기관과 친해져야 했다. 가끔 찾아가서 인간관계를 돈독히 해놔야 했다.

나는 그런 일이 정말 힘들었는데. 둘이 동업을 하면서도, 형님께서는 전혀 그에 대한 애로를 몰라줬다. 그렇기에 팔고나니 시원하고 홀가분했다고 말하는 것이다.

그렇게 고생한 덕에 72개월 동안 장사하면서 한 번도 영업정지나 벌금을 문 적이 없었다. 그 후, 나에게 노래방을 물려받은 그 분은 얼마 되지도 않아서 영업정지를 먹었으니 인간관계란 참 하기 나름이다 싶었다.

시험 날이 다가오니 학원에서 특강이니, 족집게 문제집이니 출처도 없는 시험문제집을 자기네들끼리 복사해서 공유했고, 급해진 수험생들의 마음을 이용하는 듯한 온갖 일이 벌어졌다.

시험을 앞두고는 학원에서 수험생들은 소집해서 이번 시험 출제위원들과 비공식으로 통해 보니 이런 문제가 출제될 것 같으니 잘 마무리를 하라면서 각 교재의 페이지마다 예상문제라며 찍어 주었다.

사실 그전 학원원장님께서 강의시간에 여러 번,

"EBS는, 정부에서 적극적으로 지원을 받아서 올해 시범으로 이곳에 학원을 개설하고 많은 합격생들을 배출시킨 후 내년부터는 전국에 각 지점학원을 내서 많은 중개사들을 배출시키고, 몇 년 후에는 EBS 출신 공인중개사만 참여할 수 있는 전국 모임을 만들어서 우리나라 중개시장을 장악하는 날을 만들 것입니다. 여러분은 그에 따라 최고 선배 공인중개사로서 전국중개시장을 선도하는 중개업자가 될 것입니다. 다른 학원하고 차별화된 점은 출제 예상문제만 엄선해서 강의를 한다는 것과 집에서도 다시 한 번 방송을 보고 복습할 수 있다는 것입니다. 그러니 본인만 열심히 한다면 어느 학원보다도 합격이라는 고지를 점령하는데 유리할 것입니다."

시험 전 2주 전부터는 정말 모든 수험생들의 마음에 불이 났다. 그런데다가 시험일 전 주에는 "모든 예상문제를 찍어 줄 테니 빠지지 마세요."라고 말했다. 이런 말을 철썩 같이 믿고 공부하는 수험생들은 시험 전 한주동안 학원에 인산인해로 몰려들어 그 북새통속에서 각 과목 교수님들께서 찍어준 문제가 하늘에서 내려온 동아줄인냥 믿고 달달 외우다시피 준비해서 시험장에 갔을 터인데….

나는 믿지 않았다. 참고는 하되 무조건 막고 품는 작전으로 공부를 했으니 다시 그런 문제만 중시해서 새로 준비할 수가 없었다. 어쨌든 그러는 사이에 공인중개사 시험날이 왔다. 6월부터 시작하여 정말 열심히 공부해서 이제 결실을 보는 날이다.

시험 당일. 시험장소인 대원고등학교로 걸어 올라가는데 아는 사람들이 많이 보였다.

"어이 최사장, 어디 가시나? 공부를 안했으니 시험 보러가는 것은 아닐 테고."

나는 시치미를 떼고,

"아~ 오늘 공인중개사 시험이 있군요. 그런데 다들 시험 보러 가시는 거예요?"

"그래, 우리는 이번에 3년째 보는 것인데 꼭 아슬아슬하게 떨어지니… 이번에는 꼭 붙을 거야. 근데 자네는 어디 가나? 그냥 얼마나 어려운지 시험부터 한번 경험해 보려고 하는 거야? 공부 안하고 시험 보러 가면 아무것도 모를 걸?"

나는 장난기가 솟았다.

"사실, 나 오늘 시험 감독관으로 갑니다."
"뭐? 감독관? 자네가 어찌 감독관이 됐어?"
"그렇게 됐습니다. 이따가 혹시 내가 그 교실에 감독관으로 들어가더라도 봐주는 것은 없습니다."

서로 쳐다보며 큰 소리로 웃었다.

시험장에 들어갔는데 아는 사람들은 다 다른 교실로 배치되고 전부 모르는 사람들만 있었다. 나처럼 나이가 지긋한 사람은 소수이고 다수는 젊은 사람들이었다. 긴장하며 기다리니 1차 시험 문제지와 OMR카드가 책상에 놓였다. 아직 시험시작을 알리는 종이 울리지 않아서 눈으로만 조용히 시험지를 내려다 봤다. 잠깐 내려다보니 자신이 생겼다.

시작종이 울리고 쉽게, 쉽게 풀었다. OMR카드에 전부 옮겨서 체킹을 다 했는데도 시간이 많이 남았다. 주위에서는 깊은 한숨소리들이 여기저기서 들려 왔다. 홀가분한 마음으로 2차 시험을 봤다. 약간 헷갈리거나 어려운 문제도 있었지만 무난히 다 풀었고, 다시 OMR카드까지 마무리하고 나서 시간을 보니 아직도 25분이 남아 있었다. 주위를 둘러봤다. 긴 한숨소리에 중얼거리는 불만소리가 조용한 시험실에 간간히 들려왔다.

시험문제는 다 풀었지만 감독관은 내보내 주지 않았다.

"시험에 방해가 되니 조용히 앉아 계세요."

홀가분한 마음으로 앉아 있다가 종료 5분 전이 되니까 나가도 된다며 내보내 주었다. 밖에 나와 심호흡을 하며, 하늘을 봤다. 어제 보던 하늘이 아니었다. 이젠 새로운 세상이 열릴 것만 같았다.

그 후 시험 발표까지 약 2개월 여를 기다렸다. 그 시간이 정말 더디 가고 있었지만, 내 생각에 못해도 평균 85점 정도는 맞았을 테고 붙는 것은 당연하다고 생각 했다. 별로 친하지도 않았던 학원 동기생들이 연락을 해와서 건성으로 어렵더라고 했다.

드디어 합격자발표를 했다. 그런데 내가 너무 쉽게 생각하고 시험을 봤나? 공법에서 많이 틀려서 총점에서 두 문제가 모자랐다. 보기 좋게 떨어졌다. 정말 상심이 컸다. 내가 왜 그리 쉽게 생각했을까. 실망을 넘어 후회가 밀려왔다. 노래방도 팔아버렸으니 이제는 어쩔 수 없이 세탁소일이나 열심히 해야 될 운명이었다. 그때 둘째 동생의 전화가 왔다.

"형님 어찌 됐어요?"
"떨어졌어. 2문제가 모자라서."
동생은 위로해줬지만 체면이 말이 아니었다. 아들한테도 면목이 없었고, 누구보다도 내가 공부한다고 나 대신 힘들었을 아내에게 미안하고 또 미안했다.

합격자 발표 후 이번 시험문제가 복수정답인 것이 많다면서 소송을 하느니 이번 시험이 큰 오류가 많았느니 그런 기사가 났다. 그 후 날짜가 한참 지나서 방송을 보니,

"이번 공인중개사 시험에서 17문제가 정답인데도 오답처리가 되었다." 면서 뉴스시간에 자세한 내용을 해설방송까지 해줬다.

그 방송을 보니 17문제 전부가 내가 정답이라고 한 그 문제들이었다.

꿈이 이루어지다

나는 뛸 듯이 기뻤다.

"그러면 그렇지. 내가 떨어지다니 말이 되나. 얼마나 열심히 했는데…!"

아내와 마주보며 뜨거운 눈물을 흘렸다.

며칠 후, 학원에서 연락이 왔다.

"합격을 축하합니다. 며칠 후에 합격생들의 오리엔테이션을 할 예정이니 꼭 참석하셔서 합격에 대한 경험도 얘기해 주시고 고생하신 교수님들과 합격생들이 함께 이 영광을 축하합시다."

오리엔테이션이 있는 날 홀가분한 마음으로 학원으로 가니 많은 사람들이 먼저 와서 서로 축하인사를 나누고 있었다. 나는 조용히 뒤에 앉았다. 옆의 모르는 사람이 물었다.

"이번에 1, 2차 다 붙었어요?"

나는 그렇다고 대답했다.

"몇 년이나 공부했어요?"

3개월 학원에 다녀서 합격했노라고 말했더니 깜짝 놀라면서 농담하지 말란다. 사실 자기는 이번에 1차만 합격했고, 학원에 물어보니 올해 시험에서 이 학원출신 응시생 거의가 떨어지고 나처럼 합격한 사람은 몇 안 되고 수십 명이 1차만 붙었다고 친절히 얘기해 줬다. 그것도 작년 1차 합격자가 몇 명 있고 올해 1, 2차 한꺼번에 붙은 사람은 얼마 안 된단다.

그래서 내가 다시 물었다.

"그럼 여기오신 분들이 다 붙은 분들이 아니에요?"

그렇단다. 합격생이 적게 나와서 1차만 붙은 사람들과 함께 초청을 했단다. 나는 설마 했다. 나중에 안 사실이지만 사실이었다.

그날 행사를 마치고 끝날 무렵 교수님께서 "이번 주 토요일에 수락산 등반이나 가서 그동안 찌들은 머리를 식히고 옵시다. 다 같이 참석해 주세요." 하셨다.

수락산 등산을 갔더니 나를 외계인 취급하던 사람들도 무척 다정하게 다가와서 말을 건넸다. 어떤 방법으로 공부를 했느냐, 무슨 교재를 봤느냐는 둥, 나는 있는 그대로 얘기를 해줬다. 산에 올라가니 마음이 상쾌했다.

너도 나도 나에게 술잔을 가지고 왔다. 몇 잔 받아 마셨더니 취기가 돌았다. 쭉 한 줄로 내려오는데 조금 집에 빨리 가고 싶었다. 대오를 이탈해서 조금 높은 곳에서 훌쩍 뛰어 내렸다. 큰일날 뻔했다. 온 몸의 뼈마디 마디가 부딪히면서 많이 아팠다. 술김에 어린 시절처럼 생각하고 과욕을 부린 탓에, 크게 다칠 뻔해서 많이 놀랐다.

성내동 할아버지께서 전화를 주셨다. 붙었느냐고 물어오셨다. 할아버지 덕분에 붙었다고 했더니 자기는 운이 나빠서 올해도 떨어졌단다.

밥이나 한번 먹자고 해서 고마운 마음을 담아 식사 한 번 대접하고 헤어졌다. 전국을 호령하겠다던 그 학원은 합격률이 저조한 탓에 그렇게 망해 없어지고 결국 다른 학원으로 바뀌고 말았다.

집안의 경사

아들도 서울대학교 자연과학부와 카이스트에 동시 합격했다. 집안의 경사였다. 이곳저곳에서 축하전화가 빗발쳤다. 나는 겸손하지 못하고 아들자랑에 콧구멍이 벌렁거렸다.

아들을 어디로 보내야 하나 행복한 고민이었다.

나는 대전 카이스트에 내려가서 학교도 둘러보고 무슨 처장이란 분을 만나서 궁금했던 점들을 자세히 물어보고 올라왔다. 만일 이곳으로 온다면 방도 구해줘야 해서 방값도 대충 알아보고 컴퓨터공학을 전공하면 졸업 후 어떤 일을 하게 될지 등 많은 정보를 얻고 왔으나, 출신 고등학교 담임 선생님의 말 한마디에 서울대로 정했다.

그 말인 즉, "썩어도 준치."였다.

무엇을 하든지 서울대로 가야 한다는 것이다. 후에 생각하니 내 잘못이었나 싶었다. 전공과 다르게 지금 하는 일이 IT쪽 일이기 때문이다. 그 후 아들은 오랫동안 사귀었던 여자친구와, 큰딸과 같은 장소인 서울대학교 호암 홀에서 결혼식을 올렸다.

온 동네사람들도 내가 공인중개사시험에 합격한 줄은 까맣게 모를 때, 나는 사전교육까지 받아서 모든 자격증을 갖춰놓고 부동산자리를 보고 있었는데, 긴고랑 길에 조그만 부동산자리가 비었다. 그 분은 아래쪽에 코너의 좋은 부동산자리를 구해서 이전하고 이곳은 세를 못 빼서 안달을 하던 때라 쉽게 넘겨받았다.

그때만 해도 개업 공인중개사는 많지 않았고, 거의가 중개인들이 많았으니 손님들로부터 믿음을 더 받았다. 부동산과 세탁소를 같이 하는데… 아침 일찍 일어나서 부지런히 세탁소 일을 해놓고 부동산가서 정말 열심히 했더니 장사도 잘 되었다.

무식하면 용감하다고 했던가. 나는 집집이 돌아다니면서 차 한 잔 달라고 해서 들어가 여러 가지 얘기를 하면서 친분을 쌓았고, "무슨 일이든 상의하실 일이 있으시거나 사무실 앞을 지나가실 때에는 언제든 들어오셔서 차도 한 잔하시고 궁금증도 상의하시라."고 하곤 했다. 처음으로 부동산을 개업해서 무식하게 뛰었으니 많은 계약고를 올릴 수 있었다. IMF 후라 매물이 많이 나왔다. 하루에도 몇 건씩 계약서를 쓸 수 있었다.

공인 중개사

동네의 새마을 금고가 이전을 해야 된다기에 땅을 구해서 옮겨준 뒤, 구청에서 마을 공원도 만들 예정이라기에 장소를 보고 있었다. 마땅한 자리를 구청에서 정해져 그 장소에 사시는 분들에게 통보를 하는데 한 분이 급히 집이 넘어가게 되었다면서 빨리 집을 처분해야 한다며 팔아 달라고 했다.

나는 조금만 참고 기다리면 아파트 분양권도 준다고 하니 조금만 참으라고 했다. 그러나 그분의 사정이 워낙 급해서 압류가 들어오게 생긴 상황이라, 언제 될지도 모르는 구청사업을 기다릴 수가 없단다.

나는 과감히 그 집을 샀다. 지하 1층, 지상 2층인데 1층에는 점포도 2칸 있었다.

그때는 공익사업보상차원에서 철거민에게 공공아파트 분양권이 나왔다. 40㎡ 이상 면적의 주택에는 무조건 84㎡짜리 아파트분양권이 배정되었는데, 그 면적 기준은 사업시행인가 이전 시점이었다. 물론 철거 당사자가 1주택자로 되어 있어야 했다.

나는 이미 집이 있었기에 어머니 명의로 사서 1주택자로 만들었다. 일반아파트와 달리 공공아파트는 분양가가 저렴했다. 서울 SH공사에서 억울하게 공공사업으로 피해를 본 철거민에게 보상차원으로 원가를 싸게 분양하는 방식이었다. 물론 그로 인해서 철거 때 감정가도 시세보다는 한참 아래였지만 말이다.

공원용지로 지정이 되자 전문꾼들이 찾아왔고, 주택은 조건을 갖추면 다세대로 쪼개서 각자 등기를 받고 그 숫자대로 분양권을 발급받을 수 있다면서 그 집을 잘게 쪼개서 자기들이 나머지 분양권을 가져가는 조건으로 약간의 보상을 한단다. 뭔지도 모른 채 얼마의 돈만 받고 쪼개기에 동의해줬다. 물론 내 몫으로 한 채는 남겨두고 말이다. 후에 그 집은 공원으로 편입되어 철거되고 우리도 추첨결과 강일지구에 당첨이 되었다.

몇 년 동안 강일지구의 토목공사를 하면서부터 아파트가 지어지는 기간 동안 수없이 집사람과 현장을 찾아보곤 했다. 그러나 아파트가 완공되기 전에 타 지구의 분양물량이 나오면 다른 한 곳에 다시 신청해서 한번은 바꿀 수 있는 조항이 있었다. 그러나 그것은 더 좋은 지구가 있어야 이익이 되고, 만일 자기가 재신청한 지구에서 떨어지면 처음지구로 확정되어 입주해야 했다.

내가 신청할 수 있는 지구는 천왕지구, 강일2지구, 세곡지구, 우면지구, 상암지구로, 그 중 어디라도 1순위와 2, 3순위로 적어서 신청을 할 수 있었다.

나는 SH공사에 찾아가서 배짱껏, 1순위로 우면지구, 2순위로 세곡지구, 3순위로 상암지구를 써서 창구에 가지고 갔다. 그러자 접수받는 직원이

"아저씨, 이렇게 하면 하나도 안 되기가 쉬워요."

하기에 나는
"안되면 말지요."라고 답했다.
그렇게 접수를 마치고 집으로 돌아와서 추첨일을 기다렸다. 사실 내가 접수한 순서가 제일 좋은 지구들의 순서였고, 때문에 그 순서대로 경쟁률이 높았다. 그럼에도 나는 당당히 제일 경쟁률이 높은 우면지구에 당첨이 되었다.

하지만 공사는 한참동안 시작되지 못했다. 우면지구 한쪽에 천막교회가 있었는데, 전국 철거민연합회와 연계해 투쟁하면서 그 자리를 비워주지 않는 바람에 많은 시일이 지난 후에야 착공을 할 수 있었다.

다시 우면지구 공사장 구경이 시작되었다. 차가 없을 때이니 대중교통으로 가야 했는데, 교통편이 많이 불편했음에도 수없이 찾아 갔다. 건물이 올라갈 무렵부터는 우리 집이 어느 쪽인가 하면서 바라보다 돌아오곤 했다.
드디어 아파트가 완공이 되었으나 돈이 없으니 입주를 못하고 우선 전세를 줬다가 후에 사정이 생겨서 팔았다. 지금은 많이 올랐지만, 정작 그 과실을 수확하지 못했다.

그 후에 다시 동사무소를 이전할 일이 생겨서 그 일을 도와주게 되었다. 그 일을 추진하던 게 오세훈 시장 시절이었는데, 분양권을 이용한 합법적 투기가 성행한다는 판단에 따라서 분양권이 없어지고 임대아파트 입주권을 주게 바뀌면서 원활한 사업진행이 안되었다. 내가 일일이 찾아다니면서 설득을 하고 구청담당을 모셔다가 설명회를 수차례 설득을 했음에도 반대가 심했다. 특히 낡은 연립이 1동 있었는데 그곳에 사는 사람들의 반대가 심했다.

나는 사업의 원활한 진행을 위해서 조금 비싼 값에 1동 전체를 사들였다. 처음 동생 이름으로 1채를 살 때는 적당한 가격으로 샀으나, 나중에 안판다고 버티는 사람들의 집은 조금 더 주고 샀다. 물론 이익은 별로 없었지만 무난히 사업을 마칠 수 있었다.

부동산 사무실에는 처형께서 나오셔서 봐주고 계셨는데, 한 달에 얼마를 벌지도 모르는 때라서 40만 원씩 수고비를 드리기로 했고 그렇게 드렸다. 그때 내 수입이 괜찮았는데 왜 그것밖에 안 드렸는지 지금 생각해도 정말 미안하다. 나의 부족함이었다.

일생에 몇 번 오는 운

우리가 살던 그 집은 조금 돈을 남기고서 팔았다. 사실 팔려고 했던 것이 아닌데… 1층으로 들어가는 계단 밑에서 물이 줄줄 새나오는데 계단을 다 뜯어야 하기 때문에 공사가 상당히 커지게 된 것이다. 결국 나는 건축할 사람에게 미련 없이 팔고 광장동 현대 9차 아파트 돌아보았다. 마땅한 집이 있었고 가격은 3억 6천만 원이었으니 내 돈과도 맞았다.

우리는 그 집을 사서 이사 가려고, 저녁에 계약을 하기로 다 약속까지 잡아 놓았으나 그날 저녁 부동산사무실 문을 닫고 계약하러 갈려고 막 준비하는데 다른 부동산에서 전화가 왔다.

"중곡 2동에, 70평짜리 집이 5억에 나와서 힘겹게 매수자를 구해서 계약하기로 하고 약속까지 다 잡아서 부동산에 마주 앉았는데, 집주인이 500만 원도 못 깎아 준대서 계약이 깨졌어요. 며칠 동안 성사시키려고 노력했는데 너무나 허무하네요."

힘이 쭉~ 빠진단다.

나는 사실 내가 살던 집을 팔았고 광장동으로 아파트를 계약하러 가려던 참이라며,

"그 집 지금 좀 저에게 보여 주세요."

광장동으로 가서 아파트를 계약하려고 했던 내가 발길을 돌려 중곡 2동으로 가서 그 집을 보니 그 집이 아파트보다 훨씬 마음에 들었다. 저녁 해질 무렵에 가서 보는데 집안에는 나무도 몇 그루 있었고, 잔디도 조금 심어져 있었으며, 무엇보다도 1층 현관 쪽 벽면 전체가 붉은 대리석으로 시공되어 있어 현관 전등 불빛이 비추면 단단하고 깨끗하면서도 고급스런 느낌이 들었다. 아마도 내 집이 되려고 좋은 점만 보였을 것이다.

지하 1층에 2가구, 2층엔 1가구가 살았는데 세입자들이 사용하는 대문은 다른 쪽으로 나 있었고, 집주인은 혼자서 대문을 사용할 뿐만 아니라 차고가 따로 널찍하게 있어서 주차 걱정이 없는 것도 마음에 들었다. 또한 땅이 비교적 넓은 편이니 앞으로 재산증식도 가능할 것 같은 생각이었다. 나는 아파트를 포기하고 그 집을 사기로 마음을 정했다.

그러나 집사람이 크게 반대했다.

"무슨 집을 밤에 보고 바로 계약합니까?"

어느 집이나 여자들은 그 입장이 되면 마찬가지로 반대할 것이다. 하지만 나는 확신이 섰기에 아내를 설득하고 또 설득해서 밤 9시가 넘어서 그 집을 5억에 계약했다.

파는 분은 부동산 사장에게,
"살 사람은 이렇게 아무 말 없이 사는데 사지도 못할 사람이 깎아주네 마네 하더라."고 했단다.

집값은 5억. 세는 지하 두 집과 2층, 총 3가구 전세를 승계하고 내 돈은 3억 6천만 원이 들었다. 아파트와 같은 돈을 들여 샀지만 마음이 훨씬 편했다.

집을 샀다고 하니 어머니께서 구경을 오셨다.

"방도 4칸이나 되고 허니 이제 내가 집으로 들어 와야겠다."

사실 어머니는 몇 년 전부터 셋째 동생네 집에서 애들을 키워주면서 사셨는데, 무슨 일인지는 몰라도 제수씨와 다툼이 잦았다. 어느 날 갑자기 어머님으로부터 막내 여동생네 동네에다가 방을 봐뒀으니 보증금을 보내라고 전화가 왔다.

나는 자초지종 어머님 얘기를 듣고,
"그래도 자식과 이런 나쁜 감정을 갖고 헤어지게 되면 안 되니 셋째네로 들어가서서 다시 상의를 해가지고 원만하게 나와야 됩니다."

어머니는 막무가내였다. 갑자기 돈을 준비해 둔 것도 아니었다. 셋째 동생에게 어떤 상황인가 물어보니 어머니와의 갈등이 심해 다시는 못 살 상황이란다. 원래 어머니는 우리와 오랫동안 살았으나, 제수씨가 장사를 하고 있어서 애 둘을 키우러 가셨던 것인데 서로 좋지 않은 감정으로 헤어져서 이사를 했다.

결국 셋째가 돈을 대고 나도 조금 보태서 남가좌동에 방을 얻어줬다. 막내 동생이 살림살이도 사주고 다른 자식들도 조금씩 보태서 어머님은 분가하셨다.

그런데 얼마 되지도 않았는데 내가 집을 샀다고 하니 우리 집으로 들어오시겠단다.

그렇게 어머님은 은평구에 살던 셋방을 정리하여 우리 집으로 합가하게 되었다. 오시면서 셋째 동생과 내가 마련해준 전세금은 일부만 가지고 왔다. 다 써버렸다던 나머지 돈은 막내 동생에게 맡겨 놓고 일부만 가지고 들어오신 것이었다. 어머님은 뒤가 허전해서 그랬단다.

훗날 그것 때문에 큰 소리가 한번 있었지만, 어쨌든 우리 집으로 오셔서 짐을 풀었다.

다행히도 결혼한 처음부터 내 아내와는 사이가 괜찮았다. 집안 살림은 전혀 도와주시지 않았지만 어머님은 큰 며느리를 귀히 여기셨고, 서로 말도 조심을 많이 하며 갈등 없이 살았다.

봄이면 라일락의 진한 향기가 온 동네에 풍기는 집. 여름에는 앵두가 빨갛게 익어가는 집. 감나무도 심었더니 3년 후에는 감이 몇 개 달렸다. 그 밖에도 오래된 향나무 등 몇 그루의 정원수들은 한껏 집 가치를 돋보이게 해주었다. 이른 봄이면 정원사 아저씨를 모셔서 나무관리도 하면서 꽃피는 계절을 기다리곤 했다.

옆집들이 부러워할 그런 집에서 나는 비교적 평화롭게 6년을 살았다.

집이 큰 편이고 나무도 잘 가꾸어 놓으니 도둑들 보기에는 우리 집이 잘 사는 집처럼 보였는지 사는 중에 두 번이나 도둑이 들었다. 운이 좋아서 다행히 사람 있을 때에 도둑이 들어와서 훔쳐가지는 못했지만.

한번은 모처럼 쉬는 날이어서 집에 있는데 이웃에 사는 친구가 놀러와서 거실에서 2부부가 조용히 앉아서 딸기 안주에 와인을 한잔씩 하고 있었다. 그런데 그때 부엌 뒤편의 베란다에 도둑이 들었다.

그 베란다에서 조금 전에 와인을 한 병 가져다 마시고 다시 한 병을 가지러 갔는데… 이게 웬일인가. 방금 전까지만 해도 멀쩡했던 방범창이 나란히 잘려져 바닥을 뒹굴고, 샤시로 된 유리문은 열린 채인 게 아닌가.

아마도 도둑이 아무도 없는 줄 알고 들어왔다가 마루에 사람이 있는 것을 보고 기겁을 했으리라. 사실 우리 집은 훔칠 것이 별로 없는 집이었으나 밖에서 보기에는 그럴싸한 부잣집으로 보였나보다.

그 후에도 한 번 더 도둑이 들었다.

어느 날 대학 다니던 우리 아들이 여름철이라 웃옷을 벗어놓고 한가히 낮잠을 즐기던 대낮에, 이번엔 마당 앞쪽의 담을 넘어서 도둑이 들어왔다. 마침 집에 있던 아들이 담을 뛰어넘는 소리를 듣고 밖을 향해 귀를 세우고 있다가 계단을 올라오는 소리가 들려서 그 쪽으로 난 아들 방 창문을 확 열었더니 웬 모르는 사람이 계단을 올라오다가 안에서 내다보는 젊은 우리 아들과 바로 마주치게 되었단다.

아무도 없는 집인 줄 알고 들어왔다가 젊은 남자, 그것도 건장한 남자가 안에서 쳐다보며 문을 열었으니 도둑이 얼마나 놀랐겠는가. 도둑은 기겁을 하며 도망가드란다.

아들이 하는 말이

"아버지, 그 사람 당분간 이 동네 못 올 거예요. 내가 도망가는 도둑을 확실히 봐 뒀거든요."

나는 가슴을 쓸어 내렸다. 만일 도둑이 집 안에 들어와서 아들과 맞닥뜨렸다면 큰 사고가 날 수도 있었던 일이 아닌가. 또한 젊은 혈기에 도망가는 도둑을 쫓아라도 갔다면 그것도 사고를 부를 수 있는 일이었다. 다행이었다. 정말 정말로.

그 즈음 내 부동산 사무실은 동네사람들에게 신뢰가 생겨서 많은 사람들이 나에게 매물을 내놓기도 하고, 사달라고 의뢰하는 경우가 많아져서 무척이나 바쁘게 보냈다. 특히 주위에 대순진리회 종단이 있었는데, 종단에서 필요한 집을 사달라고 의뢰를 하면 최선을 다해서 성사시켜 드리곤 했다. 그런 결과 어느 날은 종무원장님께 초대를 받아서 고맙다는 치하와 함께 과분한 대접을 받은 적도 있었다.

그 집은 훗날 효자가 되었다. 6년 후 10억을 받았다. 그 집은 지금 유치원으로 리모델링이 되어서 하루 종일 아이들의 웃음소리와 함께 하고 있다.

세를 빼주고 나니, 내 손에 8억 4천만 원이 쥐어졌다. 광장동에 사려고 했던 아파트는 4억 대에 머물러 있었으니, 한번 투자를 잘 한 덕분에 훨씬 큰돈을 손에 쥐게 되었다.

나는 그 돈으로 노후에 조금이나마 보탬이 되는 집을 구하려고 서울 시내를 돌아다녔다. 그러나 가진 돈이 적으니 맞는 집이 없었다. 내 마음에 들어도 내 집이 안 되려는지 거래가 마음대로 성사되질 않았다. 그 중에서 조금 맘에 들었던 대치동에 있는 조그만 2층 상가주택은 부동산의 농간으로 잘 안 됐고.

숭실대 근처 큰 도로변에 있는 지하 1층, 지상 5층의 건물이 정말 마음에 들어 조금 무리를 해서라도 계약하려고 했으나 빚을 지기 싫어하는 집사람의 완강한 반대에 부딪쳐서 결국 포기하고 말았다.

돌아다니다, 돌아다니다, 있는 돈에 맞추다 보니 면목동에 집을 샀다.

그 돈이면 내가 사는 광진구에서는 골목집을 사야 되는데, 같은 돈으로 사는데도 면목동은 큰길가면서도 땅도 60평이나 되고, 집은 아주 옛날에 지은 집이지만 잘 수리해서 임대하면 공실이 나서 걱정하지는 않을 것 같았다.

조그만 건물주가 되다

　지하 1층, 지상 3층의 새로 산 집 지하에는 다방이었는데, 월세가 10개월이나 밀려 있었고 주인은 다방 사장님에게 가게를 비워 줄 것을 요구하다가 안 되어서 결국 소송까지 가서 승소하였다. 하지만 그래도 그 다방 사장님은 버티고 앉아서 가끔 1~2개월씩 월세를 부쳐주곤 하는 골치 아픈 상태였다. 그런 상황에서 내가 집주인이 됐다.

　1층은 가게가 4칸이었는데 2칸은 오토바이 가게이고 2칸은 프로판 가스판매소로 문짝 하나도 변변찮은 건물이었다. 또한 오토바이를 길 바깥까지 내어놓고 장사를 하니 이웃과 매일 다툼이 잦았다. 집이 팔렸다니 이웃에서는 나를 찾아왔고 오토바이 가게 때문에 못살겠다고 내보내라고 하소연하는 등 텃세가 만만치 않았다. 나는 이왕 내 집이 되었으니 집 이미지를 확 바꾸기로 하고 오토바이 가게 사장님과 협상을 하여 원하는 이사비용을 과감히 지불하고 내보냈다.

　프로판 가스 집은 주인이 하다가 잘 안되어서 비워둔 터라 1층 전체가 다 비게 되었다. 나는 우선 1층을 리모델링해서 임대할 생각으로 수리를 하고 있는데 어느 날 젊은 청년이 나를 찾아 와서

"1층 전체를 핸드폰 매장을 하려고 하니 저한테 주십시오."

하면서, 계약을 하자고 한다.

나는 2칸만 줄 수 있다고 했다. 왜냐하면 4칸 중 1칸은 주차장으로 되어있고 1칸은 부동산사무실로 꾸미려고 했기 때문에 2칸만 가능하다고 했고 그 청년은 그럼 2칸만이라도 사용하겠다고 하여 그 청년과 계약을 하고 수리는 내가 하던 것이라 완성하기로 했다.

외벽은 드라이빗이었는데 색상도 산뜻하게 바꾸고 바깥 하수도 등 수리해야 될 부분은 과감히 수리해줬다. 2, 3층은 2가구씩 총 4가구가 살고 있었다.

문제는 지하였다. 담판이 필요했다. 나는 다방 사장님을 만나서 웃는 얼굴로 얘기했지만 강력히 내 입장을 전했다.

"사장님! 저는 부자가 아닙니다. 모든 재산을 다 모아서 이 집을 가까스로 월세를 받아서 생활비를 쓸려고 매입했는데 월세가 밀리면 부득이하게 나는 사채를 써야 되고, 그렇게 되면 어쩔 수 없이 세를 올릴 수밖에 없으니 이왕 주는 것, 그런 일이 발생해서 서로 얼굴 붉히는 일 없도록 월세는 제 날짜에 꼭 넣어주세요. 월세만 안 밀리면 웬만하면 월세를 올리는 일은 없을 테니 날짜를 꼭 지켜 주십시오."

다방 주인은 자기도 사정이 있어서 그랬는데 앞으로는 노력하겠노라고 했고, 나는 전 세입자와 동일한 가격으로 계약을 갱신해 줬다.

그러나 그 후로도 다방에서는 제대로 월세가 나오지 않았다. 만나보면 온갖 핑계만 대고 뭐가 고장 났으니 고쳐달라고 오히려 요구하는 일이 많아졌다. 그러다가 결국 그 분은 자기 친구라는 사람한테 가게를 넘기고 떠났다. 떠나고 나니 온갖 소문이 많았으나 여기에서는 거론하지 않겠다.

그러나 여전히 지하에서는 월세가 밀리기 일쑤였고 신경 쓰이던 차에 다시 다방 주인이 바뀌었다. 부동산도 내가 살던 곳이 아니어서 잘되지 않았다. 나는 부동산도 임대하기로 했더니 금방 나갔다. 이렇게 해서 나는 임대사업자가 되었다.

그즈음, 나는 한국공인중개사협회 지회장을 맡게 되었다. 맡고 보니 서울시 지부장의 반대가 심했다. 자기가 다른 사람을 염두에 두고 있었기 때문이다. 참 이것도 벼슬이라고 알력이 있고 편이 갈려 있었다. 서글픈 현실이었다. 이것저것 트집을 잡더니 드디어 사무실 크기까지 문제를 삼았다.

나는 원해서 된 자리는 아니었지만 은근히 자존심이 상했다. 사무실을 옮기기로 하고 동네를 돌아다니다가 전철역 가까운 곳에 아는 분이 하시던 가게가 나왔다는 얘기를 듣고 찾아가서 권리금을 좀 주고 계약하고 바로 수리해서 이전했다. 보란 듯이 개업식도 떠들썩하게 해서 다시는 사무실 문제로 토를 달지 못하게 하였다.

그 후에도 지회장을 하는 동안 지부장에게 일일이 많은 시달림을 당해야 했다. 그러나 중앙회장과 지회장들이 합심해서 2개의 협회를 하나로 만드는 협회 통합을 하는데 기여했고, 협회 제도개선위원, 직할지회장협의회 부회장 등의 협회회직과 구 건강보험공단 홍보대사, 구 선거관리위원, 동 주민자치위원회 간사를 거쳐 위원장까지 맡아 정말 바쁘게 보냈다.

그때쯤 나는 다시 도약할 생각을 했다. 못 배운 한을 풀기로 하고, 에듀윌 인터넷 강의로 공부하여 8월에 초등, 다음해 4월에 중학교 과정의 검정고시를 거쳐 8월에 대입검정고시까지 1년여의 기간 동안 대학갈 자격을 갖추고, 다음해 ○○대학교 부동산경영학과에 진학했다. 낮에는 열심히 일하고 밤에는 공부한 덕택에 졸업식 때에는 학교의 넓은 체육관에 단과대별 수석자 명단에 내 이름을 올렸다.

어느 날 에듀윌에서 연락이 왔다. 내가 입지전적인 인물이라면서 자기 회사의 홍보책자에 소개하려고 하니 인터뷰를 하자고 한다.
나는 거절했다. 온 세상사람들에게 나 자신이 까발려지는 것이 부끄러웠기 때문이었다.

결혼한 지 30주년이 되었다. 우리 애들이 돈을 모아서 제주도여행을 예약해줬다.
난생처음 비행기를 타고 제주도 신라호텔에 여장을 풀었다.
정말 큰 선물이었다. 내 주제에는 꿈도 못 꿀 호사였다.

우리부부는 그동안의 찌든 마음을 잠시나마 잊고 신선한 제주풍경을 마음껏 즐겼다. 제주에 갔으니 호텔 밥 말고 진짜 제주바닷가에서 아내와 같이 건사한 만찬을 즐기고 싶어서 택시를 잡아타고 기사님에게 물었다.

"제주도에서 가장 풍광 좋고, 음식 맛 좋은 이름난 식당으로 데려다

주세요."

　기사님이 데려다 준 식당은 정말 풍경이 아름다웠다. 아름다운 식당
에 마주앉아서 음식을 주문하는데, 아내는 비싼 가격표를 보더니 부담
스러워하며 회를 못시키게 했다. 하는 수없이 해물탕에 밥 말아먹고 오
면서 아내에게 미안했다. 비싼 음식 한 끼도 돈이 아까워 못 먹는 아내
가 측은하기도 하고, 내가 그 사람을 그렇게 만들었다 생각하며 나를
자책해야 했다.

금강산에 구경가다

　대학 동문회에서 금강산 구경을 갔다. 두근거리는 가슴을 억제하며 고성으로 향했다. 고성에서 1박한 후 당일로 돌아보고 오는 강행군이었다. 누구도 자유로이 드나들 수 없는 곳인 비무장지대를 지나 북한 땅에 도착했다.

　봄철이었는데 산은 민둥산이었고, 출입국관리를 하는 곳은 하얀 천막집이었다. 우리 쪽 출경하는 관리소는 현대식 건물이었는데… 비교가 되었다.

　북한 군인들이 한사람씩 검사해서 조선인민공화국 도장이 잉크스탬프로 찍힌 출입증을 교부해 주었다. 온정리까지 가는 길에는 양쪽으로 파란 철조망을 쳐 남쪽에서 가는 사람들과 북쪽주민들을 갈라놓았고, 저 건너편 북측사람들이 평소 이용하는 도로에는 간혹 트럭들이 지나갈 뿐이었으며, 여자·남자 구분 없이 많은 주민들은 걸어가거나 자전거를 타고 지나가고 있었다.

　철조망으로 가로막힌 남쪽사람들의 전용도로에는 금강산관광이라고 쓰인 버스가 줄지어 달렸는데 버스 안에서 바라보는 북쪽 산천은 많은 생각을 하게 했고, 힘들게 살아가는 듯한 북한사람들을 보면서 울컥하기도 했다. 펜스 너머의 곡식들도 거름이 부족했는지 키가 작아서 왠지 생기가 없는 풍경이었고 산도 민둥산이었으며 주민들의 옷 색깔은 침침한 군복 색깔이었다.

나는 두 코스 중에서 우선 만물상 코스를 선택했다. 온정리에서 만물상을 갔다가 온정리 식당에서 점심식사를 하고 삼일포를 돌아오는 코스였다. 만물상 가는 버스에서는 여러 가지 주의사항을 알려주고 있었는데, 그렇잖아도 처음 온 북한 땅이라 신기한 것도 많은데 근엄한 목소리의 안내자는 여러 가지 주의사항을 알려준다면서 이렇게 말했다.

"여기는 북한 법에 의해서 지배되는 곳이니 절대 조심해야 된다. 물에 손 담그지 말 것, 금강산에는 산삼이 많은데 절대 캐가지 말 것, 체제에 대해 물어보거나 비판하지 말 것, 김부자 얘기는 입에도 담지 말 것, 정해진 길로만 다닐 것." 등 장황한 설명을 해주었다.

사실 만물상에는 산삼은커녕 인삼도 없었고, 가는 길가에 소나무 숲이 많았는데 대부분 홍송이었다.

온정리를 떠나 한참을 달려서 만물상 앞에 하차하여 올라가는데 곳곳에서 물건을 팔고 있었다. 북한 화가들이 그린 그림과 글씨, 막걸리와 도토리 요리 등 간단한 술안주들을 길가에서 팔고 있었다. 우리 일행은 가다가 막걸리를 몇 잔 사서 나눠 마시고 만물상에 올랐다. 듣던 대로 남한에서는 볼 수 없었던 기암괴석이 신기했으며 아슬아슬한 바위 위로 철계단이 놓여 있는데 아주 가팔랐다.

군데군데 가다보면 북한 군인들이 남녀 한쌍씩 우리를 감시하고 있었고, 점심은 도시락으로 해결하는 듯했다. 너무나 엄한 말만 들어서 이 사람들은 산에서 생리현상은 어찌 해결하는지 궁금했다. 관광객들이 묻는 말에는 친절히 답해주기도 하고 노래를 청하면 불러주기도 했다. 우리는 고마움의 표시로 달러를 주기도 하고 우리나라 만 원짜리

지폐를 쥐어 주기도 했는데, 남한돈은 안 받을 줄 알았더니 주는 대로 다 받았다.

한참을 올라가서 보니 어느새 우리는 하얀 구름 위에 서 있었다. 구름 위에 수많은 산봉우리가 마치 천상세계에 와 있는 듯했다. 구경을 마치고 온정리에 와서 온천을 했다. 온천물은 좋은 편이었다. 시설은 평이했으나 바가지는 오래된 듯 낡아 보였다.

온천을 하고 나와 보니 버스가 떠나고 없었다. 빨리 가서 점심을 먹어야 했는데 난처했다. 거리가 얼마 멀지 않을 것이라 생각하고 바쁜 걸음으로 걸어서 오는데… 온정리에 학생들이 다니는 길을 건너야 금강산 관광특구로 들어갈 수 있었다.

마침 하교시간이라 남녀 학생들이 줄을 지어 지나가고 있었는데 남한 관광객 몇 명이 지나가다가 그 학생들 모습을 카메라로 찍었다. 절대 북한사람을 찍으면 안 된다고 안내를 받았는데도 깜빡했는지 말이다.

즉시 초소 같은 곳에서 북한 군인들이 우루루 나오더니 카메라를 빼앗고 그 사람을 연행해서 들어갔다. 순식간에 눈앞에서 벌어진 일이어서 그의 일행들과 나는 잔뜩 긴장하면서 서 있었다. 군인들이 빨리 지나가라고 손짓을 했다. 겁도 나고 해서 얼른 온정리 식당으로 돌아와서 점심을 먹었다. 가슴이 쿵쾅거렸다. 점심은 한식 뷔페 음식이었는데 현대에서 운영하는 식당이라서 서울에서 먹던 맛이었다.
일부는 금강산호텔에 가서 냉면을 먹고 왔다는데 나는 시간이 없었다.

오후에는 삼일포로 향했다. 삼일포로 가는 도중에 어느 마을 앞을 지나게 되었는데 남루한 북한 주민들이 신기한 듯 우리가 지나가는 버스행렬을 쳐다보고 있었다. 무엇보다도 신기한 것은 마을 앞에 서 있는 우체통이었는데, 드럼통을 잘라서 두들겨 만든 것 같은 모습이었다.

삼일포에 도착하니 우리 버스 보다 앞서서 몇 대의 조그만 트럭들이 들어와서 주변에 정차하더니 술과 안주 등 여러 가지 북한물건을 팔았다. 우리는 강냉이 막걸리에다 여러 가지안주를 곁들여서 맛있게 먹었다. 나는 음식 장사하는 차 한 대를 독차지하고 일행들에게 맘껏 먹으라면서 한잔 샀다. 사실 막걸리 맛도 우리나라만 못했다. 특이했던 것은 막걸리 잔이나 병이 재활용되는 것 같았다. 품질도 조금 떨어지는 듯했다.

나는 혼자만 금강산에 다녀온 것이 아내에게 미안했다. 돌아온 후 그해 가을에 24쌍을 모아서 두 번째로 금강산관광을 나섰다. 부부 당 25만 원씩을 모으고 중앙회장에게 50만 원을 찬조 받고 나도 조금 보태서 가게 되었는데, 이때는 고향친구 부부와 고종동생 부부도 동행했다.

이번에는 구룡연 코스를 가 봤다. 시원한 폭포와 바위들이 우리를 기다리는 듯했고, 기다랗게 줄을 서서 수많은 관광객들이 출렁다리를 건너다보니 우리 일행이 보이지 않았다. 금강산에 가면 휴대폰을 압수하기 때문에 연락할 방도도 없고 일행을 만날 수도 없어서 많이 불편했다. 거기다 갑자기 비가 와서 조금 구경하고 사진만 몇 장 찍고 내려왔다.

온정리에 내려와서 온천에 갔는데 지난번과 마찬가지로 수질이 정말 좋았다. 점심을 먹고 다시 삼일포로 가는 길에 옥수수를 수확하는 곳이 있었는데 전부 껍질을 까서 무더기로 모아놓고 있었다.

고성에서 넘어가기 전에 우리나라의 들과 산에는 풍요롭게 초록이 우거져 있는데, 북한의 산은 민둥산이고 들에는 곡식이 자라지 못해서 옥수수도 우리나라의 절반만 했다. 벼도 고개를 세운 채 크지도 못하고 가을을 맞이하고 있었다.

버스에서 내려서 걸어서 삼일포 가는 길에는 곳곳에 군인들이 가는 길을 안내해 주고 있었는데, 어느 과수원을 지나가야 했다.

그곳에는 돌로 새겨진 비석 같은 것이 있었는데

'김일성 장군님이 하사하신 배'라고 쓰여 있었으나 과일은 옛날 우리 어린시절에 보던 조그만 재래종으로, 품질개량이 안된 듯했다.

삼일포에 도착해서 올라가는데 갑자기 어느 북한군이 나에게 다가와서 봄에도 오시더니 가을에 또 와주셔서 감사하다면서 공화국이 좋아서 오셨느냐고 따라오면서 꼬치꼬치 물었다. 아내가 겁을 먹고 아무 말도 하지 말고 어서 가자고 재촉해서 빠른 걸음으로 추월해서 걸었다.

역사가 있는 삼일포에는 곳곳에 김정숙, 김일성 등을 우상화한 글귀가 바위에 새겨져 있었고 그곳에서 만난 북한 군인들도 무척이나 친절하고 돈을 좋아했다.

여행을 마치고 귀환하는 길에 나와 내 아내 사이에 몇 사람이 끼여서 줄지어 북한출입관리소를 나오는데 아내가 안 나왔다. 한참을 기다려야 했는데 잠깐이지만 많이 불안했다.

북한 군인들은 조그만 것이라도 트집을 잡으면 내보내지 않고 억류한 다는 소리를 들었기 때문이다.

들어갈 때도 어떤 사람이 서울에서 관광 신청할 때 운전하다 잠시 쉬 는 동안이라서 직업란에 무직이라고 썼는데 갑자기 북한군이 직업이 뭐냐고 물어서 운전사라고 했다. 그러자 그 사람이 거짓말 했다고 잡아 놨다가 10만 원 벌금물고 나왔다고 했다.

한참 뒤에 아내를 비롯해서 다른 사람들도 무사히 나왔는데 물어보 니 스탬프로 찍은 출입증명서에 조선민주주의 인민공화국이라는 글자 가 그날 온 빗물에 젖어서 번졌으니 공화국 불경죄라고 하면서 벌금을 받았다고 한다.

군사분계선을 넘어 대한민국에 돌아오니 정말 포근하고 편안한 기분 이 들었다.

기획 부동산

    그때쯤 막내 동생의 매제가 연천의 땅 2천 평을 7억 5천에 계약하고 왔는데, 아무래도 잘못 산 것 같다며 도움을 청했다. 나는 녹음기를 차고 매제의 친구와 연천의 부동산을 찾아갔다. 그 연천 부동산은 시골이라 넓은 사무실에 젊은 사람들이 2명이서 근무하고 있었다. 나는 온 목적을 얘기하고, 내 명함을 주면서 점잖게 얘기했다.

    어제 계약한 토지문제를 해결하러 왔노라고 얘기하면서,

    "아무리 돈이 좋다지만 이번 계약은 너무 과하지 않느냐."면서 해지할 것을 요구했다.

    "자, 프로끼리 여러 얘기할 것 없고. 해약을 해주겠소, 아니면 큰집에 한번 가시겠소. 양자택일 하시오." 했더니 내 체격의 두 배나 되는 젊은 사람들에게서 뭐 이런 것이 있느냐는 식으로 욕설이 돌아왔다. 그래서 다시,

    "나를 치겠소?" 나는 명함을 던져주며 "다시 판단해 보고 연락 주시오. 그리고 나를 법으로 이길 생각은 아예 마시오. 나는 소송에는 도가 튼 선수니까." 했더니 나의 명함을 보고서는 욕설을 섞어가면서 들락거리더니 한참 실랑이 끝에 가격을 내려주면 안 되겠냐고 사정사정하는 걸 단호히 거절하고 해지하겠다는 각서를 써줄 것을 끈질기게 요

구했다. 그 사람은 하는 수 없이 포기를 하는 눈치로 이달 말까지 계약금을 돌려주기로 하고 각서를 써주었다.

그렇게 어렵게 해지를 시켰는데… 한참 후에 안 사실이지만 그날 저녁 그 사람들은 막내 동생의 매제를 찾아와서 사정사정해서 1억 5천만 원을 낮춰서 6억에 새로 계약을 했단다. 매제는 싸게 샀다고 생각하고 새로 계약을 해 줬을 것이나, 그것도 비싼 가격이었다.

그때는 나에게 재계약했다는 말을 하지 않았으므로 까마득히 모르고 있었다. 결과적으로 그 땅은 많은 세월이 흐른 지금도 그 값을 못 받고 있다.

다시 학업은 계속했다. 서울사이버대학에서 학점을 따서 4년제 대학을 마치고, 건국대행정대학원 도시 및 지역계획학과에 합격하여 공부하게 되었다. 사실, 수업은 상당히 어려운 과정들로 가득했다. 정규학교를 제대로 공부하지 못한 나는 영·수에서도 부족했고, 특히 컴퓨터로 과제물을 작성해서 교수님께 제출하고 PowerPoint로 만들어서 강의시간에 발표하는 때에는 진땀이 흘렀다. 그러나 1년 동안 대학원에서 공부하면서 많은 지식을 공유하며 경험할 수 있었다.

동기들 중에는 젊은 학생들이 다수였지만, 그 외에 정부의 높은 직위에 있는 분도 계셨고 강남의 부자 사모님 두 분도 계셨다. 지금까지의 삶과는 다른 환경의 사람들과 어울리면서 잠깐이었지만 확실히 많은 것을 배울 수 있는 기간이었다.

서울과 지방을 오가면서 옛날 건축방식과 구조, 일제 때 건축물의 건축양식과 용도 적 장점, 도시계획의 시대별 변천과 앞으로의 전망 등,

직접 눈으로 보며 느끼는 공부는 확실히 많은 울림을 주었다.

아무것도 모르고 무심코 바라본 서울 성곽과 각지에 흩어져 있는 고 건물들은 옛날의 고증을 바탕으로 한 설명을 듣고 난 후에 다시 보니 감흥이 새로웠다.

각 지방의 중점사업들도 둘러보며 현장의 생생한 소리를 바탕으로 리포트를 작성하기도 하면서 각자의 경험을 곁들인 깊은 토론을 할 때면 시간가는 줄 몰랐다. 지방의 기초단체장들을 만나서 그 지역의 발전방향성을 듣기도 했고, 그 지역의 특산물로 만든 음식을 즐기기도 했다. 한마디로 내 인생의 가장 즐거운 마음으로 보람을 느끼던 시절이었다.

그렇게 2학기를 마치고 3학기를 준비하던 중이었다.

서울대 병원을 원망하다

내 병이 깊어졌다. 30대 때부터 간염이 있어서 서울대학교에서 제픽스로 치료하고 있다가 내성이 생겨서 오래 전부터 헵세라로 바꿔서 복용한 후로 간수치가 정상으로 돌아왔는데 다시 검사를 해보더니 의사선생님 왈,

검사결과 "제픽스 내성이 없어졌다."면서 다시 제픽스로 처방을 내주었다.

그렇게 석 달을 약을 쓰다 보니 간수치가 많이 올라가 있었다. 주치의는 일시적 현상이라고 했다. 한국에서 제일이자 일류대학인 서울대학의 병원을 나는 믿었다.

다시 석 달을 처방받아 먹고 있는데… 영 아닌 것 같아서 나 하고 안맞는 것 같다고 하니 그 교수님이 하는 말,

"다시 3개월 써보면 괜찮아 질 겁니다."

환자가 믿을 건 의사밖에 더 있겠는가. 그것도 서울대 특진의사를 안믿으면 누구를 믿겠는가. 다시 3개월 후 몸은 많이 나빠졌다 복수가 차서 숨을 쉬기가 불편했다. 주치의 선생님께 따졌다.

"괜찮을 것이라는데 왜 복수가 차고 이렇게 피부가 가렵고 몸이 망가

집니까? 내가 약이 안 맞다고 하지 않았습니까?"고 따지니까. 간염이 오래돼서 간경화로 가는 것이라며,

"모든 환자들이 간염이 오래되면, 그렇게 가는 과정이라 어쩔 수 없습니다."고 했다.

몇 년이나 살겠냐고 물었더니 얼마 길지 않은 기간을 얘기해 줬다.
하늘이 무너지는 것 같은 무거운 마음이었다.

그 후로 서울대병원 소화기내과에서 나를 망가트린 의사에게 복수를 빼고, 온 몸이 가려워 살 수가 없다고 했더니 그 주치의가 피부과로 보내줘서 그곳에서 피부약을 처방받아 먹고 발랐다. 연고를 바르면 가려움이 많이 나았다.

약이 떨어질세라 수없이 병원을 들락거렸는데, 그날도 서울대 병원 피부과에 약 처방받으러 갔는데, 피부과의 노교수님이 정년퇴직을 한다고 하시면서 내가 치료받는 곳에서 조촐한 파티를 하고 계셨다.
그분이 내 상태를 우연히 보시고는 나를 치료하던 피부과 선생님에게

"이렇게 스테로이드제를 남용하면 큰일나요. 바르는 약을 줄이고 보습제를 처방해 주세요. 또한 집에서는 수건을 냉장고에 넣었다가 찬 것으로 가려운 부위를 진정시키면 훨씬 편해질 겁니다."

그 후 그 병원에서 보습제를 사서 바르는데, 낫지는 않아도 조금 견디기가 수월했다. 그러나 보습제는 상당한 지출이 되었다. 온 몸에다가

시도 때도 없이 자주 발라야 되는데 보험이 안 되어 비쌌다. 3만 5천 원짜리 1병은 온 몸에 1번 바르기도 모자랐다. 밤에도 가려워서 잠을 못 잤다. 그분의 말씀대로 수건을 냉동고에 얼렸다가 온몸에 문지르면 조금 편해져서 그걸 많이 사용했다.

병원에서 복수를 빼고 집에 와서 곰곰 생각해도 뭔가 석연치가 않았다. 다시 복수도 차고 온몸엔 피부병이 생겨서 밤낮없이 가려워 죽을 것 같았다. 나는 의료사고라고 생각하고 처방전 등을 모조리 복사해서 고소를 하려고 준비했으나 그만 두고 말았다.

그때 내 몸 상태는 아주 안 좋은 상태였고, 소송을 하면 서울대학교 병원을 상대로 이긴다는 보장도 없을 것 같았으며, 재판이 오래 지속되면 승소하기 전에 내가 스트레스로 죽을 것만 같았기 때문이다.
주치의를 다른 의사로 바꿔 달랬더니 병원에서는 그 선생님 외 다른 의사로 바꾸는 것은 안 된단다. 체중은 10kg나 빠져서 몰골이 말이 아니었다.

할 수 없이 아산 병원으로 가서 지금까지 지나온 과정을 설명하였더니 아산병원에서는 비리어드를 처방해주셨고 병세가 호전되어 지금까지 비리어드로 치료하고 있다. 간염은 조금 호전되었으나, 서울대병원에서 약을 엉터리로 처방해 준 탓에 이미 간결절이 생겨서 간경화로 진행되어 있었고 가려운 증세는 온갖 약을 써도 낫지 않았다.

피부과도 아산병원으로 옮겨서 치료를 받았으나 보습제는 병원에서만 파는데다 보험도 안 되어 도저히 감당이 안됐다. 그러던 차에 처형께서 아기들 쓰는 보습제를 사서 발라 보라고 권해 주셨다. 그걸 사서 발라보니 효능은 비슷한데도 가격은 훨씬 저렴하고 양도 훨씬 많았다.

이젠 세월이 많이 흐르면서 지긋지긋한 가려움증도 완치가 되지는 않았지만 적응하면서 살고 있다. 고통스럽고 많이 힘들 때, 왜 그때 조금 일찍 다른 병원을 찾아서 상담해 보지 못했을까 하는 후회가 들지만 어쩔 것인가. 이미 내 몸은 망가졌고 다시 돌아갈 수는 없는 걸.

지금도 문득 그 의사가 많이 원망스럽다. 그 의사가 지금도 서울대라는 간판을 믿고 찾아오는 많은 환자들을 치료하고 있다고 생각하면 울화통이 터진다. 내가 고생을 하는 것을 보고 막내 여동생이 서울 근교를 혼자 돌아다니면서 방을 봐 놓고 와서 얘기를 했다.

"무엇보다도 큰 오빠가 건강하셔야 되는데 지금처럼 살면 큰일 날 것 같으니까 큰 오빠는 요양 차 시골로 가시고 어머님은 남은 동생들끼리 서로 상의해서 잘 모실 테니 걱정 말고 시골로 가십시다."

동생의 뜻에 따랐다. 하남시의 어느 집과 양평에 있는 전원주택 형 주택을 봐 놓고 왔다기에 가서보니 양평의 주택이 괜찮아 보였다. 양지라서 볕이 잘 들고 조용했다. 우선 월세로 살아보기로 하고 이사를 했다. 물론 어머님은 동생들이 모셔가고.

양평에서 조금 살면서 집 옆에 텃밭이 있었는데 이것저것 부지런히 심고 가꿨다. 이른 봄에 갔는데, 간에 민들레가 좋다기에 민들레도 캐서 말리고 냉이와 쑥도 캐면서 적응하려고 애쓰면서 살았는데 텃세가

심해서 정이 영 안 들었다.

텃밭을 정성스럽게 가꿔만 놓고 결실은 보지도 못한 채 방을 빼고 남양주의 아파트를 하나 사서 이사를 했다. 후에 그 집에 이사 오신 분이 감자를 캐서 한 박스 보내주신 덕에 잘 먹었지만 말이다.

새로 지은 지 얼마 안 되는 아파트였고 넓고 좋았다. 겨울이면 거실 창밖에 멀리보이는 전나무의 흰 눈이 장관이었다. 그곳에 살면서 2년 동안 부지런히 산을 돌며 도토리도 주워다가 묵도 쒀먹고 봄에는 나물도 뜯어 말리고 산딸기도 따다가 잼도 끓이면서 아내와 둘이서 나름대로 잘 살았다.

그러나 아내가 걱정이었다. 내가 아프니 걱정이 많아져서 우울 증세가 왔다. 심약한 사람이니 걱정이었다. 밤이면 잠자리에 들지 못하고 가슴이 두근거린다면서 고통을 호소했다. 그럴 때면 차에 태우고 아산병원까지 최대한 빨리 달려야 했다. 병원에서는 아무런 이상이 없다는데 아내는 괴로워했다.

또 어느 겨울날엔가 병원에 갔다가 집에 와서 주차하고 들어가는데 앞에서 종종걸음을 치던 아내가 발라당 뒤로 넘어졌다. 순식간의 일이었는데 큰 일이 난 것 같았다. 얼른 달려와서 일으켜보니 뒤통수에 오리 알처럼 혹이 부풀어 올라있었다. 다시 급히 차에 태우고 병원으로 달려가서 여러 가지 검사를 해보니 괜찮다는 의사진단을 받고 놀란 가슴을 쓸어내렸다.

결국 정신과 치료를 해서 지금까지 살고 있으나, 아직도 증세가 많이
남아 있는 채로 견뎌내고 있다.

암 환자

2013년 12월, 건강검진을 받았는데 갑자기 병원에서 연락이 왔다.

"상의할 것이 있으니 좀 오세요."

불길한 예감을 안고 병원에 갔더니 생각지도 않았던 위암이란다. 간과 폐가 나쁘다는 것은 알고 있었지만 위는 소화도 잘 되고 아무 이상이 없었는데.
아버지께서 위암으로 돌아가셨을 때 힘들어 하셨던 모습이 생각났다. 그 비참함을 잘 기억하고 있었으니 정말 암담했다.

"내가 그 어려운 길로 가야 된단 말인가."

잠시 그런 생각을 하고 보니 과한 걱정이라 싶었다. 아직 초기이고 수술하면 괜찮다고 하지 않은가. 그러나 암은 분명 충격이었다.
난 가족들이 걱정할까봐서 그냥 덤덤한 척 했다.

의뢰서를 받아서 아산병원으로 갔다. 아산병원에서 내시경검사를 다시 했다.
의사선생님께서 하시는 말,

"세 개의 종양이 위의 중간쯤에 있습니다. 아주 질이 안 좋은 놈이나, 다행히 초기이니 빠른 날로 입원을 해서 시술을 합시다. 내시경으로 포를 뜨듯이 떠내면 될 것 같으니까 너무 걱정 마세요."

비교적 간단한 시술이란다. 나는 안심하고 시술을 받기로 했는데… 위 중간쯤의 안쪽에서 7㎝×4.5㎝로 한 겹을 떼어냈단다. 그 암 덩어리 떼어낸 것을 가져다 보여주면서.

"처음에는 세 개의 종양 중 한 개만 암인줄 알고 들어갔는데, 그동안 또 하나가 암으로 발전되어 있었고 떼어내 보니 조금 깊이가 있어서 완전히 안심할 수가 없습니다. 떼어낸 조직을 검사해보고, 다시 이야기합시다."

초조한 마음으로 조직결과 검사를 기다렸다. 검사 결과가 나온 날, 의사선생님께서는

"아무래도 악성이라 염려가 되니 위를 절제해야 할 것 같습니다."

나는 되도록 절제수술은 피하고 싶었다. 해서 "만일 안 하면 어떻게 됩니까?" 하고 물어보니,

"암 뿌리가 조금 깊게 들어가서 완전히 들어낸다고 했지만 만일에 조금이라도 남았을 경우 재발을 할 수 있고, 그렇게 되면 지금과는 많이 다른 결과로 발전할 수 있으니 마음 편히 살아갈 생각을 하면 깔끔히 절제수술을 하는 것이 좋을 듯합니다."

"지금 절제수술을 안 하는 대신 자주 내시경을 해서 확인하고 조금이라도 이상이 있으면 그때 수술을 하면 안 될까요?"

"결정은 환자가 하는 것입니다. 그렇게 하면 항상 불안하게 사는 것이고, 만약 절제수술을 한다고 해도 불편함을 감수하고 일생을 살아야 하니 다시 생각해 보시고, 일주일 후에 만납시다."

그 동안에 처음 암을 발견했던 내과에 가서 의사선생님과 상의도 하고 다른 방법이 없을 것인가 하고 알아 봤지만, 결론은 위를 잘라내는 절제수술을 하는 것이 좋겠다니 어쩔 수가 없었다.

나는 수술을 받기로 했다. 암은 급히 자라날 수 있다는데 수술 날짜는 한참을 기다려야 했다. 불안했다. 밤에 잠을 이룰 수가 없었다. 집안에서는 백방으로 부탁을 해서 빨리 수술할 수 있는 방법을 모색해 보려고 했다. 다행히 도와주시는 분들이 있어서 조금 빠른 시간 안에 수술을 할 수 있었지만 많이 초조하고 불안했던 시간이었다.

지옥이 보였다. 죽음에 대한 두려움은 아니었다. 나는 조금 일찍 죽게 되더라도 자식들에게 할 일은 다 했고 온갖 풍상을 충분히 겪었으니 아쉬울 것이 없다고 생각이 들었지만, 그렇지 않아도 심약해서 걱정인 아내가 내 마음을 괴롭게 했다.

"내가 죽고 나면 저 사람을 어찌할 것인가."

착잡하고 괴로웠다. 걱정 말라고 담담히 얘기하고 수술실로 향했다.

수술실에 들어가니 많은 사람들이 수술방에서 방금 나와서 차디찬 스텐 침대에 누워 있고, 또 어느 분은 불안한 기색이 역력하게 상기된 얼굴로 수술을 대기하고 있었다. 나도 그 중 한사람이 되어 수술을 마친 후 회복실에서 정신을 차리고 병실로 왔다.

병실에는 남편의 암이 너무 오래돼서 그냥 배를 열었다가 닫았다며 눈물 흘리는 경상도 어느 시골에서 오신 부부도 계셨고, 병실에서조차 예쁜 간호사만 찾는 나이만 먹은 철부지 환자도 있었으며, 완쾌되어 퇴원한다며 치료 잘 받고 가시라고 인사한 뒤 퇴원하는 사람도 있었다.

내가 암 수술을 했다니까 친척들이 병문안을 왔다. 의사선생님이 되도록 걸으라고 하셔서 나는 아픈 배를 움켜쥐고 밖으로 나왔다. 병실에서 조금 떨어진 곳에 휴게실이 있었고 그곳에서 친척들이 큰 소리로 웃으면서 얘기하고 있었다.
만감이 교차했다.

"나도 남의 병원에 문병을 가서 저렇게 했겠지?"

아산병원에서는 수술 후 8일 만에 퇴원을 하라고 하셨다. 아직 상처가 아물기도 전인데.
이제부터는 협력병원을 소개해 줄 테니 그곳에 입원해서 치료를 받으라고 하셨다. 그때 며느리가 간호사로 근무하는 병원도 협력병원이라며 그쪽으로 오시라고 했다. 병실도 1인실에다가 깨끗한 침대로 바꿔놓고 기다리고 있었다.

며느리의 덕택에 대방동에 있는 성애병원으로 가서 다시 입원을 했다. 며느리의 체면 때문인지 모든 간호사들이 친절하게 최선을 다해줬다. 며느리가 배의 상처 때문에 그냥 걷기가 불편할 거라면서 복대를 구해다 주고 많은 신경을 써줬다. 복대를 단단히 당겨서 매고 열심히 걸었다. 그러나 너무 극진한 대접을 받으니 며느리에게 폐가 되는 것 같아서 미안했다. 1주일 만에 남양주 아파트로 퇴원을 했다.

퇴원해서도 죽기살기로 걸었다. 산에 잔설이 남았는데 수술하기 전에 자주 다녔던 약수터에 가 보기로 했다. 집사람이 앞을 서고 내가 뒤따라 올라가는데 도저히 따라갈 수가 없었다. 복대를 맸으나 상처가 당기고 아파서 걸을 수가 없었다. 그렇게 날짜가 가니 상처도 아물어 가고 처음에는 흰 미음만 먹던 것이 차츰 밥을 먹고 그 후에는 먹는 양도 조금씩 늘려갔다.

그런 상태라 나는 건대 대학원에 3학기를 등록할 수가 없었다.
그렇게 내 학력은 다시 중퇴생이 되었고 노후에 오랜 기간까지 할 것만 같던 중개사무실도 결국 못하게 되었다.

불쌍한 우리 어머님

그즈음 어머님께서 집을 하나 구해 달라고 연락이 왔다. 동생들과는 못살겠다며, 혼자 사시겠다고 하시니 정말 생각이 많아졌다. 그때쯤 우리 작은딸이 면목동 두산아파트 1층에 살았는데 집을 팔아야겠다고 해서 그 집을 사서 어머님이 사실 수 있게 해드렸다.

1층이라도 집은 좋았다. 노인네가 엘리베이터를 안 타도 되고 밑에 층이 상가여서 답답하지도 않았다. 앞에는 길 건너 주택이고 남향집이라서 볕도 잘 들었다. 얼마나 살았을까.

어머님이 좀 이상해졌다. 치매가 온 것이다. 바로 앞에 슈퍼가 있는데도 남양주에 있는 나에게 우유가 떨어졌다고 전화를 하시기도 하고, 아파트 앞 슈퍼를 못 간다고 하시기도 했다. 나는 하는 수없이 남양주 아파트를 팔고 면목동으로 합가했다.

어머님은 아침식사 후에 노인복지시설에 가서 노시다가 오후 5시에 오시곤 했다. 아파트 단지 앞까지 노인복지시설에서 모셔다 주셨는데 차에서 내릴 때마다 물어보곤 했다.

"어머님, 오늘 재미있었어요?"

어머님은 내 손을 꼭 잡으면서

"재미있었어."

그때가 엊그제 같은데, 이제 이 세상에 어머님은 안 계신다.

처음에는 잘 다니시면서 즐거워 하셨는데 언제부터인가 복지관 차에서 내려서 내 손을 잡고 집으로 들어오실 때 잔뜩 힘을 주시기 시작했다. 다리에 힘이 없으니 나를 잡은 손에 힘이 잔뜩 들어가는 것을 느꼈다.

그렇게나마 잘 다니시다가 어느 날 올 것이 왔다.

잠결에 무슨 소리가 나서 나와 보니 어머님이 마루에서 쓰러져 계셨다. 온 마루에 소변을 봐놓고 주저앉아 계셨다. 가슴이 철렁했다. 다 씻기고 옷을 갈아입혀서 일으켜 세우는데 힘이 모자랐다. 간신히 방으로 모셔놓고 많은 생각을 했다. 무슨 방법이 없었다. 우선 빨리 치료를 해야 했다. 스마트폰으로 근처 노인전문병원을 검색해보니 서울시립북부병원이 나왔다.

그 밤중에 서울시립북부병원에 전화를 걸어서 지금 환자사정을 얘기하고 어떻게 해야 하느냐고 물어봤다. 병원에서는 아침 일찍 구급차를 보내줄 테니 모시고 오라고 했다. 그때만 해도 구급차로 모시고 가면 치료가 되는 줄 알았다.

아침에 병원에서 보내준 구급차에 어머님을 모시고 우리부부는 병원으로 가서 여러 가지 검사를 한 후 초조하게 기다렸다. 한참 뒤, 의사선생님께서 알츠하이머(Alzheimer) 치매인데, 이곳에서는 입원이 안 되니

등록을 해놓고 집에 가서 기다리다가 연락이 가면 그때에 입원이 가능하다고 말씀하신다. 나는 물었다.

"그럼 얼마나 기다려야 입원이 됩니까?"
"1년 이상은 기다려야 합니다."

머리가 띵 했다. 당장 치료가 급한데 어떻게 해야 된다는 말인가. 다른 병원으로 모시고 갈까, 아니면 집으로 모시고 갈까 갈등하다가 둘째 동생에게 전화를 했다. 사실 얘기를 하니까 집으로 모시고 가면 안 되고 우선 환경이 괜찮은 요양원을 알아봐줄 터이니 그곳으로 모시고 오라고 한다. 한참 기다렸더니 연락이 왔다. 요양원 주소와 함께.

우리는 사설응급차를 불러서 타고 얘기해준 요양원으로 가서 어머님을 맡겼다. 어머님을 요양원에 두고 돌아서 나오는데 갑자기 뜨거운 눈물이 흘렀다.

내가 세상에 태어난 후 그렇게 많은 눈물을 흘려보지 못했는데… 그날 정말 많이 울었다. 옛날 고려장 생각이 났다. 아직 멀쩡한 어머님을 버리고 가는 것만 같아서 죄송스럽고 이렇게밖에 할 수 없는 병든 내 처지가 슬퍼서 눈물이 멈추지 않았다.

아내는 말했다.

"그렇게 힘들면 다시 집으로 모시고 옵시다."

그날 밤 우리 부부는 한잠 못자고, 다시 모셔오기로 했다. 동생에게 전화로 얘기하니까 그러면 어떻게 하느냐면서 그곳에서도 조금만 적응하면 괜찮다고 말해줬으나 도저히 귀에 들어오지 않았다. 동생은 현실적인 것을 얘기하고 있었으나 내 마음은 이미 굳어 있었다.

"가시거든 요양원 원장선생님을 꼭 만나서 얘기를 들어보고 오십시오."

나와 아내는 아침 일찍 자동차를 몰고 요양원에 도착해서 원장님은 만나볼 생각도 않은 채 어머님을 모시고 나왔다. 그렇게 해서 다시 우리 집에서 동거를 하게 되었는데 얼마 되지도 않은 어느 날 밤 또 일이 생겼다.

어머님을 모시고 온 후 아내는 가끔 한밤중에 무슨 일이 없는지 어머님의 방문을 열어보고는 했는데, 그날도 아내의 직감이 이상했던지 자다가 일어나서 어머니 방문을 열어보고서 깜짝 놀라서 나를 불렀다.

내가 달려가서 보니 방바닥에는 소변을 봐서 한강이 되어 있는데 어머님 혼자 침대를 붙잡고 시름을 하고 계셨다. 올라가고 싶은데 못 올라가시고 낑낑대고 계시는 것이었다. 우리 내외는 크게 놀라서 뒤처리를 다 하고 다른 옷으로 갈아입혀서 침대로 올리는데 나도 어쩔 수 없는 환자였다. 도저히 감당이 안됐다.

동생은 그래서 못하는 것이라면서 다시 하남시의 변두리에 있는 요양병원을 소개해 줬다. 가서보니 시설도 깨끗하고 냄새도 안 나고 바로 산 밑이라 공기도 좋았다. 그곳으로 모셔다 놓고 우리 형제들이 자주 찾아가서 뵙고 오곤 했는데 어머님의 상태는 좋아지지 않았다.

어느 날은 요양원 위안잔치를 하는데 어머님이 즐거워하실 것 같아서 앞에서 노래를 한곡 해보려 했는데 목에서 소리가 나오지를 않았다.

그 후 어머님은 점점 상태가 나빠지시더니 이젠 내 자식은 알아봐도 며느리는 잘 못 알아보기 시작했다. 그러나 치매에 걸린 많은 사람들이 수년씩 사는 것을 봤으므로 우리 어머님도 한참 동안 그렇게 사시리라고 생각하면서 자주 가서 뵙곤 했다.

그러던 2015년 12월 3일.
아침을 먹고 앉아 있는데 어머님 계시는 요양원에서 전화가 왔다.

"어머님이 아침을 잘 드시고 계시다가, 갑자기 컥컥 거리시더니 한참 후 보니 숨을 안 쉬셔서 나름대로 최선을 다해 인공호흡을 시켜 봤으나 소용이 없었습니다. 돌아가셨습니다."

이게 무슨 일인가. 그제도 가서 뵙고 왔는데.
바로 요양원으로 달려갔다. 어머님의 시신은 독방에다가 모셔놨고 아직 손발이 따뜻해서 금방 깨어날 것만 같았다. 그러나 하늘에서 하는 일을 어찌 하겠는가.
동생들과 상의해서 강동 성심병원 영안실로 모시기로 하고 구급차에 어머님 시신을 싣고 병원 영안실까지 오는데 흰 눈이 앞이 안 보일정도로 많이 내리고 있었다. 허탈한 마음에 눈물이 흐르면서 눈 오는 거리가 희뿌옇게 보였다.

어린 동생

어느 날은 넷째 동생이 찾아와서 "면목동 재개발용 주택을 팔고 은평구의 빌라상가를 사서 한쪽은 자기가 이발소를 하고 한쪽은 세를 받고 싶은데 면목 동 집이 안 팔린다. 싸게라도 팔아줄 수 없느냐"고 한다.

사실 그 집은 몇 년 전에 2억 6천만 원에 사서 세를 8천만 원에 30만 원에 놨었다. 그러나 3천만 원을 내려서 팔려고 해도 안 팔리니 조급해 하며 매일 전화를 하더니 어느 날부터는 나보고 사놓으란다.

그 동생은 결혼해서 처음에는 잘 살았다. 우리는 상상도 못할 시절에 자가용도 있었고 아들만 둘을 낳아서 행복해 했는데, 어느 날 매제가 도박에 빠져서 가세가 기울었다.
잠실 시영아파트 살다가 집을 날리고 돈이 줄어서 삼전동 연립 반 지하로 갔다가 다시 그 집을 팔았으나 가진 돈이 적으니 집을 사기가 어려워 졌다.

그 동생을 데리고 어떻게라도 집을 구해주려고 땅값 싼 동네를 전전하다가 녹번동 산동네의 조그만 2층 집을 사서 밤을 새워가며 직접 연탄 보일러까지 시공해주고 온 적도 있었다.
그 후에도 매제가 회사 돈으로까지 도박을 해서 횡령으로 잘릴 지경이 되었을 때도 직접 사장을 찾아가서 용서를 구하고 회사생활을 계속

할 수 있게 도와주기까지 하였으나, 매제는 완전히 도박중독에 빠졌는지 그 생활에서 헤어나지 못했다.

그 후에도 장안동 모 호텔에까지 찾아다니면서

"제발 정신 차려야 한다."
"애들을 생각해야 한다."

고 하면서 제발 멈추라고 사정을 하기도 하였으나 허사였다.

사람은 나무랄 데 없이 좋은 사람인데, 그 굴레에서 벗어나지 못하고 완전히 파산하여 신용불량자가 되었다. 결국 파산을 하고 둘이 이혼을 했으니 내게는 아픈 손가락이었다.

나는 돈이 없었다. 그러나 동생은 나 정도면 쉽게 그 집 정도는 살 수 있는 능력이 된다고 생각하는가보다. 많이 망설이다 편의를 봐주기로 했다. 둘째 사위에게 1억 4천만 원을 꾸고 모자란 것은 보태서 아들 앞으로 사주도록 했다. 물론 이자는 월세 나오는 돈과 부족한 액수는 보태서 아들이 정산하도록 맡겼다.

지금은 재건축 중이고, 아파트는 75㎡짜리(30평형)를 신청하여 재개발이 진행되고 있다. 그 집도 몇 년 후면 새 아파트로 완공될 것이다. 그럴 동안 또 얼마나 많이 가보고 싶을 것인지 모르지만, 그 과정을 즐기는 것도 나에겐 큰 기쁨이리라.

장애란 이름으로

나는 위를 85% 절제하고 식도에다 소장을 이어놨기 때문에 상당한 불편을 느끼며 살고 있다. 음식물을 섭취하고 나면 왼쪽 편 옆구리로 기다란 소장에 음식물이 차곡차곡 차오르는 느낌을 받는다. 조금 과식하기라도 하면 불편하고 목까지 올라오니, 식후에는 상당시간 뒤로 젖히고 앉아 있다가 움직여야 한다. 또한 오랫동안 씹지 않으면 소화를 시키지 못한다. 다행히 젊은 시절에 잇몸이 주저앉아서 한동안 고생한 것과는 별개로 아직 이가 건강한 편이라 음식을 꼭꼭 씹어 섭취하는 데는 불편함이 없다.

잠을 잘 때도 반듯하게만 누워 자야하고, 유문이 없는 관계로 상체를 높이지 않으면 장속 아래에 있던 음식물까지 올라온다. 한 자세로만 자야하니 등이 따갑고 편치를 않아서 깊은 잠을 자기 어렵다. 돌아누워서 옆으로 조금씩 옆구리와 교대하고 싶지만, 저 밑에서까지 음식물이 올라와서 잠시도 못 견디고 바로 누워야 한다.

그런데다가 몸도 가려워서 보습제 신세를 져야하고, 위가 없는 상황에 간까지 나쁘니 아무거나 먹지도 못한다.

아는 사람들은 나를 볼 때마다 "좀 어떠십니까?" 하고 위로해주는데, 나에게는 그것마저도 스트레스로 남는다.

아산병원 수술한 후 매년 위내시경 CT 등 검사를 받는다. 매번 의사선생님이 "다른 것보다는 간경화에 신경 써야 된다."고 하신다.

소화기내과에서 항상 비리어드와 우루사, 씨잘을 같이 처방받아 복용하며 관리하고 있었고 간 GOT, GPT 수치도 잘 관리되어 왔는데 어느 날,

"이젠 우루사는 빼도 되겠습니다." 하면서 비리어드와 씨잘만 처방해 주셨다. 그렇게 3개월 후 피검사 후 보니 간수치가 많이 상승해 있었다. 의사선생님께서는

"특별히 뭘 먹은 것이 없었습니까." 하고 물었다. 생각해 보니 천식에 좋다고 해서 도라지 가루를 먹고 있어서 그 얘기를 했더니 의사선생님께서

"그것 때문일 겁니다. 다시는 잡수지 마세요."

도라지를 비롯해 간에 해가될 만한 것을 다 끊었지만 3개월 후 피검사에서도 여전히 간수치가 좋지 않았다. 그러자 "비타민C도 끊어라, 그러면 괜찮아 질 것이다."라는 말이 나왔고, 다시 3개월 후에는 소식(적게 먹을 것)을 권했다.

그때마다 의사선생님 말만 철썩 같이 믿고 하라는대로 다 했으나 소용이 없었다. 서울대병원에서 그렇게 당했으면서도 나 자신이 미처 깨닫지 못하고 의사만 믿고 시킨대로 따랐으나 아무 소용이 없이 간수치는 계속 고공행진을 하고 있었다.

어느 날 아내가

"혹시 우루사를 끊은 후로 그런 것 아닌지 모르겠다."라고 했다. 그제야 생각해 보니 그 말이 내 귀에 꽂혔다.

약국에 가서 우루사를 달라고 했더니 처방전이 있어야 된단다. 당장 동네 병원에 가서 건강보험 공단의 검진을 해놓고 며칠 후 통보가 왔다. 검진 결과서를 보니 여전히 간수치는 고공행진 중이다.

검진 결과표를 들고 검진했던 병원에 가서 우루사를 처방받아 1달간 복용한 후 아산병원에서 피검사를 했더니 놀랍게도 간수치가 정상이 되어 있었다.

주치의 선생님께 말씀 드렸더니

"우루사로 인해서 별로 그럴 것 같지 않다. 보험도 안 된다."란다. 나는 보험은 안 되어도 괜찮으니 처방에 넣어 달라고 했다. 결국 다시 처방을 해 주서서 복용하다가 이번에 외과에서 위, 대장내시경과 CT, 피검사 등 검사 후에 결과를 보니 잘 관리되고 있었다.

오랜 세월 환자로 살다보니 결국 자신의 병은 자신이 제일 잘 알고 대처해야 하는데 의사만 믿고 하라는 대로만 했던 내 자신이 어리석었음을 느낀다.

그렇게 왕성하게 사회생활을 하던 내가 갑자기 아무것도 못한다고 생각하니 마음의 병이 오기 시작한다. 어떻게든 이겨내려면 무엇이라도 해야 한다. 애들 집에 가도, 조금이라도 보탬이 되는 일이라면 찾아서 한다.

내가 살아있음을 증명이라도 하듯이 무슨 일이라도 해봐야 했다.

기회는 왔지만

면목동 상가주택을 산지도 어언 6년이 흘렀다. 부동산에서 연락이 왔다. 뒤에 있는 조그만 주택들이 다 판다고 나왔는데 사실 생각이 없느냐고. 언뜻 생각해도 승산이 있을 것 같았다.

나는 가설계도 떠보고 건축업자와 미팅도 했다. 그 뒤에 있는 땅은 우리가 사면 가치가 있지만 출입구가 좁아서 다른 사람은 사도 건축을 할 수가 없는 맹지 같은 땅이었다. 우리 땅과 합치면 160평이나 되는 건축하기 좋은 땅이 된다.

가설계를 떠보니 빌라 20채, 점포 2칸이 나올 수 있단다.

건축비는 약 20억. 뒤에 있는 땅값은 총 10억여 원.

건축업자는 땅만 사들이면 건축은 자기가 하고 내가 중개사이니 임대나 분양도 직접 해서 건축비는 후에 정산하면 된다고 한다.

지금은 분양도 잘 되는 시기인데다가 위치도 큰길가이고 전철도 멀지 않은데다가 바로 옆에 버스정류장과 시장입구까지 갖추고 있으니 결심만 하면 무리없이 마무리 될 것이라고 하며 한번 고려해 보라고 했다.

사실 그 분은 나의 오랜 형님 같은 친한 사이이고 나의 성격이나 살아온 과거를 잘 알고 있는 분이며 무척 공사를 많이 해서 현장이 여러 군데나 되고 무척 바쁜 분이다. 내 신용을 믿고 해보겠단다.

나는 최소한의 입장에서 계산에 계산을 해봤는데 승산 있는 사업이란 생각으로 확신이 섰다. 땅값도 급격하게 올라갈 분위기인데다가 분양도 잘 되는 시기이기에. 걱정할 것이라고는 건축비를 미리 준비하지 못한 것 그것이 조금 문제라면 문제일까?

한편으로는 그렇게라도 해서 내가 아직 살아있음을 느껴보고 싶었는지도 모른다.

문제는 토지 매입자금이 부족하다는 것이었다. 내 재산에 융자를 빼고 조금 모자라는 것은 자식들에게 아파트를 담보로 빌려달라고 했더니 혹시나 자기들에게 손해 끼칠까 두려운지 자식들도 반대하는 눈치였고, 이번에도 아내는 완강히 반대를 했다.

지금도 먹고살 만한데 그렇게 신경 쓰고 돈을 더 벌어서 무엇을 하려고 하느냐면서.

나는 많은 시간동안 계산을 해보고 또 다시 검토에 재검토를 해서 결정을 하는데 주위사람들은 깊은 생각이나 신중한 고려 없이 단순한 걱정만으로 겁부터 먹고 반대들을 한다.

가족들이 반대하니 나도 생각이 많아졌다. 만일 계획대로 진행을 시키면 상당한 수익이 예상되지만, 당장 권리금 주고 들어와서 장사하고 있는 상가 입주자들의 문제도 마음에 걸렸다. 부동산과 핸드폰의 경우에는 본인들이 원하면 건축기간 동안 사업을 쉬었다가 준공 후 재 개업할 공간마련이 되지만, 지하의 ROCK CAFE는 생업이 어려워질 테니 그 부분도 생각하지 않을 수 없었다.

결국 나는 내 계획을 접었다. 분명 그때가 기회였음을 알았지만, 그 기회는 내 것이 못되었다. 나는 뒤땅을 사서 가지고만 있어도 큰돈을 벌 수 있었다. 왜냐하면 뒤땅은 평당 1300만 원에 매물로 나와 있었고, 우리 집 앞 땅은 최소한 2500만 원 이상의 시세로 팔 수 있으니 뒤땅을 사서 합치면 뒤땅도 앞땅에 편입돼서 제값을 받을 수 있기 때문이다.

반대가 많으니 건강도 안 좋은 지금의 내 처지에 가정불화를 일으키면서까지 일을 추진할 수가 없었다. 지나고 보니 많이 아쉬웠으나, 이 역시 내가 현명하게 대처하지 못했음을 인정한다. 사실 남 탓은 자기 자신이 부족할 때 나오는 것이라는 것을 알면서도 어리석게도 자꾸 남 탓을 하는 것은 다 자기수양이 덜 된 탓이다.

젊은 시절에는 달랐을 것이지만.

이 일이 내 인생의 마지막 기회(?)이자, 가장 큰 수익이 보장될 수 있는 사업임을 뻔히 알면서도 어쩔 수없이 이렇게 흘러 보내고 말았다. 그 뒤에 있는 집 중 한 채는 다른 사람에게 30평짜리가 평당 1100만 원, 합쳐서 3억 3천만 원에 팔렸다.

결국 이 일은 나의 재복이 이것밖에 안 되어서 일 것이다.

그 후 약 1년 동안 땅값은 고공행진을 해서 이젠 꿈조차 꿀 수 없는 상황이 되어버렸다. 다시금 생각을 바꿔서 우리 집만이라도 증축하고 리모델링을 하기로 했다. 그 건물에서 나오는 월세는 최소한의 생활에만 보태고 나머지는 모았다가 다시 재투자했다.

2억 2000만 원을 들여서 4층을 증축하고 외벽은 대리석으로 치장하여 완전 새집처럼 리모델링을 했다. 4층은 월세로 내놨다. 보증금 5천만 원에 월세 100만 원으로 내놨는데, 새로 들어오실 분은 일생동안 공직에 계시다가 이번에 퇴직한 분이라고 하시면서 연금으로 살아가셔야 하는데 부담이 된다고 해서 월세는 80만 원만 받기로 하고 줬다. 그 후 임차인의 급한 사정으로 보증금 2천만 원에 월 95만 원으로 바뀌었지만.

다른 점포들도 매입 후 처음으로 한 칸 당 월세를 10만 원씩만 인상했다. 이 후 약간의 변동을 거쳐서 큰 부자는 아니지만 내가 살아가기에는 부담이 없을 정도가 되었다.

그러나 일하지 않고 사는 것은 아직도 나에게는 익숙하지 않다. 돈을 더 벌고 싶어서가 아니라 무엇인가 해보고 싶은 욕망이 늘 가슴에 가득하다. 그것은 아직 버틸 만큼 건강하게 살아있기 때문이리라.

이제 그 건물을 산지 만 10년이 다 되어간다. 고맙게도 나의 노후를 책임져 준 집.

그러나 자꾸 바꿔야 되나 생각이 많다. 지난날 수많은 어려움을 거치면서 마련한 우리부부의 결실. 이젠 그 집 하나만으로도 앞으로 살아갈 동안 경제적으로 걱정하지 않아도 될 만큼 든든한데도 많은 세금을 부담하면서까지 바꿔야 될지를 고민 중이다.

그 후 세입자들은 떨려날 줄 알았다가 더 깨끗한 건물에서 걱정 없이 장사할 수 있게 됐다면서 고맙다는 말씀도 해주셨고, 지금까지 하루도 월세 밀림이 없이 매월 제 날짜에 입금해 주신다.

서로 마음이 통하니 어려운 환경에서 세입자들도 최선을 다해서 보답하는 것이다.

나는 항상 세입자들께 감사하게 생각하며 앞으로도 서로 상부상조하는 관계로 남고 싶기도 해서 그냥 보유해야 될까 생각하다가도 문득 다른 생각이 들기도 한다.

분명 배부른 걱정이리라.

아내가 회갑을 맞았다. 1월부터 큰딸 가족과 함께 태국여행을 다녀왔다. 우리부부 주제로는 꿈도 못 꿀 화려한 여행이었다. 좋은 음식에 멋진 야경까지. 정말 황홀한 천국이었다. 무엇보다도 왕정국가의 아픈 역사를 간직한 유적지를 답사 할 때마다 많은 감명을 받았다. 큰돈을 써서 여행을 시켜준 자식들에게 고마움을 느낀다.

아들이 울진에 있는 LG연수원을 예약해줘서 며칠간 푹 쉬다 왔고, 공짜 온천도 실컷 할 수 있었다. 거리가 멀어서 가기가 힘들지만 정말 편하게 쉬기는 좋은 곳이었다. 아들 덕에 호강한번 진하게 하고 왔다.

또 며느리는 시어머니가 노래를 좋아하니 EBS 공감 프로에 가서서 구경하시라고 몇 번씩이나 응모를 해서 티켓을 구해줬다. 그 덕에 유명 가수들의 노래와 지나온 과거 얘기들을 들으면서 즐거운 시간을 보내기도 했다.

항상 세세하게 신경 써서 몇 번씩 구경할 수 있도록 해준 며느리의 마음이 참 예쁘다.

아내의 회갑 날은 근사한 회갑잔치를 차려줬다. 전날은 워커힐에서 한강전경을 만끽하며 숙박을 하고 가까운 친척들과 비싼 파티도 하고 회갑기념 앨범도 만들어 줬다. 자식들 주머니를 털어서 맘껏 누렸다.

대접을 받아서라기보다는 자식들의 성의가 고마웠다.

가을에는 같은 해 회갑을 맞은 동생 내외와 5박 6일 동안 여행도 다녀왔다. 경주, 부산, 여수, 순천까지 맛있는 것만 찾아다니면서 먹고, 좋은 곳만 골라 다니면서 즐겼다. 내가 힘들어할까 봐 혼자서 6일 동안 운전하느라 고생한 동생에게 미안했다. 그래도 운전대를 맡은 동생을 보며 많은 고마움을 느꼈다.

내가 본 세상

    지금까지의 내 인생은, 어려웠지만 그 속에서도 많은 생각을 하고 조금이라도 더 나은 세상으로 가기위한 도전의 연속이었다.

    도전할 수 있는 용기를 갖고 최선의 노력을 다 하는 삶. 그것이 값진 삶일 것이라고만 생각하면서 살아왔는데 지나고 나서 돌이켜 보니 많은 아쉬움이 남는다.

    나는 고지식했고 신중하지 못한 때도 많았다. 성질은 급했고 매사에 자만했으며 자기 자신도 잘 모르면서 잘난 척 하기도 했고 조그만 권력(?)을 쥐고 무례했던 때도 있었다.

    남을 배려하지 못 한 때도 있었고 내 생각대로만 우길 때도 있었다. 잘못한 것을 알고서도 사과하기는 꺼렸고 멀쩡히 당하고도 대항해 보지 못한 때도 있었다.

    지나고 보니 이제야 조금 알 것 같다. 그 모든 것은 내가 부족했기 때문임을 말이다.

    나는 상당히 긴 세월동안 부동산중개업에 종사했다. 너무 가난했기에 젊어서부터 부동산에 관심은 많았다. 그러나 관심만 가지고 있었지 부동산에 투자할 수 있는 여건은 부족했기 때문에 빠듯한 집 한 채로 시작해서 오랜 기간 정직하게 조금씩 재산을 늘려왔다.

물론 그동안 조금 더 욕심 부려서 남을 속여서라도 돈벌이에만 급급했다면 조금 더 모았을 것이다. 그러나 그렇게 살았다면 아마도 내 가슴은 편안하지도 않았을 뿐더러, 자식들에게 떳떳하지도 못했을 것이다.

이것은 공인중개사 사무실을 했을 때의 일이다. 많은 일들이 있었지만 그 중에서 이 일화를 소개하고자 한다.

어느 점잖은 중개인이 계셨다. 그 분은 동네에서 존경받는 어른이었는데 돈 앞에서는 치부를 보였다. 가끔 손님들 중 고맙다는 인사로 중개수수료를 후하게 지불하시는 분들이 계셨는데, 어느 날 상가주택을 매입하신 분이 사무실로 찾아왔다. 정말 자기가 원하는 집을 구해 주셔서 고맙다면서 차 한 잔 하시고 돌아가셨다.

그 집은 내가 그 점잖은 동네 중개인과 공동중개를 해서 구입해 드렸는데, 그때는 그냥 고맙다는 인사만 받고 보냈다. 그 다음날도 그분이 찾아왔다. 차 한 잔 하시면서 이야기를 하던 중에 혹시 그 중개인이 뭘 주시지 않더냐고 물어왔다. 내가 아니라고 말씀드렸더니 얼굴이 확 바뀌면서

"이 자식. 가만두면 안 되겠네."라고 하셨다.

무슨 일이냐고 물었더니 "사실 최 사장님이 너무 고마워서 봉투에 350만 원을 따로 담아서 전해주시라고 했는데, 이상하게 내가 고맙다는 인사가 없어서 오늘 확인하는 것."이란다. 금방이라도 쫓아가서 큰 다툼을 하실 것 같아서 내가 그 분을 만나서 해결할 테니 노여움을 푸

시라고 달래서 보냈다.

그런 후 그 점잖은 중개인에게 전화를 해서 물어보니 그런 일은 없고 본인이 애썼다고 하면서 주는 돈 얼마 받았다는 것이다.

그 말을 어찌도 그렇게 점잖게 하는지 그 말을 듣고 나니 배신감이 크게 들었다. 나와 그 분은 오랜 친목회원이었는데, 그런 나를 속인다고 생각했기 때문이다. 그럼 3자 대면을 하자고 해서 동네 다방으로 갈 테니 그곳으로 당장 나오라고 했다.

그분은 나의 전화를 받고나서 그 봉투를 받은 분에게 전화를 걸어서 일이 이렇게 되었으니 자기한테 주었노라고 얘기를 해주면 둘이 나누어 쓰겠다고 사정을 하더란다. 그래도 안 되니 자기가 나를 만나서 원만히 해결할 테니 다방에는 오지 말라고 사정사정했다고 한다.

나는 다방에 앉아 그 점잖은 중개인에게 왜 안 오시냐고 다시 전화를 했다. 그날은 비가 억수같이 내렸는데 지하 다방에 앉아 화를 삭이면서 기다리고 있자니 그 점잖은 중개인이 들어왔다. 왜 가까운 사람한테 거짓말을 하냐고 했더니 그분은 거기서도 아니란다.

자기는 본인에게 주는 돈인 줄 알고 받아서 썼는데 그렇다면 반을 나누어서 주겠단다.

나는 화가 머리끝까지 났다.

"난 그 돈이 문제가 아니라 점잖은 당신께서 지금도 거짓말을 하는 것에 분개하는 것입니다."

비는 세차게 내리고, 계단에서 누가 내려오는 소리가 들렸다. 그 점잖은 분은 갑자기 두 무릎을 꿇더니 정말 미안하다면서 "노욕이 발해서 갑자기 욕심이 생겼다."면서 손바닥을 비볐다.

그 분은 발자국 소리가 그 봉투를 준 매입자가 오는 소리인 줄 알았던 것이다. 그 분은 돈을 이미 다 써버렸다면서, 누구에게 받을 돈이 170만 원 있는데 그거를 대신 받아서 쓰란다.

나는 350만 원은 포기하고 170만 원을 받아서 돈 봉투를 주신 분께 선물을 하나 사서 찾아뵙고 고맙다는 인사를 했다. 얼마 받았다는 말은 없이 말이다. 그 점잖은 분은 그 후 나를 바로 쳐다보지도 못하고 살았다. 정말 안타까운 사람이었다.

또 어떤 사람은 상가주택을 팔아줬는데 차일피일 수수료를 주지 않더니 말도 안 되는 헛소리를 하면서 300만 원을 거지 동냥 주듯 사무실 바닥에 던져놓고 나갔다. 정상적인 수수료는 1천만 원이 넘는데, 돈도 돈이지만 행동이 불손했다.

당장 가지고 가서 돌려주고 소송을 해서 승소했다.

1심에서 승소를 하니 그 사람이 항소를 했고, 법원에서는 두 사람을 불러 조정절차를 밟았다. 법원에 가는 날 아내는 사정을 했다. 제발 그냥 그 사람이 하자는 대로 하고 오라고. 그 일을 겪으면서 내 아내는 많이 불안하고 무섭단다. 무슨 해코지를 할지 모른다면서.

몇 번이나 곰곰이 생각해봤지만, 당연히 아내가 돈보다 귀했다. 그래서 아내 뜻대로 정리하고 끝냈다. 그 외에도 많은 일들을 겪어봤지만 정말 돈 앞에는 항상 더러운 욕심들이 가득한 사람들을 많이 봤다. 그렇다고 그 분들이 큰 부자가 되지도 않았는데 말이다.

많은 세월 최선을 다해 중개를 성사시켜주고 항상 법정 수수료만 받았더니 어느 이웃 부동산에서 잘난 척하지 말라고 항의를 해왔다. 나 때문에 자기들 영업하는데 지장이 있다면서.

그러나 지나고 보니 그래도 정직하게 하는 것이 잘한 일인 것 같다. 비록 돈은 조금 덜 벌었어도 현직에서 떠난 지 한참 지난 지금도 나를 찾는 사람들이 계시고, 자식들이나 어느 누구에게도 떳떳한 마음으로 지난 세월을 얘기할 수 있으니 행복하다.

어느 누구 한사람에게라도 "저놈 도둑놈이다."라고 손가락질 받게 되었다면 내 삶에 대하여 자신 있게 얘기할 수는 없었을 테니 말이다.

내가 생각하는 부동산투자론

나는 너무나 가난했기에 조금씩이라도 돈을 모아야 했고, 돈이 모이면 투자처를 찾아야 했다. 그렇다고 무작정 큰돈을 욕심내기보다는 정직하게 벌어서 합법적으로 부를 이루기를 원했다. 한동안은 주식을 공부해 보기도 했으나 정말 어려워서 그만두고 지금은 조금씩 돈이 모이면 부동산에만 투자를 하고 있다.

요즘은 많은 투자방식과 상품이 존재하지만, 우리처럼 무지하고 가진 것 별로 없는 소시민 입장에서 재산을 늘린다는 것은 정말 어려운 일이며 쉬운 일이 아니다. 많은 사람들이 매달 번 돈으로 우선 생활하고 나면, 남는 돈이 별로 없다고 말한다.

부자는 돈을 얼마나 가져야 부자인가?
많을수록 좋다고 생각할 수 있으나 내 생각에는 자기가 사는 동안에 갖고 싶은 것 살 수 있고 먹고 싶은 것 먹을 수 있으며 남에게 베풀 수 있을 때 조금씩 나눌 수 있으면 부자라고 생각한다.

아래글은 사실 우리 자식들에게 앞으로 투자하는데 도움이 될까 싶어 자서전과는 별개로 준비한 것이나 여기에 수록하니 관심 있는 분은 재미삼아 한번 읽어보기 바란다.

① 돈이 없어서 못한다고 핑계대지 말라

오늘부터 계획을 세워서 조금씩 모으면 종잣돈이 생길 것이다.

몫돈이 생기면 차도 사고 폼 나게 살면서 남에게 보여주기식 삶 살려고 하지 마라. 잠시 고생해서 부자가 되면 자연히 폼이 나게 될 것이니 억지로 폼 잡으려고 하지 마라.

장기적으로 차분하게 시작하라. 큰돈 가지고만 부동산 투자를 할 수 있는 것이 아니다.
우선 몇천 만원을 만들면 전세를 안은 채 갭 투자도 할 수 있고, 은행융자를 활용하여 레버리지 투자도 가능할 것이다. 너무 과욕부리지 말고 자기수준에 맞게 시작하면 몇 해 지나서는 쉽게 재산이 늘어갈 것이다.

처음에는 나 혼자 종잣돈을 모으지만, 어느 시점부터는 내가 아닌 돈이 돈을 벌어줄 것이다. 그때까지 몇 년만 고생하면 남보다 훨씬 빨리 목적지에 도착할 수 있다.

② 팔자타령 하지 마라

팔자는 자신이 개척하기 나름이다.
팔자타령만 하면서 한번뿐인 세상을 그럭저럭 살다가 나이 들어 노후에는 처량하게 살 것인가? 겉에다 비싼 명품으로 치장 해봐야 그때뿐이다. 속이 든든하면 겉치레에 신경 안 써도 된다. 사치할 돈으로 보람

있게 쓸 줄 아는 사람이 더 멋있는 사람이다.

조금만 부자가 되면 허름한 모습도 흉이 아니라 선망의 대상이 될 것이다.

명품으로 치장하는 것도 따지고 보면 다 속이 허한 사람이 잘난 체 폼 잡기 위함이다.

내 팔자에 무슨? 이런 생각이 인생을 망친다.

조금만 신경 쓰고 살면 나도 당연히 할 수 있는 것이다. 배는 항구에서 항상 대기하지 않는다. 떠나는 배를 타야 한다. 그렇지 않으면 낙오하기 쉽다.

오늘부터 비싼 술 먹지 말고, 명품으로 폼 잡지 말고, 차근차근 장래를 설계해서 10년 후 부터는 쭉~ 안정되게 폼 잡으며 살 기대를 하라. 어째, 신나지 않는가?

③ 남 탓하지 마라

내 인생은 내가 선택해서 결정하는 것이다. 부모 탓, 세상 탓, 남의 탓하지 말고 지금부터 "내 탓이오."를 시작해 보라. 부동산에 관심을 갖고 공부하고, 모르는 것은 전문가들이 쓴 책이라도 읽어보자. 중개사무실에 자주 들러서 자주 접하고 관심 속에 두다 보면 조금씩 부동산에 대한 지식이 생기게 될 것이다.

내가 믿고 투자할 수 있는 안목은 처음부터 내 안에 있는 것이 아니다. 자꾸 접하다 보면 자연히 생겨날 것이다.

지나가는 기회는 다 내가 부족해서 결정하지 못한 것이다. 내가 확신이서면 주위에서 반대해도 올바른 선택을 할 것이고, 결국 고대하던 부자가 될 것이다.

무엇부터 해야 할지 모른다고 하지 말고 매일 근처 똑똑한 부동산에 들러서 동향 파악이라도 해보자. 대나무밭의 갈대는 대나무를 따라 자란다.

부동산에 관심을 가져야 희망이 생기고, 의지가 있어야 이룰 수 있다.

④ 부동산경기 탓하지 말라

언제나 올랐다 내렸다 하는 것이다. 그러나 장기적으로 보면 계속 오르는 것이다. 항상 부자는 부동산은 오를 것이라고 생각하고, 가난한 사람은 항상 부동산으로 돈 버는 세상은 이제 끝났다고 생각한다. 그 생각의 차이가 부자와의 격차를 더욱 벌린다.

앞으로 20년, 30년 후에도 부동산 투자는 여전히 유효할 것이다. 사람들은 좀 더 좋은 곳, 좋은 집을 찾아서 이동하거나 새집에서 안락하게 살기를 원하거나 학군이 어떻고 직장과 결혼 등 수많은 요인들로 인해 부동산 수요는 늘 존재한다.

1년에 30여만 쌍이 결혼하면 신혼집이 필요할 것이고, 대가족으로 살다가 간섭받지 않고 자유로운 삶을 살기위해서 분가도 할 것이고, 소가족제로 급속히 분화함으로써 더욱 많은 주택수요가 생길 것이다.

또한 노후가 길어짐으로써 조금 여유가 있는 사람들은 수익형 부동산에 관심을 가질 것이기 때문에 매달 수익을 낼 수 있는 부동산도 수요가 급속히 증가할 것이다.

지역에 따라 편차가 있겠지만 서울에서는 앞으로도 부동산투자가 부자를 꿈꾸는 사람들의 투자에 중심이 될 것이다.

어디에 투자하면 될까?
쉽고 간단히 생각해서, 다수가 거주하기를 원하는 지역에 투자하면 성공을 보장받기 쉽다. 그런 지역에는 아무리 많이 공급을 하려고 해도 토지가 한정되어 있으니 수요를 충족하기는 어려울 것이다.

지역적으로 비인기지역이라고 해서 실망할 필요도 없다. 내가 살고 있는 지역에서, 또는 내가 잘 알고 있는 지역에서도 조금 욕심을 버리면 가능할 것이다. 아직도 서울에 사는 절반정도가 무주택자이다. 인구는 늘지 않지만 그에 비해서 가구 수는 당분간 늘어날 것이기 때문에 크게 걱정하지 말자.
직장이나 학군 등 여러 요인에 의해 쉽게 멀리 떠나기는 쉽지 않다.

그리고 부동산이 폭락하면 어쩌나 걱정하지 않아도 된다. 정말 크게 가격이 폭락하면 가장 먼저 은행이 위험해지고, 그로인해 국가경제가 흔들릴 것이기 때문에 정부에서는 부동산 부양책을 쓸 수밖에 없을 것이다.
너무 무리하지 않는 투자를 한다면 장기적으로는 반드시 좋은 결과를 기대할 수 있을 것이다. 불경기에도 버틸만한 정도의 투자라면 망할 생각은 안 해도 된다. 사람들이 생각하는 내용상의 변화는 있을 수 있겠지만 외형상으로는 반드시 수요나 가격이 우상향 할 것이다.

겁부터 먹지 말고 신중히 생각하고 과감하게 투자하라. 부동산경기가 장기적으로 침체되어 이제 부동산으로 돈 버는 시대는 끝났다고 해도 다시 한 번 살펴보라.

끝났다고 할 때가 되면 투자자에게는 서서히 기회가 오고 있음을 알아야 한다.

⑤ 현재수익을 보지 말고 장래수익을 생각하라

학군, 교통, 편의시설, 개발계획, 주민들의 소비형태 등 장래 발전가능성 등을 보고 미래가치에 투자하는 안목을 키워라. 오늘의 형태만 보지 말고 미래의 형상에 관심을 갖고 꼼꼼히 계산하는 안목이 필요하다.

평균적으로 부동산이 10% 상승할 때 내가 선택한 부동산도 10% 오르는 것은 의미가 없다. 더 큰 상승률을 기대할 수 있는 미래가치를 보고 투자하기 바란다.

장기적으로 개발계획이 수립되어있거나 재개발, 재건축 등 도시계획변경이 일어날 지역, 지하철 역세권의 용도지역상향이 예상되는 지역, 상권변경으로 지가가 상승할 요인이 있는 지역 등 관심을 늦추지 말고 찾다보면 의외로 많은 지역에서 쉽게 호재를 발견할 수 있다.

도로변의 내 땅이 있다면 뒤땅이나 옆의 대지를 흡수해서 도로변의 비싼 땅으로 만들거나, 토지의 높낮이를 가공하거나 대지의 형상을 바꾸는 일 등으로 지가를 높일 수도 있다.

건물이라면 주택을 상가로 개조하거나 원룸 등으로 개조하는 일, 완전 리모델링을 해서 가치를 높이는 일 등 방법이 많은데 자기능력이 부족해서 못 보게 되는 것이다.

지식을 넓히고 안목을 키우고 능력을 배가하기 바란다.

⑥ 정부시책에 관심을 가져라

정부에서는 통상 부동산가격이 과열되면 규제책을 쓰고 하락하면 부양책을 쓸 것이다.

계속 부양책을 쓰는데도 하락할 때가 투자 타이밍이다. 그렇다고 이때 너무 큰 욕심을 부리다가는 기회를 놓칠 수도 있다.

아무리 큰 기회가 왔다고 해도 준비가 없으면 나와는 상관없는 기회가 된다. 언제라도 투자할 수 있는 준비가 필요하다는 말이다.

세상에 공짜는 없다. 지역적으로나 시기적으로 성장전망이 보인다면 조금 비싸다 싶어도 잡아라. 그 다음은 세월이 해결해 준다. 더 싸게 사는 것이 중요한 게 아니고, 더 좋은 집을 사는 것이 중요하다.

매수 우위시장에서는 내가 원하는 부동산을 사기도 쉽지 않을 때가 있다. 매도 우위시장일 때 전망 좋고 미래가치를 가진 부동산을 구입할 것을 권한다.

정부에서는 부양책을 계속 내놓고 있는데도 사람들은 부동산에 관심이 없을 때가 투자할 타이밍이라는 것을 꼭 명심하라. 미분양이라고 얕보지 마라. 선호하는 지역이라면 이런 때에 좋은 조건으로 잡아야 한다. 미분양 물량이 사상 최대로 증가하면 건설사들은 주택건설을 줄일 것이고, 언젠가는 수요가 부족할 것이다.

모든 사람들이 부동산은 끝났다고 생각할 때, 경매낙찰가가 최저일 때도 투자 타이밍이다. 불경기에는 경매물량이 늘어나게 되는데 사람들은 부동산경기가 안 좋으니 낙찰받기를 꺼린다. 그러므로 낙찰가는 떨어질 것이다.

이렇게 되면 사람들은 집을 사지 않고 전세로 살기를 원하게 되므로 전세가는 상승하게 된다. 이때에 적은 돈으로 갭 투자를 할 수도 있을 것이다. 그때부터는 정부에서 서서히 부동산 부양정책이 나올 것이고, 은행융자를 이용하여 레버리지를 일으키면 양방수익을 기대할 수도 있을 것이니 이때에 투자할 수 있게 준비를 해둬야 한다.

경매에 참여할 때에는 감정가에 속지 말고 국토부의 실 거래가를 참조해서 결정하라. 상가나 오피스텔, 지방 부동산은 경매로 사는 것이 유리하고, 서울의 주거용 부동산은 급매로 사면 더 싸게 살 수 있는 경우가 많다. 특히 상가나 오피스텔은 경매로 구입할 때 미납관리비나 공과금 등도 매수자부담으로 돌아오니, 관리주체에 알아보고 감안해서 매입해야 손해가 적다.

⑦ 한번 실패했다고 좌절하지 말고 계속 도전하라

우리 인생과 같이 부동산투자도 장기적으로 진행되는 것이다. 투자 선택은 신중히 해야 하지만, 그렇다고 경거망동해서 손해 보는 일은 없어야 한다.

시기를 잘못 선택한 것은 묵히면 되고, 도저히 가망이 없는 부동산을 잘못 선택했다면 과감히 손절매 하고 그 경험을 밑천삼아 다시 도전하는 근성을 가지면 반드시 성공한다.

부동산투자는 슈퍼에서 라면을 사는 것이 아니다. 장기적으로 투자금이 묶이는 것이므로 매입할 때 선택을 잘해야 한다. 실패했다면 왜 실패했는지 원인을 분석해 보아야 한다.

원인을 알고 실패를 거울삼아서 차분히 내공을 키워라. 보통 사람들의 실패는 너무 큰 욕심을 부렸기 때문에 실패하는 것이다.

만약 조금 손해보고 팔았다면 앞으로 더 이익이 남을 부동산을 선택해서 구입하면 된다. 한번 손해 봤다고 현금보관만 하지 말고 기다리면서 차근차근 준비해서 기회다 싶으면 바로 매입하는 것도 잊지 마라. 자꾸 망설이다 보면 기회를 놓쳐서 투자가 어려워질 수 있다.

사실, 욕심만 버리면 실패하기가 성공하기보다 훨씬 어렵다.

⑧ 세금 무서워하지 말라

세금은 내가 이익이 많이 있을 때 많이 내는 것. 많이 내고 많이 버는 것이 좋은 것이다. 세금 아끼려고 하지 말고 많이 벌어서 정직하게 낼 준비를 해야 한다. 이익 있는 곳에 세금 있다. 무서워하지 말고 합법적으로 절세할 방법을 찾아야 한다.

다주택자라면 임대사업자제도를 활용해서 많은 혜택을 볼 수 있다. 돈이 조금 모여서 수익부동산에 투자를 했다 해도 꼼꼼히 보고 실수만 하지 않는다면 그렇게 세금을 두려워할 것은 아니다.

⑨ 항상 현재의 가격을 인정하고 투자하라

작년 가격만 생각하면 비쌀 것이고, 내년 가격으로 생각하면 지금 현재가 싼 가격이니 현재가격을 인정하고 투자해야 기회를 놓치지 않는다. 오늘 10년 전 가격으로 살 수 있다면 누가 부자가 안 되겠는가. 가난한 사람일수록 지난날 가격에 연연한다.

부동산 가격은 계속 오를 것이라는 판단 하에 투자해도 절대 틀린 것이 아니다.
내가 원하는 목표달성이 늦어지는 경우는 있어도 평범한 투자를 해서 원금손실을 볼 확률은 많지 않다.
항상 긍정적인 생각을 가지고 투자하기를 권한다.

⑩ 전세가격 하락을 두려워하지 말라

전세시장은 수급량에 따라 출렁이고, 매매가격은 장래가치에 따라 정해지는 것이며, 전세시장은 일시적이고 매매시장은 장기적이다. 새로 입주하는 주택이 많아지면 일시적으로 전세가는 하락한다.
그러나 2년 후 재계약할 즈음엔 전세가가 상당히 상승이 되어있는 것을 우리는 흔히 본다.
그것은 우연이 아니다.
전세가는 수급량에 따라 움직이기 때문에 그런 현상이 발생하는 것이다.

그때쯤 매매가는 일시적으로 하락할 수 있다. 개인사정상 처분하기를 원하는 사람들이 많은 물량을 내놓는데, 매도할 수 있는 기간이 도래하였기 때문이다. 이때가 바로 저가로 매수할 타이밍일 수 있다.

⑪ 수익부동산은 수익률에만 집착하지 말라

상가 등 수익부동산 투자 시에는 가격에 신중해야 한다. 일률적으로 가격이 정해진 것이 아니고, 각자 사정에 의해 가격이 정해지는 경우가 많으므로 많이 발품을 팔아야 한다. 많이 돌아보고 정하기를 권한다. 좋은 자리라는 말만 믿고 너무 높은 가격에 매입하게 되면 높은 매입가격에 따라 임대가격을 정하기 때문에 공실이 날 염려도 있고, 그로 인해 원하는 수익률을 기대하기 어려울 수도 있다.

차후 매도 시에도 큰 이익을 기대하기 어려울 수도 있기 때문에 반드시 비교분석해서 신중히 매수하기를 권한다. 또한 현재의 수익성보다는 유동인구의 소비수준이나 소비할 수 있는 인구를 보고 투자하고 출근길보다는 퇴근길 상가가 유리하다.

상가는 매도이익이 없다고 단정 짓는 사람도 있으나, 상가라고 매도 시의 미래차익이 없는 것이 아니다. 상권에 따라서 권리금이 생겨나고 그에 따라 입주수요가 늘어나므로 자연히 양도소득도 발생한다. 상가 매입 시에는 되도록이면 지하나 위층보다는 1층이 좋고, 도로변 가시성이 좋은 출입구나 퇴근길목, 전철역 입구 쪽이 공실 염려가 적고 임대료상승도 크다.
좋은 상가는 신축 시에 좋은 위치를 선점하는 것도 중요하다. 권리금이 없어 임대료를 비싸게 책정할 수 있기 때문이다.

건물이나 상가주택은 골목보다는 도로변이 좋다. 너무 넓은 도로보다는 왕복 2차선에서 4차선정도의 유동인구가 많은 곳, 바쁜 걸음으로 출근하는 길보다 느긋하게 퇴근하는 길 쪽이 유리하고, 위치만 좋다면 오래된 건물도 매입해서 리모델링을 해 비싼 건물로 탈바꿈시키는 것도 생각해 보기 바란다.

언덕이나 막힌 곳은 피하고, 넓은 평지에 사방이 뚫린 지역이 좋다.

주위에 많은 원룸이나 다세대가 지어지는 단독주택지역은 주로 매수자가 건축업자이다. 매수할 때부터 매도할 때 유리한 조건일 수 있는 부동산을 매입하기를 권한다. 단독주택을 임대용으로 매입할 때는 단층주택보다는 고층주택이 좋고, 건축용지를 구하려면 저층의 북쪽 도로를 가진 단층주택이 좋다. 일조권 저항이 적고 이사비용 등이 적게 들어가기 때문이다.

도로도 중요하다. 신축 시에 6m를 확보해 줘야 하므로 그보다 좁은 도로는 손실되는 면적이 발생한다는 것을 계산하고 매입해야 하며, 코너의 땅은 가각전제를 한다는 것도 계산해 두어야 한다.

다가구, 다세대 주택은 장기간 싼 임대료로 거주할 목적으로 입주하는 저소득층이 많고 임대료를 연체하는 일이 많다. 계약 시에 임대료를 지불할 수 있는 상황인지 살펴보는 세심한 관심이 필요하다.

임대나 관리하기는 새것이 좋고, 매도 수익은 크지 않을 수 있다.

상가주택은 상가보다 주택이 크면 주택으로 간주되므로 신축 시에는 계단이나 화장실 등 부대시설은 주택에 편입시키고 되도록 상가공부상 면적을 줄여서 절세할 필요가 있다.

주위의 생활수준이나 앞으로의 발전가능성도 대단히 중요한 조건이
될 것이다.

⑫ 아파트는 대단지가 좋고, 주위에 개발호재가 계속 진행되는 곳이
좋다

아파트는 한 동짜리보다는 대단지가 좋을 것이다. 당연히 대단지아파
트는 비쌀 것이기 때문에 내가 감당할 수준의 은행융자도 적극 활용하
기 바란다.

부동산경기가 침체기에 들어가도 때를 기다리면서 버틸 수 있어야 기
대수익을 거둘 수 있으므로 과도한 융자는 삼가해야 한다.

지금 감당할 수 있다고 해도 금리 등에 의해 감당할 수 없는 경우가
있고, 오늘은 돈벌이가 좋다가도 사업에 불황이 생길 수도 있다. 전세가
는 매매가와 비례하지 않으므로 전세금을 활용해서 부담을 줄이거나,
월세 수익으로 레버리지를 일으켜서 해결하는 방법도 있을 것이다.

보통 1천 세대 이상이면 대단지라고 한다. 대단지에는 편의시설이 잘
갖추어져 있거나 늘어날 확률이 높다. 관리비도 상대적으로 저렴하고,
쾌적하다. 상승여력도 소규모 아파트 단지보다 유리하고 환금성도 좋
을 것이며 대체로 생활수준도 안정적일 것이다.

오래된 아파트는 재개발가능성에 주목하라. 보통사람들은 지분에만
연연하는데, 지분도 중요하지만 무상 지분률이 더욱 중요하다.

같은 지분을 가지고도 주거 1종 지역과 2종, 3종에 따라 차이가 나고,
준주거지냐, 상업지역이냐, 또는 기부채납이나 도로, 공원이 있느냐 등

에 따라 많은 차이가 있기 때문이다.

새 아파트는 언제나 수요가 넘쳐난다. 구형 아파트보다는 업그레이드 된 시설과 발달된 건축자재로 시공된 깨끗하고 세련된 주거공간에서 살기를 사람들은 원하기 때문이다.

앞으로 당분간은 85㎡ 이하, 중·소형 아파트수요가 많을 것이다. 우선 아파트 값이 고액이어서 부담이 되기도 하고, 거주형태가 핵가족형태로 점점 변해 갈 것이기 때문이다.

이왕이면 언제나 일조량이 풍부한 남향이 좋고, 저층보다는 고층이 좋다. 다만 저층이라도 앞이 막히지 않는 곳은 저렴한 매매가격 대비 전세가가 높다. 채광이 좋고 답답함이 없기 때문에 선호하는 수요가 존재한다.

그리고 주변의 개발호재에도 관심을 가져라. 주변이 순차적으로 개발된다면 그 혜택을 기대할 수도 있을 것이다.

오피스텔은 우선 싸게 살 방법을 찾아라. 경매나 공매도 한가지 방법일 것이다.

또한 교통이 편리하고, 임대수요가 많은 곳에 있는 새 건물을 택하라. 오피스텔 거주자는 평균적으로 소득이 높고 직업이 안정적인 사람들이 많다. 때문에 조금 비싸더라도 편리하고 깨끗하며 편의시설이 잘 갖추어진 곳에 입주하길 원한다.

좋은 위치에 있더라도 너무 낡은 건물이라면 공실이 발생할 우려가 높다. 공실이 생기면 관리비 등의 부담이 집주인에게 돌아가므로 조급해지고, 조급해지면 싼 가격에 매도하게 된다. 그래서 계획도시의 중심

상권이나 대기업이 입지하게 될 지역, 경쟁할 오피스텔이 들어올 수 없는 지역이 좋다.

하지만 개인적 생각으로는 유망하지 않다고 생각한다. 너무 많이 건설되고 있기 때문에 공실위험도 크고, 임대료도 하락할 상당한 이유가 있기 때문이다.

⑬ 지방의 임야나, 토지는 특별히 주의하라

지역에 따라서 잘못 들어가면 내 생전에는 세금만 꼬박꼬박 내면서 사용하거나 매도하지도 못해 상속재산이 될 수도 있다. 남의 말만 듣지 말고, 내 발로 직접 알아보고 투자하기를 권한다. 정말 어려운 투자가 지방토지에 투자하는 것이고, 손해 볼 확률이 가장 높은 것이 외지인이다. 무작정 남의 말만 듣고 생각 없이 투자하는 것이다.

농지를 사서 농사를 짓는다는 것도, 현지인과 화합하기엔 아무 연고도 없는 외지인은 아무래도 어렵다. 잘못 들어갔다 싶어서 매도하려고 하면 현지인들은 더 싼 값에 매수하려고 하기 때문에 손실이 클 가능성도 많다.

확실한 목적을 두고 매수했다면 상황은 많이 다를 것이다. 임야를 사서 용도에 맞는 수익을 창출할 자신이 있다거나 토지를 사서 주택단지 등으로 개발을 한다거나 특수한 방법을 통해서 목적달성이 가능한 경우라면 어떤 투자보다도 알찬 수익을 기대할 수 있을 것이나, 쉽지만은 않다.

젊은 시절에 노후가 불안해서 어떤 투자를 해야 안정되게 노년을 보낼까 생각하면서 한 동안은 주식에 빠지기도 했다. 자양동 4거리에 한홍 증권이 있었는데 매일 출근하다 시피하여 조금씩 투자를 해봤다. 투자금이 불어나고 조금씩 돈이 벌릴 때도 있었다. 조금 욕심이 생겨서 증권회사에서 돈을 빌려 내 입장에서는 대담한 투자를 해보기도 했다. 객장에서 여러 사람과 대화도 해보고 고수로 보이는 분들께 정보도 들었다.

그렇게 하다 보니 온통 머릿속에는 주식 생각만 가득했다.

꼭 도박하는 사람처럼 중독되어 갔다. 안되겠다 싶어서 하루는 모두 정리를 하고 동생들에게도 전화했다. 내가 해보니 우리 같은 소시민이 주식으로는 안정적으로 큰돈을 벌기 어려울 것 같다면서, 주식투자는 안하는 것이 좋겠다고 말하고 모두 빼라고 했다.

이때 나는 일반서민이 정보 없이 남 따라 투자해서는 주식으로 성공하기 어렵겠다 생각했고 이후로 주식투자는 하지 않았다. 다 내가 부족한 탓이지만 한마디로 주식해서 노후를 보장받기는 어렵다는 것이 내 결론이었다.

무엇을 해도 항상 곡선변동이 있는 것이니 조급해하지 말고 잘 기회를 잡아야 남보다 앞서갈 수 있다고 생각한다. 부동산도 투자할 여건과 기회가 오면 많은 지역을 탐색해 보고 신중히 비교해서 젊을 때 너무 무리만 안 된다면 갚을 능력을 감안하면서 조금 은행과 친해져도 되는 것인데, 인생말미에 뒤돌아보니 너무 안전만 생각하며 살아오지 않았나 싶다.

물론 가정도 평안해야 하니 많이 상의도 하고 설득도 게을리 하지 말아야 한다.

나는 너무 가난했으므로 우선 오늘이 중요하고 바로 수익을 낼 수 있는 것을 선호하다 보니 투자의 차선을 택할 수밖에 없었지만, 지나고 보니 조금은 회한이 남는다.

아쉬운 점은, 우리세대는 살기가 어려웠지만 땅값이 저렴해서 남의 도움 없이도 차근차근 집 장만이 가능했으나 지금은 워낙 땅값이 많이 올라서 누구의 도움도 받지 못하면 사실 혼자서 부자 되기는커녕 집 한 채 마련하기도 벅찬 세상이 돼 버렸다는 것이다.

그러나 몇 십 년 후면 또 지금의 나와 같은 생각들을 하게 될 거다.
헛된 욕심은 부리지 않더라도 절대 부동산과 멀리하지 말고, 기회가 있으면 내 것으로 만들어서 노후에는 보다 윤택한 삶을 보장받기 바란다.
칼날 같이 날카롭고 위험한 세상을 지나 이제와 생각해보니, 지금 이 순간 내가 처한 현실이 그나마 다행이다 싶다.
옛날 주위에서 말했다.

"저 사람은 집이 몇 채야."

그런 말이 많이 부러웠다. 어쩌다 보니 나도 그 정도가 되어있다. 큰 부자는 아니어도 세상 부끄러움 없이 정직하게 벌어서 안정된 삶을 이루었으니 얼마나 다행인가. 하늘에 감사하고, 조상님께 감사하며 주위의 고마움을 잊지 말고 조금 나누면서 살고 싶다.

지금 이 나이에도 나는 내 인생을 계산하며 산다. 내가 할 수 있는 최선의 계산은 줄이는 것이 맞고, 이제는 조금씩 인생을 정리할 때이다. 그래서 이렇게 하나씩 정리하며 서서히 내 인생을 마무리 하려고 하는 것이다. 아직 정신 멀쩡할 때 마무리를 하며 정도에 맞게 살다가 가고 싶다.

그것이 나에게 베풀어준 모든 사람들에게 해야 하는 도리이고, 내가 해야 할 한계이며 굴레이다.

맺는 말

이 글은 위대한 사람의 업적을 그린 위인전이 아니다. 그냥 평범한 소시민이 한평생 어렵게 살아오면서 느끼고 겪었던 소소한 일상을 가감 없이 기록한 것이니 이런 삶도 있더라고 이해하고 읽어주셨으면 한다.

누구나 살며 겪어야 하는 어려운 일, 괴로운 일, 슬픈 일, 기쁜 일 등도 본인의 삶과 대비해서 생각해 보면 좀 다른 해답이 나올지 모르겠다.

요즘에는 부쩍 잠들지 못하는 긴 밤이 유난히 많아지고, 그 밤에 생각도 많아진다.

여러 가지 병마와 오랜 기간 친구로 살다 보니 어디선가 무너지면 와장창 한꺼번에 무너져버릴 것만 같은 불안감 속에.

과연 내 인생이 얼마나 남았을까?
5년일까? 아님 10년일까?
확실하지는 않지만 나는 안다. 많이 긴 세월은 아닐 것이라는 것을.

내가 젊어서부터 병약한 탓에 예전부터 아내에게 약속한 것이 있다.

"내가 당신 칠순까지는 꼭 책임을 지리다."

그 약속을 지키려면 아직 10년 정도 더 살아야 한다. 그럼에도 자꾸 자신이 없어지는 것은 왜일까? 그러나 꼭 그 약속을 지키고 싶다.

나 혼자만 생각하면, 굳이 긴 세상을 원치 않는다. 자식들에게 해야 할 의무도 다했으니까. 그리 많은 나이는 아니지만 그것이 순리라 생각되기도 하고, 크나큰 고통을 감내하면서까지 오래 남의 도움을 받으면서 살고 싶은 생각은 더더욱 없다.

그런데 자기 혼자서는 아무것도 못하는 겁 많고 심약한 아내를 생각하면 조금 더 옆에서 동반자로서의 짐꾼이 되어주고 싶다.

허나 생과 사는 하늘의 뜻. 언젠가 어쩔 수 없는 일이 생기게 될 것이고, 나 또한 다른 사람들처럼 그 길을 조용히 따라야 할 것이다.

훗날 무슨 일이 있어서 정신이 흐려지기 전에, 아직 초롱초롱한 멀쩡한 정신일 때 지나간 옛날의 흐릿한 기억을 더듬으면서 이렇게 내 인생의 자국을 남겨 마무리를 하려고 한다. 어설프고 서투른 대로 말이다.

끝으로 한평생 나로 인해 숫한 고생만 많이 하면서도 항상 나를 이해해주고 보살펴준 존경하고 사랑하는 나의 아내와,

언제나 자기자리에서 최선을 다해서 부모에게 걱정 끼치지 않고 진심을 다해 효도해 주는 나의 딸과 사위들,

그리고 아들과 며느리에게도 무한한 사랑을 보내며

특히 이번에도 나에게 큰 용기를 준 아들에게 고맙고 감사하다는 말을 남긴다.

아울러 못난 나에게 최선을 다하고 항상 많은 관심과 배려를 아끼지 않았던 네 명의 동생들에게도 고맙고 감사하며, 앞으로도 형제간에 화목하여 후손들에게 좋은 귀감이 되는 삶을 이어 가기를 바란다.

마지막으로 풍요로운 세상에 태어나 따뜻한 가정 속에 무럭무럭 자라고 있는 사랑하는 나의 손녀, 손자들(예린, 연우, 서진, 석현, 윤하, 진우)이 항상 건강하고 행복하기를 기원하며, 남을 사랑하고 배려할 줄 아는 따뜻한 사람으로 자라나기를 간절히 바란다.